三國志

∗

박상률 완역 삼국지 5

∗

5
완역

三國志

삼국지

천하의 판을 새로 짜기 위해

나관중 지음
박상률 옮김
백남원 그림

북클러저

장송
자는 영년. 성도 사람이다. 볼품없는 생김새였지만 재주가 뛰어났다. 장로를 막기 위해 조조에게 도움을 구하지만 실패하고, 유비에게 익주를 칠 것을 권한다.

허저
자는 중강. 초 사람이다. 싸움을 잘하고 씩씩해 호치·호후라 불렸다. 항상 조조 곁을 지키며 호위를 맡았다. 조조는 허저를 일러 한고조 유방의 무장 번쾌와 같다고 칭찬했다.

손부인
유비의 세 번째 부인으로, 손권의 누이동생이다. 용모가 빼어나고 성격이 강직하다. 주유의 계략에 따라 오나라와 촉나라가 혼인 동맹을 맺기 위해 정략적으로 유비와 결혼한다.

마등
자는 수성. 우부풍 무릉 사람이다. 복파 장군 마원의 후손으로, 일찍이 장군이 되어 서량 태수가 된다. 동승 무리와 함께 조조를 치려 했으나 뜻을 이루지 못한다.

황충
자는 한승. 남양 사람으로, 적벽 싸움
뒤 유비에게 항복한다. 나이가 많지
만 활솜씨와 담력이 뛰어나 정군산
싸움에서 큰 공을 세운다.

유장
자는 계옥. 강하 경릉 사람으로, 한나라 왕실 노공왕
의 후손이며, 익주목 유언의 아들이다. 유언의 뒤를
이어 서천을 다스린다. 장로를 막기 위해 유비를 익
주로 불러들이지만, 오히려 유비에게 밀린다.

마초 자는 맹기. 우부풍 무릉 사람으로, 마등의 아들이다. 얼굴이
희고 늘씬한 키에 어깨가 넓어 '비단 마초'라 불렸다. 무예가 뛰어
나 아버지 마등의 원수를 갚기 위해 한수와 함께 군사를 일으킨다.

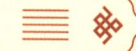

마등

양주(서량)

한수

옹주

적벽 싸움

본문 참고 : 제49회 적벽 큰 싸움

유비군(관우 수군)

손권군(주유)

조조군

손권·유비 연합군

신야
번성
양양
장판
강릉
화용
오림
적벽
하구
번구
시상

적벽 싸움(208년)

손권·유비 연합군이 장강 적벽에서 조조군을 무찔러 대승을 거둔다. 이 승리로 손권과 유비는 형주를 차지, 중국 천하를 삼분하며 세력 균형을 이루게 되었다.

유장

익주

유비의 발자취

본문 참고 : 제60회 서촉은 어디로

유비의 발자취(189~214)
유비는 연주와 서주를 떠돌며 어려움을 겪다가
장판에서 크게 패했지만, 적벽 싸움에서 승리하
여 형주를 차지하고 익주의 성도로 들어가 촉나
라의 터전을 마련했다.

* 이 지도는 이해를 돕기 위해 정사 삼국지를 바탕으로 한 것으로,
  소설 속 삼국지와 일부 차이가 있을 수 있습니다.

차례

일러두기

1. 옮길 때 바탕으로 삼은 책은 중국의 강소고적출판사江蘇古籍出版社에서
    1999년에 펴낸《수상삼국연의繡像三國演義》이다.

2. 각 권 및 각 회의 제목은 원문에 없어 옮긴이가 달았다.

3. 본문에 나오는 열두 달의 월은 원문 그대로 따랐다.

4. 황제·왕·임금 따위의 부르거나 가리키는 말은 될 수 있으면 객관적으로 썼다.
    특별히 유비를 선주, 유선을 후주 하는 식으로 따로 대우하지 않았다.

5. 짐朕/고孤·신臣·경卿 등은 나·저·그대 등 우리 시대에 맞는 말투로 바꾸었다.
    굳이 봉건시대에 쓰던 그대로 할 까닭이 없어서였다.

6. 사람 이름은 대화문에서는 자, 호, 벼슬 이름, 고향 이름 등 부르는 사람의
    처지에서 쓰는 대로 했으나, 지문에서는 본디 이름으로 통일하여 썼다.

7. 숫자는 대화문 속에서는 우리말로 소리 나는 그대로 적고, 지문에서는
    아라비아숫자로 적는 것을 기준으로 했다.

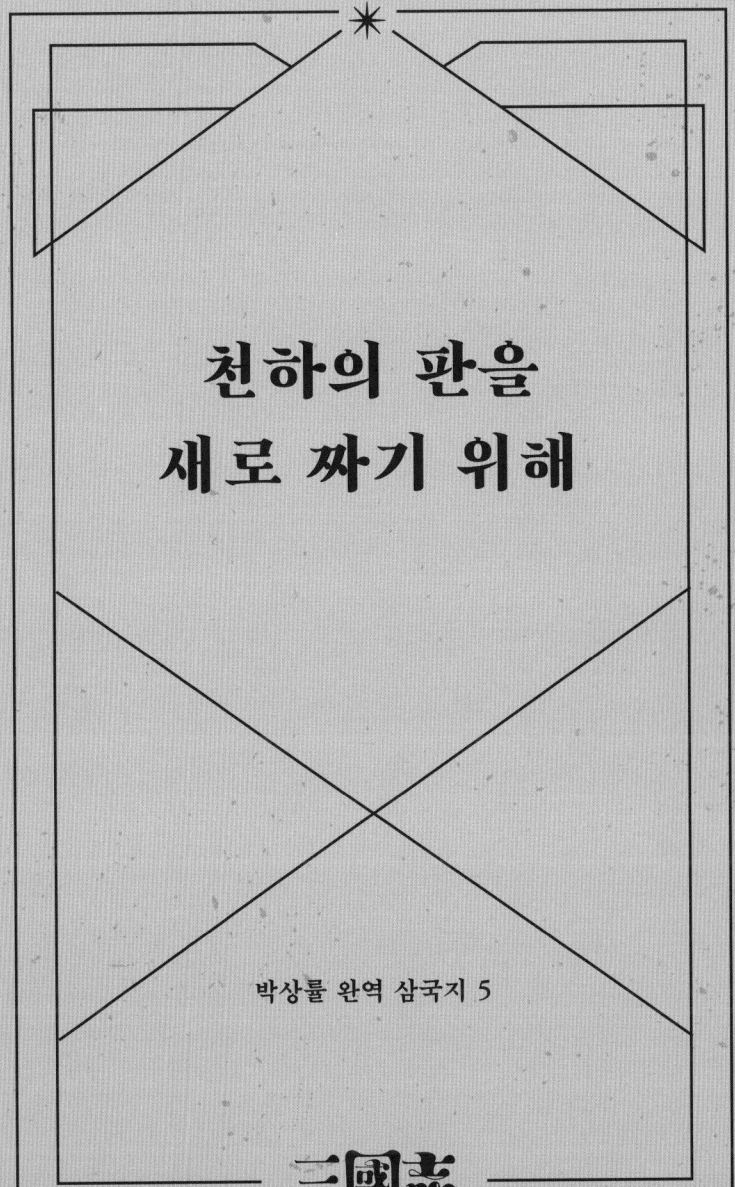

천하의 판을
새로 짜기 위해

박상률 완역 삼국지 5

三國志

제49회

적벽 큰 싸움

제갈량은 칠성단에서 바람을 부르는 제사를 지내고
주유는 삼강구에서 불을 지르다

주유는 산마루에 서서 한참 동안 바라보았다. 그러더니 갑자기 입으로 붉은 피를 쏟으며 뒤로 쓰러져 정신을 잃고 말았다. 곁에 있던 이들이 달려들어 떠메다가 막사 안으로 옮겼다.

뭇 장수들이 달려와 주유의 상태를 살폈다. 모두들 놀라 서로 쳐다보며 어쩔 줄을 몰랐다.

"강북의 백만 대군이 호랑이처럼 웅크리고 앉아 고래처럼 우리를 삼켜버리려 하고 있소. 하필 이런 때 도독께서 쓰러지셨으니, 조조군이 한꺼번에 들이닥치기라도 하면 어찌해야 한단 말이오?"

장수들은 급히 오후 손권에게 사람을 보내 알리는 한편, 의원을 불러 살펴보도록 했다.

노숙은 주유가 병이 나 드러눕자 걱정스럽고 가슴이 답답했다. 제갈량을 찾아가 주유가 갑자기 병이 나 쓰러진 얘기를 했다.

제갈량이 아무렇지도 않게 물었다.

"공은 어찌 생각하시오?"

노숙이 대답했다.

"조조한테는 복이고, 강동에는 화가 되겠지요."

제갈량이 웃었다.

"공근의 병은 내가 고쳐주겠소."

"정말 그렇게 해주시기만 한다면 나라를 위해 참으로 좋겠소."

노숙은 바로 제갈량에게 같이 가서 병을 살펴봐달라고 했다. 노숙이 먼저 들어가보니 주유는 이불을 머리끝까지 뒤집어쓰고 누워 있었다.

노숙이 물었다.

"도독께서는 몸이 좀 어떻습니까?"

주유가 겨우 대답했다.

"가슴하고 배가 쥐어뜯는 듯이 아프고 정신도 오락가락

하오."

"약은 좀 드셨습니까?"

"속이 메스껍고 욕지기가 나 아무 약도 못 먹고 있소."

"바로 공명한테 가서 말했더니 도독의 병을 자기가 고칠 수 있다고 하더군요. 지금 밖에 와 있는데 들어오라고 해서 한번 치료를 받아보지요."

주유가 제갈량을 들라 한 뒤 곁사람들의 부축을 받아 일어나 앉았다.

제갈량이 들어와 인사했다.

"며칠 못 뵙는 사이 이렇게 몸이 편찮으신 줄은 몰랐소."

주유가 멍한 표정을 지었다.

"사람에게는 아침저녁으로 궂은일과 좋은 일이 갈마든다고 했소. 어찌 몸이 항상 말짱하기만 바라겠소?"

제갈량이 빙긋이 웃었다.

"하늘에는 미리 짐작할 수 없는 바람과 구름이 있다고 했소. 이 또한 사람이 어찌 미리 헤아릴 수 있겠소?"

주유의 낯빛이 바뀌더니 앓는 소리를 냈다.

제갈량이 아랑곳하지 않고 말했다.

"가슴속이 뭉쳐서 답답하고 콕콕 쑤시는 것 같지요?"

주유가 그렇다고 하자 제갈량이 다시 말했다.

"그렇다면 서늘한 기운을 지닌 약을 써서 풀어야 하오."

"이미 그런 약을 썼지만 아무런 효과가 없소."

"그럼 먼저 기를 다스리는 약을 써야 하오. 기가 부드러워지면 바로 숨쉬기가 편해지고 저절로 좋아집니다."

주유는 제갈량이 자기 마음을 틀림없이 꿰뚫어보고 있다고 여겨 살짝 떠보았다.

"기를 부드럽게 다스리려면 어떤 약을 써야 하오?"

제갈량이 웃었다.

"내가 한 방법을 알고 있소. 바로 도독의 기를 부드럽게 해드리겠소."

"부디 선생께서 일러주시오."

제갈량은 종이와 붓을 달라고 한 다음 곁사람들을 물리친 뒤 조심스레 글을 써내려갔다.

조조를 깨려면

불로 공격해야 하는데

다른 준비 다 끝냈으나

오로지 동쪽 바람이 빠졌구나

제갈량이 종이를 주유 앞에 내밀며 덤덤히 말했다.

"이게 바로 도독을 병나게 했소."

주유는 속으로 깜짝 놀랐다.

'공명은 과연 귀신같은 사람이다! 내 마음을 이미 꿰뚫고 있다니! 이왕 이렇게 되었으니 사실대로 털어놓지 않을 수 없다.'

주유는 애써 웃으며 말했다.

"선생은 이미 내 병의 뿌리를 알고 있소. 앞으로 무슨 약을 써서 고쳐야 하겠소? 일이 급하게 되었으니 바로 좀 가르쳐주시오."

제갈량이 대답했다.

"이 사람이 비록 재주는 없지만, 일찍이 신통력이 뛰어난 분한테서 《기문둔갑천서》를 물려받아 바람을 부르고 비를 내리게 하는 방법은 알고 있소. 도독께서 동남쪽에서 부는 바람이 필요하시면 남병산에 대 하나를 쌓아주시오. 이름은 칠성단이라 하고, 아홉 자 높이에다 삼 층으로 한 뒤 군사 백이십 명에게 깃발을 들고 둘러싸고 있도록 해주면 됩니다. 나는 그 위에 올라가서 방법을 쓰겠소. 사흘 낮 사흘 밤 동안 동남쪽에서 큰바람이 일게 하여 도독을 도와드릴까 하는데, 어떻소?"

주유는 뭔가에 홀린 듯한 느낌이었다.

"사흘 낮 사흘 밤은 놔두고라도 딱 하룻밤만이라도 바람이 크게 불어주면 큰일을 이룰 수 있겠소. 일이 워낙 급해서 질질 끌어서는 안 됩니다."

"그럼 십일월 이십일 갑자날에 바람이 일게 해서 이십이일 병인날에 그치도록 하면 어떻겠소?"

주유는 무척 좋아라 하며 자기도 모르게 자리에서 벌떡 일어났다. 곧바로 씩씩한 군사 5백 명을 남병산으로 보내 단을 쌓게 했다. 이어 군사 1백 20명을 뽑아 깃발을 들고 단 주위를 에워싼 뒤 명령을 기다리라고 했다.

제갈량은 주유와 헤어져 밖으로 나와 노숙과 함께 말을 타고 남병산으로 갔다. 곧바로 산 생김새를 두루 살펴본 뒤 군사들에게 동남쪽에 있는 붉은 흙을 퍼다 단을 쌓도록 했다. 단의 둘레는 24길에 1층의 높이는 3자로, 모두 9자 높이가 되었다.

가장 아래층에는 28개 별자리 덩어리를 뜻하는 깃발을 방향을 따라 세우도록 했다. 그래서 동쪽에는 동쪽을 나타내는 푸른색으로 7개 별자리인 각성·항성·저성·방성·심성·미성·기성을 청룡 모양으로 늘어세우고, 북쪽에는 북쪽을 나타내는 검정색으로 두성·우성·여성·허성·위성·실성·벽성 등 7개 별자리를 현무 모양으로 늘어세웠다. 이어 서쪽에는 서쪽을 나타내는 흰색에다 규성·누성·위성·묘성·필성·자성·삼성 등 7개 별자리를 백호의 기운이 넘치는 꼴을 본떠 늘어세우고, 남쪽에는 남쪽을 나타내는 붉은색에다 정성·귀성·유성·성성·장성·익성·진성 등 7개 별자리를 주작의 꼴을 이루게 늘어세웠다.

그다음 층은 64괘를 나타내는 노란색 깃발 64개를 여덟 자리로 나누어 둘러세웠다.

맨 위층에는 네 사람을 서 있게 했다. 그들은 저마다 머리를 묶고 관을 썼으며, 검은 비단옷에 신선의 옷차림을 하고 넓은 띠를 둘렀다. 아울러 붉은 신발에 네모난 옷자락을 걸쳤다.

앞 왼쪽에 있는 사람은 긴 장대를 쥐고 있었는데, 장대 끝에 닭의 깃을 매달아 바람의 움직임을 알 수 있게 했다. 앞 오른쪽에 있는 사람이 잡고 있는 장대 끝에는 북두칠성이 그려진 띠를 매달아 바람의 세기를 알 수 있게 했다. 뒤 왼쪽에 있는 사람은 보배 칼을 받쳐들었으며, 뒤 오른쪽에 있는 사람은 향을 피우는 그릇을 받쳐들었다.

단 아래에는 24명이 사방으로 둘러섰는데, 저마다 깃대 끝이 새의 깃으로 꾸며진 깃발, 해 가리개, 끝이 커다란 창, 기다란 창, 누런 도끼, 흰 소꼬리 깃발, 붉은 깃발, 검은 소꼬리 깃발 등을 들고 있었다.

제갈량은 11월 20일 갑자날 좋은 때를 맞춰 목욕을 깨끗이 하고 마음을 가다듬은 뒤 도인 옷차림을 했다. 이어 맨발에 머리를 풀어헤친 뒤 단 앞으로 나아갔다.

제갈량이 노숙에게 부탁했다.

제갈량이 하늘에 동남풍을 빌다.

"자경은 영채로 가서 공근이 군사들을 훈련시키는 걸 도
와주시오. 혹시 이 제갈량이 비는 게 먹히지 않더라도 이상
하게 여기지 마시오."

노숙이 인사를 하고 돌아가자 제갈량은 단을 지키는 장
수와 군사들을 둘러보았다.

"자기 자리를 함부로 뜨지 말라. 서로 고개를 돌려가며 소
곤거려도 안 되고, 입을 열어 함부로 지껄여도 안 되고, 호
들갑을 떨거나 엉뚱하다 여기지도 말라. 이를 어기는 자는
목을 베리라!"

명령을 마치자마자 제갈량은 천천히 단 위로 걸어 올라
갔다. 방향이 제대로 잡혔는지 살핀 다음 향을 피우고 그릇
에 물을 따랐다. 이어 하늘을 우러러보며 속으로 빌었다. 그
런 다음 단을 내려와 막사로 들어가 잠깐 쉬며, 군사들더러
돌아가며 밥을 먹도록 했다.

제갈량은 하루 동안 세 번 단으로 올라가고 세 번 내려왔
다. 그러나 아직 동남쪽에서 바람이 일 듯한 기미는 보이지
않았다.

한편 주유는 정보와 노숙 등 군관들을 막사로 불러놓고
동남쪽에서 바람이 불기만 하면 곧장 뛰쳐나갈 준비를 하
고 있었다. 손권에게도 알려 도움을 부탁했다.

황개는 이미 불을 지르는 데 쓸 배 20척을 준비해놓았다. 뱃머리는 큰 못을 빽빽이 박아 뒤덮었으며, 배 안에는 갈대와 마른 섶나무 등을 가득 실었다. 그 위에는 고기 기름을 끼얹은 다음 유황과 화약 등 불붙기 쉬운 것들을 뿌리고 나서 기름 먹인 푸른 천을 덮어씌웠다. 이어 뱃머리에 푸른 대장기를 꽂은 다음 배꼬리에는 속도가 빠른 작은 배를 매달아놓고 막사에서 주유의 명령이 내려지기만을 기다렸다.

감녕과 감택은 채화와 채중과 함께 물 위 영채 안에서 꼼짝하지 않고 날마다 술만 마시며 군사 하나도 뭍에 오르지 못하도록 했다. 사방이 동오의 군사들뿐이어서 물 샐 틈이 없었다. 그런 가운데에서 모두들 명령을 기다렸다.

주유가 막사 안에서 의논하고 있을 때 보고가 들어왔다.

"오후께서 직접 배들을 이끌고 팔십오 리 떨어진 곳까지 오셔서 도독의 좋은 소식을 기다리고 계십니다."

주유는 곧바로 노숙을 시켜 각 부대의 장수들과 군사들에게 알렸다.

"모두들 배와 무기며 돛이며 노 등을 잘 살펴두고, 명령이 떨어지면 꾸물거리지 말고 바로 움직일 수 있게 하라. 이를 어기는 이는 군법에 따라 다스리겠다."

명령을 받은 군사와 장수들은 저마다 주먹을 문지르거나 손바닥을 비비며 싸울 준비를 했다.

해가 지고 어둑어둑해질 때까지도 하늘은 맑기만 하고 바람 한 점 일지 않았다.

주유가 노숙에게 말했다.

"아무래도 공명이 헛소리를 한 성싶소. 지금 같은 한겨울에 어떻게 동남쪽에서 바람이 불도록 할 수 있겠소?"

노숙이 고개를 저었다.

"공명은 절대로 허튼소리를 내뱉을 사람이 아닙니다."

한밤중이 가까워졌을 때 갑자기 바람 소리가 들리고 깃발들이 펄럭이기 시작했다. 주유는 막사 밖으로 나가보았다. 깃발들이 모두 서북쪽으로 나부끼는가 싶었는데 동남쪽에서 부는 바람이 더욱 거세어졌다.

주유는 깜짝 놀랐다.

'저 사람이 하늘과 땅의 이치를 알고 귀신도 알지 못할 재주를 마음대로 부리고 있다! 이대로 두었다간 반드시 동오의 골칫거리가 되겠다. 재빨리 죽여서 뒷날 생길 탈을 막아야겠다.'

주유는 서둘러 호군교위 정봉과 서성 두 장수를 불러 명령했다.

"따로따로 군사 백 명씩 내줄 테니 서성은 물길로, 정봉은 뭍길로 해서 빨리 남병산 칠성단으로 가시오. 앞뒤 따질 것 없이 바로 제갈량을 잡아 그 자리에서 죽인 다음 목을 가져오는 공을 세우기 바라오."

두 장수는 명령을 받자마자 물러나왔다. 서성은 서둘러
배에 올라 무사 1백 명과 함께 노를 저어 나갔다. 정봉도 궁
노수 1백 명과 함께 말을 타고 남병산을 향해 달려갔다. 그
들은 동남쪽에서 불어오는 세찬 바람을 맞으며 길을 갔다.

훗날 어떤 이가 읊은 시가 있다.

칠성단 위로 와룡이 올라가니

하룻밤 새에 인 동쪽 바람에 장강의 물결 드높다

공명의 기가 막힌 꾀가 아니었다면

주랑이 어찌 재주를 펴볼 수 있었으랴

정봉의 말 탄 군사들이 먼저 이르렀다. 단 위를 보니 깃발
을 잡고 있는 군사들이 바람을 맞으며 그대로 서 있었다. 정
봉은 말에서 뛰어내려 칼을 뽑아 든 뒤 단 위로 올라갔다.
그런데 제갈량이 보이지 않았다. 단을 지키는 군사들에게
급히 묻자 군사가 대답했다.

"바로 조금 전에 내려가셨습니다."

정봉은 서둘러 단에서 내려와 찾아보았다. 바로 그때 서
성의 배가 도착했다. 두 사람이 강가에서 만나 허둥대는데
강을 지키고 있던 군사 하나가 나섰다.

"어젯밤에 빠른 배 한 척이 저 앞 여울 어귀에다 닻을 내리고 밤을 지샜습니다. 아까 공명이 머리를 풀어헤친 채 그 배를 타자 바로 강 위쪽으로 미끄러지듯 빠져나갔습니다."

정봉과 서성은 곧장 뭍과 물로 나누어 뒤를 쫓기 시작했다. 서성은 자기 배의 돛을 활짝 편 뒤 바람을 타고 미끄러져 나아갔다. 과연 멀지 않은 곳에 배 한 척이 빠르게 가고 있었다. 서성은 뱃머리에 서서 소리쳤다.

"가지 마십시오! 도독께서 부르십니다!"

제갈량이 배꼬리에 서서 껄껄 웃으며 대꾸했다.

"도독한테 돌아가서 군사나 잘 쓰시라고 일러주시오. 이 제갈량은 하구로 잠깐 돌아가 있다가 나중에 다시 볼 날이 있겠지요."

서성이 다시 소리쳤다.

"잠깐만 멈춰보시오. 급히 드릴 말씀이 있습니다."

제갈량이 대꾸했다.

"나는 도독이 나를 받아주지 못해 틀림없이 해코지하리라는 걸 미리 알고 있었소. 그래서 조자룡한테 배를 가지고 오라 한 것이니 장군은 쓸데없이 쫓아오지 마시오."

서성은 제갈량의 배에 돛이 없는 것을 보고 열심히 뒤쫓아갔다. 거의 따라붙는가 싶을 때 조운이 배꼬리에 나와 서더니 활에 화살을 먹이며 소리쳤다.

"나는 상산 조자룡이다! 특별히 명령을 받들어 우리 선생을 모시러 왔다. 어찌 네가 겁도 없이 뒤를 쫓아오느냐? 화살 한 대로 너를 죽여버릴 수도 있으나, 두 집안의 따스한 분위기를 깨고 싶지 않아 내 활솜씨나 보여주고 말겠다!"

조운이 말을 마치자마자 화살이 날아가 서성이 탄 배의 돛대 줄을 탁 끊어버렸다. 돛이 물 위에 떨어지자 배가 한쪽으로 기우뚱했다. 조운은 자기 배의 돛을 높이 올리게 한 뒤 바람을 타고 미끄러져 나가는데, 마치 날아가는 성싶어 아무리 해도 뒤를 쫓을 수가 없었다.

강가 언덕에 있던 정봉이 서성을 불렀다. 서성의 배가 강가로 오자 정봉이 말했다.

"제갈량의 재주와 꾀는 귀신같아 도무지 사람이 어찌해볼 수 없소. 게다가 조운은 혼자서 만 명을 해볼 수 있는 사람이오. 당양 장판에서 그 사람이 어떻게 했는지 알지 않소? 우린 이대로 돌아가 사실대로 보고나 하고 맙시다."

두 사람은 주유한테 가서 제갈량이 미리 조운더러 데리러 오라고 해놓았더라고 보고했다.

주유는 놀라 자빠질 뻔했다.

"그 사람 꾀가 그토록 끝이 없으니 밤이고 낮이고 불안해서 어쩌나!"

노숙이 달랬다.

"일단 조조부터 깨뜨린 뒤에 다시 방법을 찾아보시지요."

주유는 노숙의 말을 따르기로 하고, 장수들을 불러모은 뒤 명령을 내렸다.

먼저 감녕이 할일을 일렀다.

"채중과 항복해온 군사들을 이끌고 북군의 깃발을 들고 남쪽 언덕을 따라 오림으로 가시오. 조조의 먹을거리가 쌓여 있는 곳이오. 그곳 깊숙이 들어가 불을 질러 신호로 삼으시오. 채화는 여기 두고 가시오. 내가 따로 쓸 데가 있소."

이어 두 번째로 태사자에게 명령했다.

"군사 삼천 명을 이끌고 곧바로 황주 길목으로 가서 조조를 도우러 합비에서 오는 군사들을 막으시오. 불을 질러 신호로 삼으면 되오. 붉은 기가 보이면 바로 오후께서 도우러 오시는 줄 아시오."

두 부대는 갈 길이 멀어 먼저 떠났다.

이어 주유는 세 번째로 여몽을 불러 군사 3천 명을 내주며, 오림으로 가서 감녕을 돕고 조조의 영채와 울타리를 불태우도록 했다. 네 번째로는 능통을 불러 군사 3천 명을 내주며, 이릉 들머리로 가 있다가 오림에서 불길이 솟으면 달려가 돕도록 했다. 다섯 번째로는 동습을 나오라 하여 역시 군사 3천 명을 거느리고 곧장 한양으로 간 뒤 한천을 따라가며 조조의 영채를 치도록 했다. 아울러 흰 깃발을 든 군사들이 보이면 서로 돕도록 했다. 여섯 번째로 명령을 받은 이는 반장이었다. 반장에게도 군사 3천 명을 내주며 흰 깃발을 꽂고 한양으로 가서 동습을 돕도록 했다.

이리하여 여섯 부대의 배들은 모두 제 갈 길을 찾아 떠났다. 주유는 황개를 불러 불붙일 배를 준비해놓은 뒤, 군사들에게 오늘 밤에 항복하러 가겠다는 비밀 편지를 조조한테 갖다 바치도록 했다. 이어 싸움에 나설 배들을 네 갈래로 나누어 황개의 뒤를 따라가 돕도록 한 뒤 각 부대의 장수도 정했다. 제1대는 한당이, 제2대는 주태가, 제3대는 장흠이, 제4대는 진무가 맡도록 했다. 네 부대는 싸움배 3백 척씩을 따로따로 거느렸는데, 부대마다 불붙일 배 20척씩을 앞장 세우도록 했다.

주유는 정보와 함께 큰 배 위에서 싸움을 이끌기로 하고, 서성과 정봉은 양쪽에서 따라붙도록 했다. 노숙과 감택 등 모사들은 남아 영채를 지키게 했다. 정보는 주유가 군사를 이치에 맞고 질서 있게 쓰는 걸 보자 매우 감탄스러웠다.

한편 손권은 군사를 다스릴 수 있는 힘을 나타내는 병부를 보내며 소식을 알려왔다. 육손을 기주·황주 쪽으로 앞세워 나아가게 한 뒤 오후 자신은 뒤에서 돕겠다고 했다.

주유는 서산으로 사람을 보내 불붙은 화살이나 포 따위

를 쏠 준비를 하게 하고, 남병산에서는 신호 깃발을 올릴 준비를 하도록 한 뒤 날이 저물기만을 기다렸다.

이때 유비는 하구에서 오로지 제갈량이 돌아오기만을 기다리고 있었다. 그런데 갑자기 배 한 떼가 몰려왔다. 유기가 소식이 궁금해 직접 찾아왔다.

유비는 유기를 망을 보는 전망대 위로 불러올린 뒤 자리를 잡고 앉아 말했다.

"동남쪽에서 바람이 일어난 지 오래되었는데 공명을 맞으러 간 자룡이 여태껏 돌아오지 않아 걱정이다."

바로 그때 군사 하나가 멀리 번구를 가리키며 외쳤다.

"저기 배 한 척이 바람을 타고 오고 있습니다. 틀림없이 공명께서 타고 계실 겁니다."

유비는 유기와 함께 전망대를 내려가 맞을 채비를 했다. 금세 다다른 배에는 제갈량과 조운이 타고 있었다.

유비는 무척 기뻐서 그동안의 일을 물었다.

제갈량이 다급히 말했다.

"지금 다른 얘기를 나눌 새가 없습니다. 저번에 말씀드린 군사와 배는 마련해놓으셨는지요?"

"진즉 마련해놓고 쓰기만을 기다리고 있었소."

제갈량은 유비·유기와 함께 막사로 가서 자리를 잡고 앉은 뒤 조운을 불러들여 말했다.

"자룡은 군사 삼천 명을 이끌고 강을 건너 오림의 좁은 길로 가서 나무와 갈대가 우거진 곳에 숨어 있으시오. 오늘 한밤중이 지나면 조조가 틀림없이 그리 도망쳐옵니다. 그쪽 군사들이 절반쯤 지나갔다 싶을 때 불을 지르시오. 다 죽이지는 못하더라도 절반은 무찌를 수 있습니다."

조운이 물었다.

"오림은 길이 두 갈래입니다. 하나는 남군으로 이어지고 다른 길은 형주로 빠집니다. 어느 길로 올 듯합니까?"

제갈량이 대답했다.

"남군 쪽은 위험하다고 여겨 조조가 두려워하며 가지 못하오. 반드시 형주 쪽을 통해 대군을 몰고 허도로 갑니다."

조운이 명령을 받고 떠나자 제갈량은 장비를 불렀다.

"익덕은 군사 삼천 명을 끌고 강을 건너 이릉 쪽 길을 끊고 호로곡 어귀에 가서 숨어 있으시오. 조조는 겁이 나 남쪽 이릉으로 가지 못하고 틀림없이 북쪽 이릉으로 갑니다. 내일 비가 한 차례 지나가고 날 때쯤이면 반드시 나타나 솥을 걸고 밥을 지어 먹습니다. 밥 짓는 연기가 피어오르면 곧장 산기슭에 불을 지르며 들이치시오. 비록 조조를 잡진 못하겠지만 익덕이 세우는 공이 적지 않을 겁니다."

장비가 명령을 받고 나가자 이번엔 미축·미방·유봉을 불러 저마다 배를 타고 강을 돌아다니며 싸움에 진 군사들을 사로잡고 무기 등을 챙기도록 했다.

세 사람이 물러가자 자리에서 일어난 제갈량이 유기한테 말했다.

"무창은 사방이 다 바라다보이는 곳이라 가장 중요한 곳이오. 그리 군사들을 이끌고 가서 강기슭 어귀를 지키도록 하시오. 조조가 싸움에 지고 나면 반드시 그리 도망쳐오는 이들이 많을 거요. 닥치는 대로 사로잡되 절대로 성에서 너무 떨어지지 않도록 하시오."

유기가 유비와 제갈량에게 인사를 하고 떠나가자 제갈량이 유비를 쳐다보았다.

"주공께서는 번구에 군사를 이끌고 가 머무시면서, 높은 데서 오늘 밤 주랑이 큰 공을 세우는 거나 구경하십시오."

그때까지 관우가 명령을 받지 못하고 기다렸으나 제갈량은 관우를 거들떠보지도 않았다. 참다못한 관우가 소리를 질렀다.

"이 사람 관 아무개는 지금까지 형님을 모시고 여러 해에 걸쳐 숱하게 싸워왔지만 한 번도 뒤처진 적이 없소. 오늘 큰 적을 만났는데 나보고는 나가 싸우라 하지 않으니 도대체 그 까닭이 무엇이오?"

제갈량이 빙그레 웃었다.

"운장은 이상하게 여기지 마시오! 나도 장군을 아주 중요한 데다 보내고 싶으나 마음에 걸리는 게 있어 그러지 못했을 뿐이오."

"마음에 걸리는 게 무엇이오?"

"지난날 조조가 장군한테 잘해준 적이 있어 장군은 마땅히 그 은혜를 갚으려 할 거요. 조조가 오늘 싸움에 지고 나면 반드시 화용도로 내뺍니다. 만약에 장군을 그리 보냈다가는 조조를 잡고서도 놓아줘버릴지 모릅니다. 그래서 선뜻 보내지 못하고 있습니다."

"걱정도 팔자십니다! 예전에 조조가 이 사람한테 잘해주긴 했지만 그 은혜는 이미 안량과 문추를 베어서 다 갚았소. 오늘 만난다면 어찌 가볍게 놓아주겠소?"

"만약에 잡았다 놓아주면 어떡하겠소?"

"군법에 따르겠소."

"그럼 문서로 남기시오."

관우는 명령을 어길 때는 벌을 받겠다는 내용의 문서를 곧장 꾸미고 나서 제갈량에게 물었다.

"만약에 조조가 그쪽 길로 오지 않으면 어떡하겠소?"

제갈량이 대답했다.

"나도 장군처럼 문서를 꾸며놓겠소."

관우는 무척 좋아라 했다.

제갈량이 비로소 관우가 할 일을 일렀다.

"운장은 화용도의 좁은 길로 가서 높다란 산마루에다 마른 풀이랑 나뭇가지를 쌓아놓고 불을 질러 연기가 나도록 해서 조조를 그쪽으로 끌어들이시오."

관우가 고개를 갸우뚱했다.

"연기가 피어오르는 걸 보면 조조는 틀림없이 숨어 있는 군사가 있으리라 여길 텐데 그리 오겠소?"

제갈량이 웃으며 대답했다.

"군사를 쓰는 데 있어 빈틈을 노려 오히려 재미를 보는 허허실실이라는 말을 못 들어봤소? 조조가 제아무리 군사를 잘 쓴다지만 이번에는 제 꾀에 제가 속을 겁니다. 연기가 피어오르면 우리 쪽에서 허풍 치는 줄 알고 속지 않는답시고 일부러 그 길로 옵니다. 장군은 절대 정에 이끌려서는 안 되오."

관우는 곧바로 관평·주창과 함께 칼 든 군사들 5백 명을 이끌고 화용도에 숨으러 갔다.

유비가 줄곧 그 모습을 지켜보고 있다가 말했다.

"내 아우는 의리를 워낙 중요하게 여기는 터라, 만약에 조조가 화용도로 오면 틀림없이 놓아줄 텐데 그게 걱정이오."

제갈량이 대답했다.

"어젯밤에 하늘을 살펴보니 조조 역적이 아직 죽을 때가 되지 않았더군요. 그러니 이런 때 운장을 시켜 은혜나 갚게 하면 아름다운 일 아니겠습니까?"

유비가 무릎을 탁 쳤다.

"기막히오! 선생의 신 같은 생각은 세상에서 아무도 따르지 못할 거요!"

제갈량은 유비와 함께 번구로 가서 주유가 군사 쓰는 걸 지켜보기로 하고, 손건과 간옹에게 남아서 성을 지키도록 했다.

한편 조조는 본부 영채 안에서 장수들과 의논을 하면서 황개의 연락이 오기만을 기다리고 있었다. 그날따라 동남쪽에서 바람이 불어댔다.

정욱이 들어와 말했다.

"오늘은 동남쪽에서 바람이 일고 있습니다. 미리 대책을 세워야 할 듯합니다."

조조가 웃어넘겼다.

"동지 때가 되면 새로 양기가 생기느라 잠깐 동안 동남쪽에서 바람이 불 수도 있소. 이상하게 여기지 마시오!"

그때 군사 하나가 들어와 보고했다. 강동에서 작은 배 한 척이 왔는데 황개의 비밀 편지를 가져왔다고 했다. 조조가 급히 들라 했다. 강동에서 온 사람이 편지를 바쳤다.

주유의 감시가 어찌나 심한지 몸을 뺄 수가 없었습니다. 지금 파양호에서 새로 식량이 들어오는데 마침 주유가 저에게 감시를 맡겼습니다. 그래서 겨우 기회를 얻었습니다. 강동의 뛰어난 장수를 죽여 그 머리를 갖고 항복을 하러 가겠습니다. 오늘, 밤이 이슥해질 무렵 푸른 대장 깃발을 꽂은 배가 보이거든 식량 실은 배인 줄 아시기 바랍니다.

조조는 무척 기뻤다. 곧바로 뭇 장수들과 함께 큰 배에 올라가 황개의 배가 나타나기만을 기다렸다.

한편 강동에서는 해가 저물 무렵이 되자 주유가 채화를 불러냈다. 이어 군사들더러 채화를 꽁꽁 묶으라 하였다.

깜짝 놀란 채화가 소리 질렀다.

"저는 아무 죄도 없습니다!"

주유가 코웃음을 쳤다.

"너는 어떤 놈이냐? 겁도 없이 거짓으로 항복을 해오다니! 내 지금 깃발 아래 제사를 지내려 하는데 마땅히 바칠 제물이 없으니 네 머리를 좀 빌려야겠다."

채화는 빠져나갈 방법이 없다는 걸 알자 고래고래 소리 질렀다.

"네놈네 감택이랑 감녕도 같이 배반하기로 했다!"

"그건 내가 그렇게 시켜서 그랬다."

채화는 뉘우치며 가슴을 쳤으나 이미 때는 늦었다. 주유는 채화를 강가에 세워놓은 검은 소꼬리 장식이 된 큰 깃발 아래로 끌고 가게 했다. 곧바로 술을 따르고 종이를 불살라 올린 다음 채화의 목을 베어 그 피로 깃발에 제사를 지냈다. 이어 배들을 떠나보냈다.

황개는 불붙일 세 번째 배에 타고 있었는데, 가슴 보호대를 하고 손에는 칼을 쥐고 있었다. 배 위의 깃발에는 '선봉 황개'라고 크게 쓰여 있었다. 배는 바람을 탄 채 적벽을 바라고 떠났다. 동쪽 바람이 크게 일어 파도가 거세었다.

조조는 본부에서 강 저 멀리 바라보고 있었다. 달이 떠올라 달빛이 강물에 비치자 마치 황금빛 뱀 1만 마리가 물결 위에서 꿈틀거리는 듯했다. 조조는 바람을 가슴에 맞으며 크게 웃어댔다. 스스로 생각해보니 이미 뜻을 이룬 성싶기만 했다. 그때 갑자기 군사 하나가 손가락으로 가리키며 말했다.

"강남 쪽에서 돛을 단 배 한 덩어리가 있는 듯 없는 듯 미끄러져 오고 있습니다."

조조가 높은 데로 옮겨 바라보고 있는데 다시 보고가 올라왔다.

"모두 푸른 대장기를 꽂고 있습니다. 그 가운데 가장 큰 깃발에는 '선봉 황개'라고 커다랗게 쓰여 있습니다."

조조가 기분 좋게 웃었다.

"공복이 항복하다니, 이는 하늘이 나를 도우시는 바다!"

배는 점점 가까이 다가왔다. 말없이 바라보기만 하던 정욱이 조조에게 말했다.

"저기 오는 배들은 속임수를 쓰는 게 틀림없습니다. 물 위영채 가까이 오지 못하도록 하십시오."

조조가 물었다.

"왜 그렇게 생각하오?"

"먹을거리가 실린 배라면 틀림없이 무겁습니다. 그런데 지금 오는 배를 보면 너무나 가볍게 물 위를 떠옵니다. 하필 오늘 밤은 동남쪽에서 바람이 크게 불고 있습니다. 적들이 속임수라도 쓰면 어떻게 하시렵니까?"

조조는 그제야 정신이 번쩍 들어 소리를 내질렀다.

"누가 가서 저 배들을 멈추게 하겠느냐?"

문빙이 나섰다.

"물은 제가 좀 아니까 가서 막겠습니다."

말을 마치자마자 문빙은 작은 배로 뛰어내렸다. 이어 한 번 손짓을 하자 순찰선 여남은 척이 문빙의 뒤를 따랐다.

문빙은 뱃머리에 서서 소리 질렀다.

"승상의 명령이시다! 남쪽에서 오는 배들은 영채 가까이 오지 말고 강 가운데에 그대로 머물도록 하라!"

군사들이 한꺼번에 외쳤다.

"빨리 돛을 내려라!"

외침 소리가 미처 잦아지기도 전에 화살 나는 소리가 나더니 문빙이 왼쪽 팔에 화살을 맞고 배 안에 고꾸라졌다. 한순간에 배 위가 발칵 뒤집히면서 모두들 달아나기에 바빴다. 남쪽 배들은 조조의 영채와 2리 가까이 다가왔다.

황개가 칼을 한 번 들어 휘저었다. 그러자 앞에 있는 배들 모두 불을 뿜기 시작했다. 불은 바람이 부는 쪽으로 날아가고, 바람은 불길이 더욱 거세게 일도록 도왔다. 배는 마치 날아가는 화살처럼 빠르게 미끄러져 가고 연기와 불꽃이 밤하늘을 뒤덮었다.

20척 남짓 되는 배가 불을 내지르며 조조의 영채로 밀고 들어가자 안에 있던 배들 모두 불길에 휩싸였다. 쇠사슬로 서로 묶여 있어 달아날 수도 없었다.

이때 강 건너에서 쾅 소리가 나자 사방에서 불 지르는 배들이 한꺼번에 몰려들었다. 삼강은 바닥이고 하늘이고, 바람을 타고 나는 불길에 온통 시뻘게져버렸다.

조조는 강기슭의 뭍 영채를 바라보았다. 거기서도 벌써 여기저기 불길이 치솟고 있었다.

황개는 작은 배로 뛰어내렸다. 군사 대여섯 명더러 노를 젓게 한 뒤 연기를 무릅쓰고 불길을 뚫고서 조조를 잡으러

갔다. 조조는 돌아가는 판이 무척 위태로워지자 언덕으로 올라가려 했다. 마침 장료가 작은 배 하나를 몰고 나타나 조조를 부축해 배를 옮겨 타게 했다. 금방 내린 큰 배는 곧바로 불길에 휩싸여버렸다. 장료는 군사들 여남은 명과 함께 조조를 보호하며 나는 듯이 언덕 쪽으로 배를 몰았다.

황개는 작은 배로 옮겨 타는 이의 붉은 옷차림을 보고 그가 조조임을 알아보고 배를 정신없이 저어 뒤를 쫓았다. 황개가 손에 날카로운 칼을 들고서 큰소리로 외쳤다.

"조조 역적놈아, 거기 서라! 황개가 여기 있다!"

조조는 분해서 신음 소리를 마구 냈다. 장료는 정신을 차리고 활에 화살을 먹인 뒤 황개가 더 가까이 오자 활을 힘껏 쏘았다. 황개는 거센 바람 소리와 어지러운 불빛 때문에 장료가 활을 쏘는 소리를 듣지도 못했고 장료의 모습도 보지 못했다. 그리하여 황개는 장료의 화살을 어깨에 맞고 그대로 물속으로 처박히고 말았다.

불길 높이 치솟을 때 물속 깊이 처박히고
매맞은 상처 아물기 바쁘게 화살 독 기다리네

과연 황개의 목숨은 어찌 될는지…….

입방정 떨 때마다
혼쭐나는 조조

제갈량은 조조가 화용도로 갈 걸 미리 알았고
관우는 의리 때문에 조조를 놓아주다

그날 밤 장료는 화살 한 대로 황개를 강물 속에 처박은 뒤 조조를 구해 강기슭으로 올라갔다. 겨우겨우 말을 구해 타고 달아나는데 군사들은 이미 걷잡을 수 없는 어지러움에 빠져버렸다.

한당은 연기를 무릅쓴 채 불길을 뚫고 조조의 물 위 영채를 무찔렀다. 어느 순간 군사 하나가 갑자기 소리쳤다.

"배꼬리에 웬 사람 하나가 매달려 큰소리로 장군을 부릅니다."

한당이 귀를 쫑긋하고 들어보았다.

"의공! 나를 좀 구해주게!"

한당이 소리쳤다.

"황공복이시잖아!"

군사들을 시켜 급히 끌어올려 보니 황개가 화살에 맞아 상처가 깊었다. 화살대를 입으로 물고 잡아당겼지만 화살촉은 살 속 깊이 박혀 뽑히지 않았다. 한당은 급히 젖은 옷을 벗기고 칼끝으로 살을 도려내 화살촉을 뽑아냈다. 이어 깃발을 찢어 상처를 단단히 싸맨 뒤 자신의 웃옷을 벗어서 입혔다. 그리고 다른 배에 태워 영채로 보내 치료를 받게 했다. 원래 황개는 물에 익숙한 사람이었다. 그래서 한겨울에 갑옷을 입은 채 물에 빠졌을 때도 목숨을 건졌다.

이날 강은 온통 시뻘건 불길이 뒤덮고, 아우성치는 소리는 하늘과 땅을 뒤흔들었다. 왼쪽에서는 한당과 장흠이 이끄는 군사가 적벽의 서쪽으로부터 쳐들어오고, 오른쪽에서는 주태와 진무가 이끄는 군사가 적벽 동쪽으로부터 쳐들어왔다. 한가운데서는 주유가 정보·서성·정봉 들과 함께 커다란 배 여러 척을 이끌고 들이쳤다. 불길은 군사들을 도와주었다. 군사들은 불길을 앞세우고 더욱 힘을 받아 쳤다. 그야말로 삼강의 물싸움이자 적벽의 큰 싸움이 벌어졌다. 조조군은 창에 찔려 죽고 불에 타 죽고 물에 빠져 죽으니, 그 수가 이루 헤아릴 수 없었다.

훗날 어떤 이가 시를 읊었다.

위나라·오나라가 한판 붙어 서로 이김질하니
적벽 뒤덮은 배들 한 번에 쓸려 사라졌네
뜨거운 불길 타올라 구름 바다 비추니
주랑이 조조를 깨뜨린 곳 바로 여기라네

시 한 편을 더 보자.

산은 높고 달은 작고 강물은 넓고 멀어 아득한데
그 옛날 영웅들 서로 차지하려 한 일 두고 한숨 짓네
남쪽 사람들은 조조를 받아들일 마음이 없었기에
동쪽 바람도 속 깊게 주랑 편을 들었다네

한편 감녕은 채중을 앞세우고 조조의 영채 깊숙이 들어가자마자 한칼에 채중을 베어 말 아래로 고꾸라뜨린 뒤 마른 풀더미에다 불을 질렀다. 여몽은 멀리서 불길이 이는 걸 보자 여남은 군데에 불을 지르며 감녕을 도우러 왔다. 반장과 동습 역시 저마다 불을 지르고 외침 소리를 내질렀다. 사방에서 터지는 북소리가 땅을 울렸다.

조조는 장료와 1백 명 조금 넘는 말 탄 군사와 함께 불타는 숲속으로 달아났다. 어느 곳을 돌아봐도 불타지 않는 곳이 없었다. 정신없이 달아나다 보니 문빙을 구한 모개가 말 탄 군사 여남은 명과 함께 나타났다. 조조가 도망갈 길을 찾으라고 하자 장료가 한쪽 길을 가리켰다.

"오림 쪽이 넓고 열려 있어 그리 가야겠습니다."

조조 일행은 오림 쪽으로 달아났다. 한창 달리고 있는데 뒤에서 군사 한 떼가 쫓아오며 소리쳤다.

"조조 이 역적놈아, 게 섰거라!"

불빛 속에 여몽의 깃발이 나부끼는 게 보였다. 조조는 군사를 몰아 앞으로 나가며, 장료더러 뒤를 끊으며 여몽과 싸우도록 했다. 그러나 이번엔 앞쪽에서 불길이 치솟더니 산골짜기에서 군사 한 무리가 쏟아져나오며 소리쳤다.

"능통이 여기 있다!"

조조는 간과 쓸개가 다 오그라붙는 성만 싶은데 뜻밖에 사나운 범 같은 군사 한 무리가 나타나며 외쳤다.

"승상께서는 놀라지 마십시오! 서황이 여기 있습니다!"

양쪽 군사는 한바탕 어우러져 어지럽게 싸웠다. 겨우 길을 열어 북쪽을 바라고 달아나며 문득 보니 산언덕 아래에 군사 한 무리가 머물고 있었다. 서황이 다가가 알아보니 원소 밑에 있던 마연과 장의의 군사였다. 두 장수는 북쪽 군사 3천 명을 이끌고 언덕 아래에 영채를 세우고 있었는데, 그날 밤 뜬금없이 하늘과 땅이 불바다가 되는 바람에 어찌해야 좋을지 몰라 꼼짝하지 않고 있다가 조조를 만나게 되었다.

조조는 두 장수에게 군사 1천 명을 거느리고 앞장서게 한 뒤 나머지 군사들은 뒤에서 자신을 보호하도록 했다. 조조는 지쳐 있지 않은 이들을 얻자 마음이 꽤 놓였다. 마연과 장의 두 장수는 말을 달려 앞으로 나아갔다. 미처 10리도 못 갔을 때였다. 외침 소리가 크게 일더니 군사 한 무리가 쏟아져나왔다. 장수 하나가 앞으로 나서며 외쳤다.

"나는 동오의 감흥패로다!"

마연이 감녕에게 달려들었다. 그러나 제대로 싸워보지도 못하고 감녕이 한 번 휘두른 칼에 말 아래로 고꾸라져버렸다. 그러자 장의가 창을 꼬나들고 뛰쳐나갔다. 감녕이 호통을 치며 칼을 휘두르자 장의 역시 제대로 손 한 번 써보지 못하고 말 아래로 굴러떨어졌다. 뒤따르던 군사가 이런 사실을 재빠르게 조조한테 보고했다.

조조는 어찌해야 좋을지 몰라 쩔쩔맸다. 사실 지금까지 속으로는 합비에서 도우러 오기를 바라고 있었다. 그러나 조조의 바람과는 달리 손권이 합비 길목을 틀어막고 있었다.

손권은 멀리 강 한가운데에서 불길이 치솟는 걸 보고 자기편이 이기고 있구나 싶었다. 그래서 육손에게 불을 피워 신호로 삼도록 했다. 태사자가 이걸 보고 육손을 만나 군사를 한데 모은 뒤 조조를 치기 위해 달려왔다.

조조는 이제 이릉 쪽으로 달아나는 수밖에 없었다. 길에서 장합을 만나자 그더러 뒤를 끊으라 한 뒤 말을 더욱 빨리 몰아 새벽녘에 이를 때까지 달렸다. 고개를 돌려 바라보니 불빛은 꽤나 멀어져 있었다. 가슴이 좀 가라앉자 조조가 곁에 있는 이에게 물었다.

"여기가 어디냐?"

"오림 서쪽이고, 의도 북쪽입니다."

나무가 빽빽하고 산이며 계곡이 험한 곳이었다. 조조가 갑자기 말 위에서 하늘을 쳐다보며 한참을 껄껄 웃어댔다.

장수들이 까닭을 몰라 물었다.

"승상께서는 왜 그렇게 껄껄 웃으십니까?"

"내가 다른 사람 때문에 웃는 게 아니고, 바로 꾀 없는 주유랑 슬기 부족한 제갈량 때문에 웃는다. 나 같으면 딱 여기다가 군사를 숨겨두었다. 그랬다면 아무도 꼼짝달싹할 수 없었겠지."

미처 말이 끝나기도 전에 양쪽에서 북소리가 시끌벅적하게 울리며 불길이 하늘로 치솟았다. 조조는 너무 놀라 하마터면 말에서 떨어질 뻔했다. 바로 사나운 범 같은 군사 한 무리가 쏟아져나오며 앞장선 장수가 외쳤다.

"나는 조자룡이다. 공명의 명령을 받들어 여기서 너희들을 기다린 지 오래다!"

조조는 서황과 장합 두 장수에게 조운과 맞싸우게 한 뒤 자신은 연기를 무릅쓴 채 불길을 뚫고 달아났다. 조운은 애써 쫓지 않고 깃발만 열심히 빼앗았다. 마침내 조조는 겨우 그 자리를 벗어났다.

날이 밝자 검은 구름이 낮게 깔려 있었다. 동남쪽에서 부는 바람도 아직 그치지 않고 있었다. 그런데 갑자기 소나기까지 쏟아지는 바람에 옷이며 갑옷이 다 젖어 꼴이 말이 아니었다. 조조와 군사들은 어쩔 수 없이 비를 홀딱 맞으며 그대로 걸었다. 모두들 지치고 배가 고파 허덕댔다. 조조는 군사들에게 마을에 들어가 식량을 털고 불씨를 얻어오게 하였다. 막 밥을 지어 먹으려 하는데 뒤쪽에서 군사 한 떼가 몰려왔다. 조조는 놀라 허둥대며 조심히 살펴보았다. 이전과 허저가 모사들을 보호하며 오는 길이었다. 조조는 너무 기뻐 군사들에게 앞으로 더 가라고 명령한 뒤 곁에 있는 군사에게 물었다.

"앞쪽으로 가면 어디로 이어지나?"

"한쪽은 남이릉으로 가는 큰길로 이어지고, 한쪽은 북이릉으로 가는 산길로 이어집니다."

"어느 길로 가야 남군 강릉이 더 가까운고?"

"북이릉으로 해서 호로구를 지나가는 길이 가장 가깝습

니다."

조조는 북이릉 길로 가라고 일렀다. 그렇게 해서 호로구에 가까스로 이르렀다. 군사들 모두 배고픔에 지쳐 더는 걸을 수가 없었다. 말 역시 지쳐 길바닥에 주저앉았다. 조조는 앞에 가는 군사들에게 잠깐 쉬라고 일렀다. 군사들은 말 등에 싣고 온 솥에다 마을에서 빼앗은 식량 따위를 내려놓았다. 산자락의 마른 데를 골라 솥을 걸고 밥을 짓고 말고기도 구워 배를 채웠다. 이어 비에 젖은 옷을 벗어 바람에 말리고, 말도 안장을 벗겨주며 들에 놓아서 풀뿌리라도 뜯어먹게 했다. 드문드문 나 있는 숲에 앉아 있던 조조가 또 고개를 쳐들고 껄껄 웃어댔다.

장수들이 물었다.

"조금 전에도 승상께서는 주유와 제갈량을 비웃으시다가 조자룡이 들이치는 바람에 많은 군사와 말을 잃었습니다. 그런데 지금은 왜 또 웃으십니까?"

"아무리 생각해봐도 주유와 제갈량의 꾀와 슬기가 부족한 듯싶어 웃음이 나는구나! 내가 군사를 썼다면 이런 데에 편안히 숨어 있게 했다가 지친 적이 오면 덮쳤다. 그랬다면 우리가 목숨은 어떻게 건진다 해도 많이 다치지 않을 수는 없다. 그 사람들 생각이 여기까지 미치지 못했다 생각하니 우스울 뿐이야."

이처럼 입방정을 떨고 있는데 갑자기 군사들 앞뒤에서 한꺼번에 아우성이 터져올랐다. 조조는 너무 놀라 갑옷도 추스르지 못한 채 말 등에 뛰어올랐다. 군사들은 풀어두었던 말을 미처 거두지 못한 이가 많았다.

사방에서 불길이 치솟고 연기가 퍼졌다. 산어귀에서 군사들 한 떼가 쏟아져나왔다. 앞장선 이는 연 땅 사람 장비였다. 장비가 장팔사모를 비껴잡은 채 말을 세우더니 호통을 쳤다.

"조조 이 역적놈아, 달아날 생각 마라!"

모든 군사와 장수들이 장비를 보자 벌벌 떨었다. 허저가 안장도 없는 말을 타고 나가 장비에게 덤벼들었다. 장료와 서황 두 장수도 말을 몰아 공격했다. 양쪽 군사들은 한데 엉켜 어지럽게 싸웠다. 조조는 이 틈을 타 말을 몰아 달아났다. 이어 장수들도 몸을 빼 달아나기 시작했다. 장비가 그 뒤를 쫓았다. 조조는 계속 달아나다 뒤쫓는 군사들이 멀어지자 그제야 뒤따라오는 군사들과 장수들을 돌아보았다. 다친 이들이 많았다.

그렇게 한참 더 가는데 군사 하나가 물었다.

"앞에 길이 두 갈래입니다. 승상께서는 어느 길로 가시겠습니까?"

조조가 되물었다.

"어느 길이 더 가까우냐?"

"큰길은 반반하기는 하지만 오십 리를 넘게 돌아야 하고, 좁은 길로 해서 화용도를 가면 오십 리를 줄일 수 있습니다. 그러나 길이 비좁고 험한데다 구덩이까지 많아 지나가기가 어렵습니다."

조조는 군사를 산꼭대기로 올려보내 살펴보도록 했다.

군사가 돌아와 보고했다.

"좁은 길 쪽은 몇 군데서 연기가 피어오릅니다. 큰길 쪽에는 아무런 움직임이 없습니다."

조조는 앞에 가는 군사들에게 화용도 가는 좁은 길로 접어들라고 명령했다.

뭇 장수들이 물었다.

"연기가 피어오르는 걸 보면 틀림없이 군사들이 있을 텐데 어찌하여 그 길로 가라고 하십니까?"

조조가 대답했다.

"군사 다루는 책에 이런 말이 있다. 겉으로 틈이 있어 보이는 게 오히려 단단하고, 단단해 보이는 데에 오히려 틈이 많다고 말이다. 제갈량은 나름대로 꾀가 많은 사람이라 일부러 험한 산길에 연기를 피워 우리가 두려워하며 좁은 산길로 갈 생각을 못 내게 하려 한다. 그 대신 큰길 쪽에 군사를 숨겨두고 우리를 기다리고 있을 테지. 내 이미 그 속을 꿰뚫었으니 그 꾀에 속아넘어갈 일이 없다!"

모두들 고개를 끄덕였다.

"승상께서 일을 꿰뚫어보시는 능력은 사람이 도무지 따라갈 수 없습니다."

이렇게 해서 조조는 군사들을 화용도 쪽으로 몰고 갔다. 모두들 배고픔을 이기기 힘들어 주저앉기 일쑤였고, 말도 지쳐 헉헉댔다. 불에 머리가 그슬리고 이마를 덴 이들은 지팡이를 짚으며 갔고, 화살을 맞거나 창에 찔린 이들은 억지로 몸을 끌고 갔다. 갑옷이고 뭐고 모두 비에 젖어 엉망이었고, 무기며 깃발들도 제대로 갖추지 못해 꼴이 볼 만했다. 거의가 이릉길에서 장비가 갑자기 덮치는 바람에 안장도 없는 말에 재갈 물릴 새도 없이 달아나기에도 바빴기 때문이었다. 물론 옷가지도 모두 챙기지 못하고 온 터였다. 한겨울에 이런 꼴을 하고 있으니 정말이지 죽을 맛이었다.

앞서가던 군사들이 갑자기 멈춰서 있어 조조가 무슨 일인지 알아보게 했더니 금세 군사 하나가 뛰어갔다 왔다.

"앞의 산길이 좁은데다 새벽에 내린 비 탓에 땅이 온통 진창이라, 말이 발을 내디딜 때마다 깊숙이 빠지는 바람에 지나가지 못하고 있다 합니다."

조조가 벌컥 화를 내며 꾸짖었다.

"군사는 산을 만나면 길을 내서 가고 물을 만나면 다리를

놓아 건너는 법이다. 길이 좀 질퍽하다고 못 지나간다는 게
말이 되느냐!"

이어 조조는 늙고 약한 이와 다친 군사들은 뒤에서 천천
히 따라오게 하고, 튼튼한 군사들은 흙을 퍼 나르고 나무와
풀과 갈대 따위를 베어다가 진흙 구덩이를 메우라는 명령
을 단단히 내렸다. 그리고 이를 어기는 이는 목을 베겠다고
으름장을 놓았다.

군사들은 모두 말에서 내려 길가의 풀이며 갈대 등을 베
어다가 진창길을 메웠다. 조조는 혹시라도 뒤쫓는 군사가
있을까 싶어 안달이 났다. 장료와 허저와 서황더러 말 탄 군
사 1백 명과 함께 칼을 들고 뒤에서 꾸물거리는 이는 그 자
리에서 쳐죽이도록 했다.

군사들은 굶주리고 지쳐서 쓰러지는 이가 계속 나왔다.
조조가 호통을 쳐 쓰러진 사람과 말 위를 그대로 밟고 지나
가게 하니, 죽은 이들의 수는 셀 수도 없었다. 길바닥에 울
음소리가 그치지 않자 조조가 화를 내며 소리쳤다.

"죽고 사는 일은 죄다 타고나는데 무엇 때문에 운단 말이
냐! 다시 울음소리를 내는 이는 바로 그 자리에서 목을 베
리라!"

전체 군사를 세 덩어리로 나누자면 한 덩어리는 뒤로 처
지고, 또 한 덩어리는 진흙 구덩이에 묻히고, 한 덩어리만이

조조를 따라갔다. 험한 데를 겨우 빠져나가자 비교적 편안한 길이 나왔다. 조조가 뒤를 돌아보았다. 겨우 3백 명 남짓되는 군사만이 따라올 뿐이었다. 그나마 갑옷이며 투구 등을 제대로 갖춘 이는 없었다. 조조는 마음이 급해 빨리 가자고 서둘렀다.

뭇 장수들이 말했다.

"말이 너무 지쳤습니다. 잠깐 쉬었다 가야겠습니다."

조조는 딱 잘라 말했다.

"형주에 도착해서 쉬어도 늦지 않아."

그대로 길을 재촉해 몇 리 못 갔을 때였다. 조조가 갑자기 말 위에서 채찍을 들고 껄껄 웃었다.

장수들이 웬일인가 싶어 물었다.

"승상께서는 왜 또 웃으십니까?"

"사람들 모두 주유와 제갈량이 똑똑하다고들 하는데 내 보기엔 멍청하기 짝이 없는 사람들일세. 만약 여기다 군사 한 무리만 숨겨두었다면 우리는 모두 꼼짝없이 묶이고 말았지!"

그러나 조조의 입방정이 채 끝나기도 전에 쾅 소리가 한 번 나더니 양쪽에서 칼 든 군사 5백 명이 뛰쳐나왔다. 그들을 이끌고 있는 장수는 관우였다. 관우는 청룡도를 쥐고 적토마 위에 앉아 길을 막았다. 조조군은 그를 보자마자 얼이 빠지고 속이 오그라붙은 채 서로 얼굴만 바라보았다.

조조가 무겁게 입을 열었다.

"기왕 이렇게 되었으니 우리 모두 죽을힘을 다해 싸울 수밖에 없다!"

장수들이 고개를 저었다.

"사람은 어떻게 겁내지 않고 싸워본다지만, 말들이 이미 지쳐서 움직이지 못하는데 어찌 또 싸울 수 있겠습니까?"

정욱이 나섰다.

"저는 운장이 평소에 윗사람한테는 뻣뻣해도 아랫사람한테는 차마 함부로 못 하고, 강한 이는 깔보지만 약한 이는 업신여기지 않고, 은혜와 원수 갚는 일이 뚜렷하고, 믿음과 의리를 무겁게 여긴다고 알고 있습니다. 승상께서 예전에 그 사람한테 은혜를 많이 베푼 적이 있으니까 그걸 바탕으로 직접 부탁하시면 이 어려움을 벗어날 수 있겠습니다."

조조는 그 말을 좋아 곧장 말을 몰고 나가 관우에게 몸을 굽혀 인사를 했다.

"장군은 그동안 별일 없으셨소?"

관우 역시 몸을 굽혀 인사를 한 뒤 말했다.

"이 사람이 공명의 명령을 받들어 여기서 승상을 기다린 지 오래요."

"이 사람 조조가 싸움에 져 여기까지 몰려 갈 길이 없이 되었소. 바라건대 장군께서는 지난날의 정을 무겁게 생각해주시오."

"옛날에 이 사람이 승상의 은혜를 입긴 했으나, 그건 안량과 문추를 베어 백마의 포위를 풀어드림으로써 다 갚았습니다. 오늘의 일을 두고 어찌 사사로운 일을 들먹이며 공적인 일을 망치라 하시오?"

조조는 끝까지 물러서지 않았다.

"지난날 다섯 관문을 지날 때마다 나의 장수들을 하나씩 벤 일을 잊었소? 대장부는 믿음과 의리를 무겁게 여겨야 합니다. 장군은 춘추에 밝으시면서 어찌 유공지사가 자탁유자를 쫓을 때의 일을 모르시오? 자신이 활을 배운 스승의 스승이라 일부러 화살촉을 뽑은 활을 쏘아 애써 의리를 지키지 않았소?"

관우는 본디 의로움을 산처럼 무겁게 여기는 사람이다. 조조가 자신에게 은혜를 무척 많이 베푼 일이 떠오르고, 나중에 다섯 관문을 지나오면서 장수들을 벤 일도 떠오르자 마음이 흔들렸다. 더구나 조조의 군사들을 보니 잔뜩 겁을 먹고 다들 눈물을 머금고 있어서 차마 어찌할 수 없는 마음한 가닥이 일었다.

마침내 관우는 말 머리를 돌리더니 군사들에게 일렀다.

"그냥 사방으로 흩어져라."

관우가 조조를 살려 보내주다.

이는 틀림없이 조조를 살려 보내주겠다는 뜻이었다.

조조는 관우가 말 머리를 돌리자 장수들과 함께 말을 몰아 빠져나갔다. 관우가 다시 몸을 돌려서 보니 조조는 이미 장수들과 함께 저만치 달아나고 있었다. 관우는 큰소리를 한 번 내질렀다. 그 소리에 남은 군사들이 말에서 내려 땅바닥에 엎드려 절을 하며 울먹였다. 관우는 더욱 마음이 편치 않았다. 바로 그때 장료가 말을 몰고 나타났다. 관우는 그를 보자 옛 벗에 대한 정이 되살아나 길게 한숨을 내쉬며 모두들 놓아주고 말았다.

훗날 어떤 이가 시를 읊었다.

조아만이 싸움에 지고 화용으로 달아나다
관공한테 좁은 길에서 딱 걸리고 말았네
그 옛날 입은 은혜와 의리 저버릴 수 없어
관공은 쇠자물쇠 열어 교룡을 달아나게 했네

조조는 화용도에서 죽을 고비를 겨우 넘기고 골짜기 어귀를 벗어났다. 살펴보니 따르는 군사가 겨우 27명밖에 되지 않았다. 날이 어둑어둑해질 때쯤 해서 남군 가까이에 이르렀다. 갑자기 횃불이 환히 밝혀지더니 군사 한 무리가 길을 막았다.

조조는 놀라서 신음 소리가 절로 났다.

"이제 내 목숨도 다했구나!"

그런데 가까이 오는 군사들을 살펴보니 조인의 군사들이었다. 조조는 그제야 가슴을 쓸어내렸다.

조인이 조조를 맞으며 말했다.

"싸움에 진 줄은 알고 있었지만 멀리까지 가지 못하고 겨우 이곳에서 맞게 되었습니다."

조조가 한숨을 내쉬었다.

"하마터면 너를 다시 못 볼 뻔했다!"

조조는 무리들과 함께 남군으로 들어가 쉬었다. 이내 곧 장료가 뒤쫓아와서 관우가 베푼 덕에 대해 이야기했다.

조조가 장수와 군사들을 살펴보니 거의가 여기저기 상처 투성이였다. 조조는 그들에게 모두 편히 쉬라고 일렀다.

조인은 조조의 기분을 풀어주기 위해 술자리를 마련했다. 모사들 모두 자리를 함께 했다. 조조가 갑자기 하늘을 우러르며 울음을 크게 터뜨렸다.

모사들이 물었다.

"승상께서는 범의 굴에서 어렵게 빠져나오실 때도 아무런 두려움이 없었습니다. 그런데 지금은 성 안에서 모두들 배불리 먹고 말도 배를 가득 채우고 있습니다. 다시 군사와 말을 가다듬어 원수를 갚고자 하는데 어찌해서 그토록 울음을 크게 터뜨리십니까?"

"봉효 곽가 때문에 그러네! 봉효만 살아 있어도 이토록 어이없는 꼴은 결코 당하지 않았을 텐데!"

조조는 가슴을 치며 아예 목을 놓아 울었다.

"아, 애달프다, 봉효여! 괴로운지고, 봉효여! 아쉽도다, 봉효여!"

모사들 모두 아무 말을 못 하고 부끄러움에 몸둘 바를 몰라 했다.

다음 날 조조는 조인을 불러 말했다.

"내 잠깐 허도로 돌아가 군사와 말을 갖춰 반드시 다시 원수를 갚으러 오겠다. 남군을 잘 지키고 있으라. 내가 미리 방법을 하나 적어놓고 가겠다. 일이 급하지 않으면 펴보지 말고, 급한 일이 생겼을 때 펴보아라. 내가 적어놓은 그대로만 하면 동오는 섣불리 남군을 똑바로 쳐다보지도 못한다."

조인이 물었다.

"합비와 양양은 누가 지켜야 합니까?"

"형주는 네가 맡아서 다스리고, 양양은 이미 하후돈더러 지키라고 했다. 합비는 가장 중요한 데라 장료를 주장으로 삼고 악진과 이전을 부장 삼아 지키도록 하겠다. 급한 일이 있거든 바로 보고하도록 하라."

조조는 이처럼 맡을 일을 나누어준 뒤 곧바로 무리를 이끌고 허도로 돌아갔다. 형주에서 항복한 문무 벼슬아치들도 그대로 쓰기 위해 허도로 데리고 갔다.

조인은 조홍에게 이릉과 남군을 맡아 지키게 함으로써 주유를 막도록 했다.

한편 관우는 조조를 놓아준 뒤 군사를 이끌고 돌아왔다. 여러 갈래로 나뉘어 나갔던 군사들은 이미 말이며 무기며 물자며 식량 등을 빼앗아 하구에 돌아와 있었다. 오로지 관우만이 군사 하나, 말 한 필 얻지 못하고 빈손으로 돌아와 유비를 만나게 되었다.

제갈량이 유비와 함께 싸움에 이긴 걸 축하하고 있을 때 관우가 이르렀다는 보고가 들어왔다. 제갈량은 급히 자리에서 일어나 술잔을 들고 관우를 맞았다.

"장군께서 세상을 뒤덮을 큰 공을 세우시고 세상의 골칫거리를 없애 무척 기쁩니다. 마땅히 멀리 나가 맞으며 축하드렸어야 옳은 일인데, 미안합니다!"

관우는 입을 꽉 다물고 아무런 대꾸를 하지 않았다.

제갈량이 다시 말했다.

"장군께서는 우리가 마중 나가지 않아 화가 나셨소?"

그러면서 곁에 있는 이들을 돌아보며 짐짓 나무랐다.

"너희들은 어찌하여 장군께서 돌아오시는 사실을 미리

알리지 않았느냐?"

관우는 그제야 입을 열었다.

"이 사람은 오로지 죽기 위해 돌아왔습니다."

제갈량이 다그쳤다.

"조조가 화용도로 오지 않았습니까?"

"그리 오기는 했습니다만, 이 사람이 능력이 달려 놓치고 말았습니다."

"그럼 장수나 군사들은 사로잡아 왔겠죠?"

"하나도 잡지 못했습니다."

제갈량이 한껏 목소리를 높였다.

"이건 운장이 조조한테 예전에 입은 은혜를 떨쳐버리지 못하고 일부러 놓아준 게 틀림없소. 이미 문서를 꾸며놓았으니 거기 적힌 대로 군법으로 다스리지 않을 수 없소."

제갈량은 무사들에게 관우를 끌고 가서 목을 베라고 명령했다.

한 번 죽어 자기를 알아준 은혜 갚으려 하네
의로운 그 이름 두고두고 역사에 빛나리라

과연 관우의 목숨은 어찌 될는지……

제51회

화가 나 쓰러진 주유

조인은 동오 군사와 크게 싸우고
제갈량은 주유를 화나게 해 쓰러뜨리다

제갈량이 관우의 목을 베라고 하자 유비가 나섰다.

"우리 세 사람은 의형제를 맺을 때 살고 죽는 걸 같이하기로 맹세했소. 지금 운장이 비록 군법을 어기기는 했으나 차마 지난날의 다짐을 저버릴 수는 없소. 바라건대 오늘 일을 새겨두었다가 나중에 공을 세워 죄를 갚도록 해주시오."

제갈량은 그제야 마지못해 용서해주는 척했다.

한편 주유는 군사를 거두었다. 장수들을 살펴보고 저마다 세운 공을 가려 오후한테 보고했다. 항복해온 군사들은 모두 강을 건너보냈다. 이어 모든 군사를 푸짐하게 먹인 뒤 곧장 남군을 칠 준비를 했다.

앞장선 군사들은 강을 따라 영채를 세웠다. 앞뒤로 나누어 영채 다섯 곳을 세웠는데, 주유는 가운데에 들어앉았다.

주유가 여러 사람들과 함께 의논하고 있는데 갑자기 보고가 들어왔다.

"유현덕이 도독의 승리를 축하하기 위해 손건을 보내왔습니다."

주유가 들라고 일렀다. 손건이 들어와 인사를 마친 뒤 말했다.

"주공께서 저를 특별히 보내 도독의 크나큰 덕에 고마움을 나타내고 보잘것없는 선물이나마 드리라 했습니다."

주유가 물었다.

"현덕은 지금 어디 계시오?"

"지금 군사를 유강 어귀로 옮겨 그리 가 계십니다."

주유는 깜짝 놀랐다.

"공명도 거기 가 계시오?"

"공명도 주공과 함께 계십니다."

"그대는 먼저 돌아가시오. 내 직접 찾아뵙고 인사를 드려야겠소."

주유는 예물을 거둔 뒤 손건을 돌려보냈다.

노숙이 주유에게 물었다.

"도독께서는 아까 왜 그리 놀라셨습니까?"

주유가 대답했다.

"유비가 유강에 군사를 끌고 와 있다면 그건 반드시 남군을 얻고 싶어서요. 우리는 지금까지 엄청나게 많은 군사며 말을 몰아넣고, 물자와 먹을거리도 엄청나게 쏟아부었소. 지금 겨우 남군을 손에 넣으려 하고 있는데 저들은 어질지 못한 생각을 품고서 손쉽게 차지하려 드오. 주유가 죽지 않는 한 무슨 일이 있어도 그렇게 하도록 두지 않겠소!"

"그렇다면 어떤 방법을 써서 물리칠 생각이십니까?"

"내 직접 찾아가서 말로 해보겠소. 잘 되면 좋고, 만약 잘 안 되면 저들이 남군을 차지하기 전에 유비를 먼저 없애버리겠소!"

"저도 같이 가겠습니다."

주유와 노숙은 가볍게 무장한 군사 3천 명을 이끌고 유강 어귀로 떠났다.

그보다 먼저 돌아온 손건은 유비에게 주유가 직접 찾아오기로 했다는 사실을 보고했다. 유비가 고개를 갸우뚱하며 제갈량에게 물었다.

"그 사람이 오는 뜻이 무엇이오?"

제갈량이 빙그레 웃었다.

"보잘것없는 선물 때문에 오는 게 아니고 바로 남군 때문이지요."

"그럼 만약에 군사를 끌고 오면 어찌해야 좋소?"

제갈량은 주유가 오면 이러저러하라고 유비한테 알려주었다. 그런 뒤 유강 어귀에 배를 펼쳐놓고 언덕 위에는 군사들을 벌려세워놓았다.

바로 보고가 들어왔다.

"주유와 노숙이 군사를 끌고 왔습니다."

제갈량은 조운더러 말 탄 군사 몇을 데리고 나가 맞이하도록 했다.

주유는 군사를 써놓은 품이 제법 우람하고 힘이 넘쳐 보이자 마음이 몹시 불편했다. 영채 문밖에 이르자 유비와 제갈량이 나와 막사 안으로 맞아들였다. 서로 인사를 나눈 뒤 잔치가 벌어졌다. 유비가 술잔을 들어 이번 싸움에서 적을 물리친 일을 축하했다. 술잔이 몇 차례 돌자 주유가 대놓고 물었다.

"예주께서 이리 군사를 옮겨오셨는데, 남군을 차지하겠다는 뜻 아니오?"

유비가 짐짓 아무렇지 않게 대답했다.

"듣자니 도독께서 남군을 얻고 싶어 한다기에 도울 일이 있을까 하여 왔소. 만약에 도독께서 그럴 마음이 없다면 이 사람이 차지할까 싶소."

주유가 픽 웃었다.

"우리 동오는 오래전부터 한강을 차지하고 싶어 했소. 이제 남군이 손안에 거의 들어왔는데 어찌 빼앗지 않을 수 있겠소?"

유비는 조금도 서두르지 않고 차분히 말했다.

"그러나 이기고 지는 걸 미리 짐작할 수는 없소. 조조가 돌아가면서 조인에게 남군 지역을 잘 지키도록 일렀소. 틀림없이 기가 막힌 꾀를 내놓고 갔으리라는 생각이 드오. 게다가 조인은 용감하기 짝이 없는 사람이오. 도독께서 남군을 빼앗는 일이 결코 쉽지 않겠다 싶어 걱정하는 바이오."

주유가 툭 내던졌다.

"내가 만약에 빼앗지 못하면 그때는 공께서 빼앗아 가지시오."

유비가 때를 놓치지 않고 단단히 못을 박았다.

"좋소. 자경과 공명이 여기서 함께 증인이 되었으니 도독께서는 나중에 안타까워하지 마시오."

노숙은 머뭇거리며 아무 말도 하지 못했다.

주유가 큰소리를 쳤다.

"대장부는 한번 입 밖에 말을 내뱉으면 안타까워하는 법이 없소!"

제갈량이 한마디 거들었다.

"도독의 말씀이 참으로 옳습니다. 먼저 동오가 가서 한번 쳐보도록 하시지요. 동오가 뜻을 이루지 못할 때는 주공께서 나서십시오. 그리하면 무슨 문제가 있겠습니까!"

곧바로 주유와 노숙은 유비와 제갈량에게 인사를 한 뒤 말을 타고 떠났다.

유비가 제갈량을 처다보며 떨떠름한 표정을 지었다.

"선생이 이른 대로 말을 하기는 했지만, 곰곰 생각해보니 영 잘못했나 싶소. 나는 지금 발 하나 제대로 걸칠 데 없이 되어 남군이나마 얻어서 우선 몸을 붙이고 있을까 했는데, 주유더러 먼저 빼앗아 가지라 했으니 다 글렀나 싶소. 동오 땅이 되고 나면 어떻게 다시 얻을 수 있겠소?"

제갈량이 껄껄 웃었다.

"처음에 제가 주공께 말씀드리기를, 형주를 차지해야 한다고 했습니다. 그때는 듣지 않으시더니 이제 와 새삼 욕심을 내십니까?"

"그때야 경승의 땅이라 차마 빼앗을 수 없었지요. 지금에야 조조의 땅이니 마땅히 빼앗아야지요."

제갈량이 자세를 고쳐 앉았다.

"주공께서는 아무런 걱정 마십시오. 주유가 먼저 가서 실컷 싸우도록 두는 게 좋습니다. 그러면 머지않아 주공께서 남군성 한가운데에 높이 앉아 계실 수 있게 됩니다."

"좋은 방법이 있소?"

제갈량이 이러저러한 방법이 있다고 말하자 유비는 무척 좋아라 했다. 유비는 유강 어귀에 군사들을 묶어둔 채 꼼짝도 하지 않았다.

주유와 노숙은 그 길로 영채로 돌아갔다.

노숙은 아무래도 오늘 일이 마음에 걸렸다.

"도독께서는 무슨 생각에 현덕이 나중에 남군을 빼앗아 가져도 된다고 하셨습니까?"

주유가 거침없이 대답했다.

"내가 손끝만 한 번 놀리면 남군은 쉽게 얻을 수 있소. 그래서 빈말로 인심이나 한번 써봤지요."

이어 주유는 장수들을 불렀다.

"누가 나서서 남군을 무찔러 빼앗겠소?"

바로 한 사람이 나서는데, 장흠이었다.

주유가 장흠에게 곧바로 명령했다.

"그대가 앞장서고 서성과 정봉을 부장으로 삼으시오. 날랜 군사 오천 명을 이끌고 먼저 강을 건너가시오. 내 곧 군사를 거느리고 뒤따르겠소."

이때 조인은 남군에 있으면서 조홍에게 이릉을 지키도록

했다. 사슴을 잡을 때 뿔과 뒷다리를 한꺼번에 붙잡듯이 적을 앞뒤에서 몰아치자는 속셈이었다.

군사 하나가 헐레벌떡 뛰어왔다.

"동오 군사가 한강을 건너왔습니다."

조인이 장수들에게 말했다.

"단단히 지키면서 싸우지 않는 게 가장 좋다."

사납고 날쌘 장수 우금이 흥분하며 나섰다.

"적이 성 아래까지 쳐들어왔는데 싸우지 말라니요? 그건 겁먹었다는 소리요. 더구나 우리가 싸움에 진 지 얼마 안 되어 군사들의 기운을 북돋울 필요가 있습니다. 저한테 날쌘 군사 오백 명만 내어주십시오. 죽기로 싸우겠습니다."

조인은 그 말을 받아들여 우금에게 군사 5백 명을 이끌고 나가 싸우도록 했다. 정봉이 그를 맞아 싸우러 나왔다. 정봉은 4, 5합 싸우더니 거짓으로 진 척하며 달아났다. 우금은 군사를 몰고 적군 깊숙이 쫓아들어갔다. 정봉은 군사들더러 우금을 에워싸게 했다. 우금은 이리 뛰고 저리 뛰며 길을 뚫으려 했으나 빠져나갈 수가 없었다.

조인은 성 위에서 그 모습을 내려다보고 있었다. 우금이 적군 한가운데에 갇혀 위험에 빠진 걸 보자 더는 보고만 있을 수 없어 곧바로 갑옷을 입고 말에 올랐다. 바로 군사 수백 명과 함께 성을 빠져나와 칼을 힘껏 휘두르며 적진으로 쳐들어갔다. 동오 쪽에서는 서성이 나와 맞아 싸웠으나 해보지 못했다. 조인은 한가운데로 쳐들어가 우금을 구했다. 돌아보니 아직도 수십 명이 빠져나오지 못하고 있었다. 조인은 다시 몸을 돌려 뛰어들어가 에워싼 적들을 무찔러 그들마저 구해냈다. 그러자 장흠이 달려와 길을 막았다. 조인과 우금은 힘을 다해 마구 들이쳤다. 마침 조인의 아우인 조순이 군사를 끌고 도우러 와서 한바탕 어지럽게 싸웠다. 마침내 오군은 싸움에 져 달아나고 조인은 이기고 돌아왔다.

장흠이 싸움에 지고 돌아오자 주유는 화가 치밀 대로 치밀어 장흠의 목을 베려 했다. 여럿이 말려 장흠은 겨우 목숨을 잃지 않았다. 주유는 곧바로 군사를 살핀 뒤 직접 조인과 싸우러 나서려 했다.

감녕이 나서며 말렸다.

"도독께서는 너무 서두르지 마십시오. 지금 조인은 조홍한테 이릉을 지키게 함으로써 사슴을 잡을 때 뿔과 뒷다리를 앞뒤에서 한꺼번에 붙잡듯이, 말하자면 기각지세를 이루고 있습니다. 제게 날랜 군사 삼천 명을 주시면 이끌고 가 이릉을 무찌르겠습니다. 그 뒤에 도독께서 남군을 치도록 하십시오."

주유는 그 말을 좇아 먼저 감녕에게 군사 3천 명을 이끌고 가 이릉을 치도록 했다.

이런 사실은 염탐꾼들을 통해 금세 조인에게 알려졌다. 조인은 진교와 의논했다.

진교가 졸랐다.

"이릉을 잃으면 남군도 지킬 수 없습니다. 어서 구하도록 하십시오."

조인은 조순과 우금에게 몰래 군사를 이끌고 가 조홍을 돕도록 했다. 이에 조순은 먼저 조홍에게 알리며 성에서 나와 적을 꾀도록 했다.

감녕이 군사를 이끌고 이릉에 다다르자 조홍이 나와 맞섰다. 20합쯤 싸운 뒤 조홍이 져 달아나자 감녕은 이내 곧 이릉을 빼앗았다. 해질 무렵이 되었을 때 조순과 우금이 군사를 이끌고 나타나 조홍의 군사와 함께 이릉을 에워쌌다. 염탐꾼이 주유한테 나는 듯이 달려가 감녕이 이릉성 안에 갇혔다고 보고했다. 주유는 깜짝 놀랐다.

정보가 나섰다.

"급히 군사를 나누어 구하러 가야 합니다."

주유가 고개를 갸우뚱했다.

"여기는 아주 중요한 길목이오. 만약 군사를 나누어 구하러 갔다가 조인이 군사를 이끌고 덮쳐오면 그때는 어찌해야 하오?"

여몽이 나섰다.

"감흥패는 강동의 큰 장수입니다. 구해내지 않을 수는 없습니다."

주유가 어두운 표정을 지었다.

"내가 직접 달려가 구하고 싶소. 그러면 누가 나 대신 여기를 지키는 게 좋겠소?"

여몽이 대답했다.

"능공적에게 여기를 맡기십시오. 그런 다음 제가 앞장서고 도독께서 뒤를 끊으시면 열흘 안에 반드시 승리를 노래할 수 있습니다."

주유가 능통을 돌아보았다.

"능공적이 나 대신 여기를 맡을 수 있겠소?"

능통이 조심스레 대답했다.

"열흘 정도면 괜찮겠지만, 더 넘어가면 해낼 수 없을지 모릅니다."

주유는 마음에 들어 하며 군사 1만 명 남짓을 능통에게 주고, 바로 그날로 대군을 거느리고 이릉으로 떠났다.

여몽이 주유에게 말했다.

"이릉 남쪽 외진 데에 있는 좁은 길이 남군으로 가는 가장 빠른 길입니다. 군사 오백 명을 시켜 나무를 베어 넘어뜨려서 길을 끊어놓도록 하시지요. 적이 싸움에 지고 달아나자면 틀림없이 그 길로 빠져나갈 텐데, 길을 막아놓으면 말이 지날 수 없어 어쩔 수 없이 말을 버리고 달아나야 합니다. 그러면 우리는 그 말들을 얻을 수 있습니다."

주유는 그 말을 좇아 군사들을 보내 그렇게 하도록 했다.

대군이 이릉 가까이 이르자 주유가 장수들을 둘러보았다.

"누가 저 둘러싼 데를 뚫고 들어가 감녕을 구하겠소?"

주태가 나섰다. 주태는 곧바로 칼을 빼어 들고 말을 달려 적군 속으로 뛰어들어가 바로 성 아래까지 내달았다. 감녕은 주태가 오길 기다리고 있다 직접 성 문을 열고 맞았다.

주태가 말했다.

"도독께서 직접 군사를 거느리고 오셨소."

감녕은 군사들더러 단단히 무장하고 배불리 먹은 다음 서로 힘을 모아 싸울 준비를 하라고 일렀다.

한편 조홍·조순·우금은 주유의 군사가 온다는 소식을 듣자 먼저 사람을 남군으로 보내 조인에게 알렸다. 그런 뒤 군사를 나누어 적을 막을 준비를 했다.

마침내 동오의 군사들이 들이닥치자 조조군은 맞서 싸울 준비를 했다. 막 어울려 싸우려 할 때 감녕과 주태가 성 안에서 양쪽으로 나뉘어 나왔다. 조조군이 갈팡질팡 큰 어지러움에 빠지는 틈을 타 동오 군사들이 사방에서 몰아쳤다.

조홍·조순·우금은 좁은 길로 해서 달아나기 시작했다.

그러나 통나무가 아무렇게나 나자빠진 채 길을 막아 말이 지나갈 수가 없었다. 하는 수 없이 모두들 말을 버리고 달아나기에 바빴다. 이에 동오군은 5백 마리가 넘는 말을 손쉽게 얻었다.

주유는 밤을 도와 군사를 몰고 남군에 이르렀다. 가는 길에 이릉을 도우러 오던 조인의 군사와 맞닥뜨렸다. 양쪽 군사들은 한데 엉켜 어지럽게 한바탕 싸웠다. 날이 저물어서야 서로 싸움을 그치고 군사를 거두었다.

조인은 성 안으로 돌아가 여러 장수들과 함께 의논했다.

조홍이 나섰다.

"이제 이릉을 잃어 상황이 아주 급하게 되었습니다. 그런데 어째서 승상께서 주고 가신 방법을 꺼내 위기를 넘기려 하지 않으십니까?"

조인이 고개를 끄덕였다.

"그러잖아도 나도 알아보려 했다."

마침내 봉투를 뜯어보았다. 조인은 무척 기뻐했다. 그는 군사들에게 한밤중이 지나면 밥을 지어 먹고, 날이 샐 무렵이 되면 성 위에 깃발을 잔뜩 꽂아두고 세 문으로 나누어 모두 성을 빠져나가라는 명령을 내렸다.

감녕을 구한 뒤 남군성 밖에 머물고 있던 주유는 적들이 세 문으로 나누어 나오자 높다란 지휘대 위에 올라가 바라보았다. 성 위 높고 낮은 담장 위에 깃발만 잔뜩 꽂혀 있을 뿐 지키는 이는 하나도 없었다. 게다가 빠져나가는 군사들을 보니 죄다 허리에 보따리를 하나씩 매달고 있었다.

주유는 조인이 틀림없이 미리 도망치는 준비를 하고 있다 생각하고 지휘대에서 내려와 바로 명령을 내렸다. 일단 군사를 양쪽 날개처럼 둘로 나누도록 했다. 이어 앞선 군사들이 이기면 그대로 앞으로 내달아 적을 치다가 징 소리가 울리면 물러나도록 했다. 뒤쪽 군사는 정보가 맡도록 한 뒤 주유 자신은 직접 군사를 이끌고 성을 치러 나섰다.

조조군 쪽에서 북소리가 크게 나더니 조홍이 말을 타고 나와 싸움을 걸었다. 주유는 영채 문기 아래에 있으면서 한당에게 말을 타고 나가 조홍과 싸우도록 했다. 두 사람이 서로 어우러져 싸운 지 30합에 이르자 조홍이 져서 달아나고 조인이 직접 싸우러 나섰다. 그러자 주태가 말을 내달려 그를 맞았다. 10합을 넘게 싸우자 조인 역시 해보지 못하고 달아났다. 이에 싸움판이 어지러워졌다.

주유가 양쪽 날개의 군사들을 휘몰아 몰아치자 조조군은 크게 지고 말았다. 주유는 직접 군사를 이끌고 남군성 아래까지 쳐들어갔다. 조조군은 모두 성 안으로 들어가지 않고 서북쪽을 바라고 달아났다. 한당과 주태가 앞쪽 군사를 몰고 뒤쫓았다.

주유는 성 문이 활짝 열려 있고 성 위에 아무도 없자 군사들에게 성을 빼앗으라고 했다. 말 탄 군사 수십 명이 앞장서 들어갔다. 주유도 말에 채찍질을 하며 뒤를 따라 성 문 밖에 둘러 있는 작은 성 안으로 들어갔다. 진교는 전망대 위에서 주유가 직접 성 안으로 들어오는 모습을 보며 속으로 깜짝 놀랐다.

'승상의 방법이 참으로 귀신같구나!'

신호 소리가 한 번 울리자 양쪽에서 화살들이 빗발치듯 쏟아졌다. 앞장서 들어오던 군사들은 모두 함정 속으로 빠져버렸다. 주유가 급히 말 머리를 돌리려 하는데 화살 한 대가 날아와 왼쪽 갈빗대에 꽂혔다. 주유는 그대로 말 아래로 고꾸라지고 말았다. 우금이 주유를 잡기 위해 성 안에서 뛰쳐나오자 서성과 정봉 두 사람이 죽기 살기로 달려들어 주유를 구해냈다.

성 안에 있던 조조군이 몰려나오자 동오 군사들은 자기네들끼리 밟고 밟히다가 구덩이 속으로 굴러떨어져 죽는데 그 수는 이루 헤아릴 수도 없었다.

정보가 급히 군사를 거두는데 조인과 조홍이 양쪽에서 군사를 나누어 덮쳤다. 동오 군사들은 크게 지고 말았다. 그나마 능통이 군사 한 무리를 이끌고 와 조조군을 겨우 막았다는 게 다행이라면 다행이었다.

주유가 화살을 맞고 말에서 떨어지다.

조인은 싸움에 이긴 군사를 이끌고 성 안으로 들어가고, 정보는 싸움에 진 군사들을 거두어 영채로 돌아갔다.

정봉과 서성 두 장수는 주유를 구해 막사로 돌아간 뒤 서둘러 의원을 불렀다. 의원은 급히 쇠집게로 화살촉을 뽑아내고, 쇠붙이에 다친 상처를 치료하는 약을 발라주었다. 주유는 상처가 너무 아파 밥도 제대로 먹지 못했다.

의원이 말했다.

"이 화살촉에 독이 묻어 있어서 쉽게 낫기가 어렵습니다. 만약에 화를 내시거나 하면 상처가 덧나니 조심하셔야 합니다."

정보는 전군에 명령을 내려 가벼이 싸우러 나가지 못하도록 했다.

사흘 뒤 우금이 군사를 끌고 와 싸움을 걸었다. 정보는 군사들을 눌러둔 채 꼼짝도 하지 않았다. 우금은 하루 내내 욕설을 퍼붓다가 해가 져서야 돌아갔다. 그다음 날도 또 찾아와 욕을 하며 싸움을 걸었다. 정보는 주유가 알면 화를 돋울까봐 조심하며 알리지 않았다. 사흘째 되는 날에 우금은 영채 문밖까지 들어와서 버럭버럭 소리를 질러댔다. 지르는 소리마다 주유를 잡아가겠다는 말이었다. 정보는 여러 사람과 의논해서 잠깐 군사를 물리고자 했다. 그래서 오후를 만나 나중 일을 의논하려 했다.

주유는 앓고 있기는 했지만 속으로는 나름대로 생각을 하고 있었다. 또 조조군이 영채 앞에 와서 욕을 하고 싸움을 거는 거며, 장수들이 일부러 보고를 하지 않는다는 사실도 죄다 알고 있었다.

그러던 어느 날 조인이 직접 군사를 이끌고 와서 북 치고 소리 지르며 싸움을 걸었다. 그러나 정보는 아무도 못 나가게 했다. 그때 주유가 장수들을 막사 안으로 불러들인 뒤 물었다.

"북을 치고 소리를 지르는 데가 어디요?"

장수들이 대답했다.

"군사들을 훈련시키는 중입니다."

그러자 주유가 화를 벌컥 냈다.

"어째서 다들 나를 속이고 있소? 나는 이미 조조군이 날마다 영채 앞에 와서 욕설을 퍼붓는 일도 다 알고 있소. 정덕모는 나랑 같이 군사를 부릴 수 있는 힘을 가지고 있으면서 가만 보고만 있을 셈이라던가요?"

곧장 정보를 안으로 들라 해서 따졌다.

정보가 대답했다.

"공근께서 다치시자 의원이 절대 화를 돋우지 말라고 했습니다. 그래서 조조군이 와서 싸움을 걸어도 보고하지 않았습니다."

주유가 물었다.

"공들은 싸우지 않으면 어쩔 셈이오?"

"장수들 모두 일단 군사를 거두어 강동으로 돌아가기를 바랍니다. 그랬다가 도독께서 몸이 다시 좋아지시면 그때 다시 방법을 찾아보자 합니다."

주유가 자리에서 벌떡 일어나 앉으며 소리쳤다.

"나라의 녹을 먹고 있는 대장부라면 마땅히 싸움터에서 죽어 말가죽에 싸인 시체로 돌아가는 게 행복이오! 어찌 나 한 사람 때문에 나라의 큰일을 그르칠 수 있소?"

주유는 말을 마치자마자 바로 갑옷을 걸치고 말에 올랐다. 장수들 모두 놀라 벌린 입을 다물지 못했다.

주유는 말 탄 군사 수백 명을 이끌고 영채 앞으로 갔다. 조조군은 이미 싸울 준비를 하고 있었다. 조인은 영채 문기 아래 말을 세워놓고 채찍을 흔들며 욕설을 퍼부었다.

"젖비린내 나는 주유놈이 틀림없이 제 명대로 못 살고 죽을 거라 우리 군사를 다시는 못 넘겨다보게 된다!"

욕설이 미처 끝나기도 전에 주유가 군사들 틈에서 불쑥 나서며 소리쳤다.

"조인, 멍청한 놈아! 네 눈깔에는 이 주유가 안 보이느냐!"

조조 군사들은 주유를 보고 깜짝 놀랐다.

조인이 장수들을 돌아보았다.

"있는 대로 욕지거리를 퍼부어라!"

조조군은 모두 큰소리로 욕설을 퍼부어댔다. 주유는 크게 화를 내며 반장에게 나가 싸우도록 했다. 그러나 미처 싸움이 어우러지기도 전에 주유가 갑자기 외마디 소리를 내지르더니 입으로 피를 토하며 말 아래로 굴러떨어졌다. 조조군이 몰려왔다. 여러 장수들이 뛰쳐나가 막으며 한바탕 어지럽게 싸운 뒤에 겨우 주유를 구해 막사로 돌아왔다.

정보가 주유에게 물었다.

"도독께서는 몸이 좀 어떠시오?"

주유가 정보한테 작은 소리로 말했다.

"이건 내가 꾸민 꾀요."

"꾀라니요? 어떻게 하시려고 그럽니까?"

"사실 나는 그리 많이 아프지 않소. 조조 군사들한테 내 병이 아주 심한 것처럼 보여 속이려고 그랬소. 믿을 만한 군사를 성 안으로 보내 거짓 항복하게 하고 내가 죽었다는 소문을 내시오. 그러면 조인은 오늘 밤에 반드시 영채를 치러 옵니다. 우리는 사방에 군사를 숨겨두었다가 맞아 싸우면 북소리 한 번에 조인을 사로잡을 수 있소."

"참으로 기가 막힌 꾀입니다."

정보는 바로 막사 밖에서 울음소리를 내게 했다. 군사들 모두 놀랐다. 서로들 도독이 화살 맞은 상처가 덧나 죽었다고 떠들어댔다. 각 영채에서는 초상난 표시를 하고 상복을 입었다.

한편 조인은 성 안에서 장수들을 모아놓고 의논을 했다. 주유가 화를 돋우어 상처가 터져 피를 토하며 말에서 떨어졌으니 오래지 않아 죽을 거라는 말을 조인이 하고 있는데 보고가 들어왔다.

"동오군 영채에서 군사 여남은 명이 항복해왔습니다. 그 가운데 둘은 본디 우리 군사였는데 사로잡혀갔던 이들입니다."

조인이 그들을 급히 불러들였다.

군사들이 말했다.

"오늘 주유가 싸움터에서 상처가 터져 영채로 오자마자 죽었습니다. 지금 군사들과 장수들은 상복을 입고 장례 준비를 하고 있습니다. 저희들은 정보한테 욕을 당한 사람들이라 특히 이 사실을 알리며 항복하러 왔습니다."

조인은 무척 좋아라 했다. 그래서 그날 밤 안으로 영채를 덮쳐 주유의 시체를 빼앗은 뒤 목을 잘라 허도로 보내자는 의논을 바로 했다.

의논 끝에 진고가 한마디 덧붙였다.

"이 일은 빨리 해치워야 합니다. 꾸물거리다가는 일을 그르칩니다."

조인은 우금을 앞장세운 뒤 자신은 가운데를 맡고 뒤쪽
은 조홍과 조순이 맡도록 했다. 진교는 조금 남기고 가는 군
사들과 함께 성을 지키게 했다.

이른 저녁이 되자 조인은 거의 모든 군사들을 이끌고 성
을 나서 주유의 영채를 덮치러 갔다. 그런데 영채 문 앞에
이르렀는데도 군사 하나 보이지 않고 깃발과 창들만 꽂혀
있었다. 조인은 그제야 적에게 속은 줄 알고 급히 군사를 물
리려 했다. 바로 그때 사방에서 쾅 하는 소리가 일었다. 이
어 동쪽에서는 한당과 장흠이, 서쪽에서는 주태와 반장이,
남쪽에서는 서성과 정봉이, 북쪽에서는 진무와 여몽이 들
이닥쳤다. 조조군은 크게 졌다. 세 갈래 군사가 모두 뒤죽박
죽 섞이고 흩어져서 머리 쪽 군사와 꼬리 쪽 군사가 서로 어
찌해볼 수도 없었다.

조인은 말 탄 군사 여남은 명과 함께 겨우 길을 뚫고 나갔
다. 가다가 조홍을 만나 싸움에 진 군사 한 무리와 함께 달
아났다. 한밤중이 지나서야 겨우 남군성 가까이 이르렀다.
북소리가 한 번 울리더니 능통이 군사 한 무리를 몰고 가는
길을 막으며 들이쳤다. 조인은 죽기 살기로 군사들과 함께
길을 뚫고 옆으로 빠져 달아났다. 그런데 이번엔 감녕이 나
타나 한바탕 설쳐댔다. 조인은 두려움에 남군으로는 더 갈

생각을 못 하고 양양 큰길로 나아갔다. 동오 군사들은 한참 쫓더니 어느새 더 쫓지 않고 돌아갔다.

주유와 정보는 군사를 거두어 남군성 아래에 이르렀다. 성 위에 깃발들이 가득 꽂혀 있었다. 장수 하나가 성 위에 나타나 소리쳤다.

"도독은 나보고 뭐라 하지 마시오! 나는 공명의 명령을 받들어 이 성을 이미 차지했소. 나는 상산 조자룡이오."

주유는 화가 머리끝까지 치밀어올라 바로 성을 치라는 명령을 내렸다. 그러나 성 위에서 화살이 어지럽게 쏟아졌다. 주유는 하는 수 없어 군사를 돌린 다음 의논했다. 주유는 감녕에게 군사 수천 명을 주며 형주를 빼앗으라 하고, 능통 역시 군사 수천 명을 이끌고 가 양양을 빼앗도록 했다. 남군은 그런 다음 빼앗아도 늦지 않으리라 여겼다.

그런데 군사들이 저마다 떠나기도 전에 뜻밖의 보고가 들어왔다.

"제갈량이 남군을 차지한 뒤 군사를 다스릴 수 있는 힘을 나타내는 병부를 밤을 도와 형주로 보냈답니다. 그런 다음 그걸 내보이며 형주를 지키던 군사들을 남군을 도우러 오라는 말로 속인 뒤 장비를 시켜 형주를 빼앗아버렸답니다."

곧바로 보고가 또 올라왔다.

"하후돈이 양양을 지키고 있었는데, 제갈량이 병부를 지닌 사람을 보내 조인이 도와달라 한다고 속여 하후돈이 성밖으로 군사를 끌고 나오게 했답니다. 그 틈을 타 운장을 시켜 양양을 빼앗아버렸답니다. 유현덕은 두 성을 힘 한 번 쓰지 않고 차지하고 말았습니다."

주유는 어이없었다.

"제갈량이 병부를 어떻게 손에 넣었단 말인가?"

정보가 대답했다.

"진교만 잡으면 병부야 저절로 손에 들어오지요."

주유는 크게 외마디 소리를 내지르며 쓰러졌다. 화살 맞은 상처가 터져버렸다.

몇 고을 성도 내 몫은 아니었던가

한바탕 고생스런 싸움 누구 때문이었나

과연 주유의 목숨은 어찌 될는지⋯⋯.

제52회

계양성을 빼앗은 조운

제갈량은 노숙을 슬기롭게 따돌리고
조운은 꾀를 써서 계양을 빼앗다

제갈량이 남군을 차지한 걸 자기 눈으로 직접 본데다가 형
주·양양까지 제갈량이 빼앗았다고 하니 주유가 어찌 화병
이 나지 않을 수 있겠는가? 주유는 화가 돋아 상처를 터뜨
리는 바람에 까무라쳤다가 반나절이 지나서야 겨우 깨어났
다. 뭇 장수들이 거듭 좋은 말로 달래었지만 주유의 화는 풀
리지 않았다.

"제갈량 저 촌놈을 죽이지 않고선 내 가슴속의 원한을 풀
길이 없소! 정덕모는 부디 나를 도와 남군을 쳐 반드시 우
리가 빼앗아오도록 해주시오."

086   박상률 완역 삼국지 5

이때 노숙이 들어왔다. 주유가 노숙을 보고 말했다.

"나는 지금 군사를 일으켜 유비·제갈량과 이기고 짐이 갈라질 때까지 싸워 성을 다시 빼앗으려 하니 자경은 부디 나를 도와주시오."

노숙이 말렸다.

"아니 됩니다. 지금 우리는 조조와 서로 맞서고 있는데 아직 이기고 짐을 제대로 가르지 못했습니다. 게다가 주공께서는 합비를 치고 계시는데 아직 무찌르지 못했습니다. 이런 마당에 우리끼리 서로 다투다 보면 그 틈을 타 조조가 다시 쳐들어옵니다. 그리되면 아주 위험해집니다. 더군다나 유비는 한때 조조와 가까이 지낸 적이 있습니다. 만약 사정이 다급해지면 성을 죄다 들어 조조한테 갖다 바치고 함께 우리를 칠지 모릅니다. 그러면 어떡하겠습니까?"

주유는 계속 씩씩거렸다.

"우리가 온갖 방법을 다 써가며 군사에다 말을 잃고, 물자며 먹을거리도 쏟아부었는데 저들이 차지해버렸으니 어찌 분하지 않을 수 있단 말이오!"

노숙이 다시 달랬다.

"공근께서는 조금만 더 참으십시오. 제가 직접 현덕을 만나서 앞뒤를 따져보겠습니다. 만약 말이 먹히지 않으면 그때 가서 군사를 움직여도 늦지 않습니다."

장수들이 노숙을 거들었다.

"자경의 말씀이 매우 옳습니다."

노숙은 심부름할 사람을 데리고 남군으로 떠났다. 성 아래에 이르자 문을 열라고 외쳤다.

조운이 나와 묻자 노숙이 말했다.

"유현덕을 뵙고 드릴 말씀이 있어 왔습니다."

조운이 대답했다.

"우리 주공께서는 공명 선생이랑 형주성에 계십니다."

노숙은 남군에는 들어가지 않고 형주로 갔다. 형주성에 이르러 보니 깃발들이 질서를 갖추어 세워져 있고 군사들의 모습 또한 의젓했다.

노숙은 속으로 놀랐다.

'공명은 정말 보통 사람이 아니다!'

군사가 성 안으로 들어가 노숙이 찾아왔다고 보고했다. 제갈량이 바로 성 문을 활짝 열고 노숙을 맞아들였다. 인사가 끝나자 손님과 주인 자리로 나누어 앉아 차를 마셨다.

차를 마시고 난 노숙이 입을 열었다.

"우리 주공 오후와 도독 공근이 저더러 황숙께 거듭 말씀을 잘 드려달라 해서 왔습니다. 저번에 조조가 백만 대군을 이끌고 강남을 치러 왔는데, 사실은 황숙을 치러 왔지요. 다행스럽게도 우리 동오가 조조군을 물리쳐 황숙을 구해드렸습니다. 그러니 형주 아홉 고을은 동오가 차지해야 마땅합니다. 그런데 지금 황숙께서는 엉뚱한 방법을 써서 형주와 양양을 차지하였습니다. 때문에 강동은 쓸데없이 물자며 먹을거리며 군사며 말 등을 날린 꼴이 되어버리고, 황숙께서는 가만히 앉아서 실속을 챙기셨습니다. 이건 아무리 봐도 이치에 맞지 않는 일입니다."

제갈량이 대답했다.

"뛰어난 선비인 자경이 무슨 말씀을 그렇게 하시오? 옛날부터 이르기를, 물건은 반드시 주인에게 돌아간다고 했습니다. 형주와 양양의 아홉 군은 본디 동오의 땅이 아니라 바로 유경승의 터였소. 우리 주공께서는 경승의 아우 되는 분이십니다. 경승이 비록 세상을 떴지만 아들이 아직 살아 있습니다. 작은아버지가 조카를 도와 형주를 차지한 일이 뭐 그리 잘못되었다고 하시오?"

"만약에 아드님 되는 유기가 차지했다면 그나마 말이 되겠지요. 하지만 지금 유기는 강하에 있지 여기 있는 게 아니지 않소!"

제갈량이 노숙을 빤히 쳐다보았다.

"자경이 아드님을 한번 만나보겠소?"

제갈량이 곁사람들에게 유기를 불러오라 일렀다. 제갈량

의 말이 떨어지자마자 병풍 뒤에서 유기가 두 사람의 부축을 받으며 나왔다.

유기가 노숙에게 말을 건넸다.

"몸이 아파 예의를 제대로 갖출 수 없습니다. 자경께서는 너무 나무라지 마십시오."

노숙은 미처 생각하지 못한 일이라 어이없어 한참 동안 입을 다물고 있다 겨우 물었다.

"만약에 아드님이 계시지 않다면 그때는 어찌하겠소?"

"아드님이 하루 계시면 하루를 지키고, 만약에 계시지 않다면 그때 다시 의논하겠소."

"만약에 아드님이 계시지 않게 되면 그때는 성을 우리 동오에 돌려주어야 합니다."

"자경의 말씀이 옳습니다."

마침내 제갈량은 술자리를 베풀어 노숙을 대접했다.

술자리가 끝난 뒤 노숙은 성을 나와 밤을 새워 영채로 돌아가 앞뒤 얘기를 자세히 했다. 노숙의 말에 주유는 얼굴을 잔뜩 찌푸리며 쏘아붙였다.

"유기는 아직 한창 젊은 사람인데 언제 죽기를 기다렸다가 형주를 돌려받는단 말이오?"

노숙이 대꾸했다.

"도독께서는 마음 푹 놓으십시오. 이 노숙이 어떡하든 형주와 양양을 동오로 오게 하겠습니다."

"자경이 무슨 좋은 방법을 가지고 있기라도 하오?"

"제 보기에 유기는 술과 계집질에 빠져 병이 깊을 대로 깊어진 듯합니다. 낯빛이 파리하고 숨소리가 거칠고 피까지 쏟으니, 길게 살아봐야 반년입니다. 그 안에 반드시 죽겠지요. 그때 가서 형주를 내놓으라 하면 유비도 어쩔 수 없을 겁니다."

주유는 여전히 분이 풀리지 않아 못마땅해했다. 그때 손권한테서 사람이 왔다. 주유는 급히 그를 불러들였다. 그 사람이 손권의 뜻을 전했다.

"주공께서 합비를 에워싸시고 여러 차례 싸우셨는데도 끝을 내지 못하셨습니다. 그래서 도독께서 대군을 합비로 돌려 싸움을 도우시라고 특별히 말씀하셨습니다."

주유는 명령대로 따를 수밖에 없었다. 그래서 일단 자신은 병을 다스리기 위해 시상으로 가고, 정보더러 배와 군사들을 이끌고 합비로 가 손권을 도우라고 했다.

한편 유비는 형주와 남군·양양 등을 얻자 속으로 무척 기뻐했다. 그래서 오래도록 지킬 수 있는 방법을 여러 사람과 함께 의논하고 있었다. 그때 갑자기 한 사람이 위로 올라와 좋은 생각이 있다고 했다. 누군가 했더니 이적이었다. 유비는 그가 지난날 자신에게 베푼 은혜를 떠올리며 공손히 자리를 권했다.

이적이 말했다.

"형주를 오래 지킬 방법을 알고 싶으시다면서 어찌하여 어진 선비를 찾아 묻지 않으십니까?"

유비가 물었다.

"어진 선비가 어디 있소?"

"형주와 양양에선 마씨 오 형제가 재주 높기로 이름이 나 있습니다. 가장 어린 형제의 이름은 속이고 자는 유상이며, 가장 어질기로 이름난 형제는 눈썹에 흰 털이 나 있는데 이름은 량이고 자는 계상입니다. 그 형제들 자에는 모두 '상' 자가 들어가기에 그 고을 사람들은 곧잘 마씨 오상 가운데에선 백미(白眉), 즉 흰 눈썹이 가장 뛰어나다고 말합니다. 공께서는 어찌하여 그 사람들을 불러 함께 의논하지 않으십니까?"

유비는 곧장 그들을 모셔오게 했다. 마침내 마량이 오자 유비는 예의를 갖춰 대접하고 형주와 양양을 오래도록 지킬 방법을 물었다.

마량이 대답했다.

"형주와 양양은 사방에서 적이 쳐들어오기 쉬운 곳이라 오래 지키기가 어렵습니다. 유기에게 여기 머물며 병을 다스리게 하고 옛사람들을 다시 불러 지키게 하십시오. 이어 황제께 아뢰어 유기를 형주 자사로 삼아 이곳 백성들의 마음을 편안하게 해주십시오. 그런 뒤 남쪽의 무릉·장사·계양·영릉 네 군을 차지하셔서 물자와 먹을거리 등을 쌓아두는 밑자리로 삼으십시오. 그러면 오래 지킬 수 있습니다."

유비가 무척 마음에 들어 하며 더 물었다.

"네 군 가운데에 어디를 먼저 차지하는 게 좋겠소?"

마량이 바로 대답했다.

"상강 서쪽의 영릉이 가장 가까우니 먼저 차지하시고, 그 다음으로는 무릉을 차지하십시오. 그런 다음 상강 동쪽에 있는 계양을 차지하신 뒤 장사를 마지막으로 차지하시면 됩니다."

유비는 마량을 종사로 삼고 이적을 부종사로 삼았다. 그런 뒤 제갈량과 함께 의논해서 유기를 양양으로 가 있게 하고 관우를 형주로 불렀다.

유비는 영릉을 치기 위해 군사를 살펴본 뒤 장비를 앞장세우고 조운은 뒤를 맡도록 했으며, 자신과 제갈량은 가운데를 맡았다. 군사는 모두 1만 5천 명을 일으켰다. 관우는 형주를 지키게 하고, 미축과 유봉은 강릉을 지키게 했다.

영릉 태수 유도는 유비의 군사가 쳐들어온다는 소식을 듣자 아들 유현과 의논했다.

유현이 말했다.

"아버님께서는 마음 놓으십시오. 저쪽의 장비와 조운이 씩씩하다 하지만, 우리 고을의 으뜸 장수인 형도영은 혼자서 만 사람을 해봅니다. 거뜬히 막아낼 수 있습니다."

유도는 유현과 형도영더러 군사 1만 명 남짓을 이끌고 성에서 30리 떨어진 곳으로 가서 산을 등지고 냇가를 낀 곳에다 영채를 세우도록 했다. 영채를 세우고 나자 금세 보고가 들어왔다.

"제갈량이 직접 군사 한 무리를 거느리고 오고 있습니다."

형도영은 곧바로 군사를 이끌고 싸우러 나갔다. 양쪽 군사는 원을 그리듯 진을 쳤다. 형도영은 말을 타고 산이라도 찍어 벌릴 것 같은 큰 도끼를 들고 외쳤다.

"이 역적놈들이 겁도 없이 우리 땅을 쳐들어오다니!"

바로 그때 맞은편 진 가운데에서 노란 깃발들이 무리 지어 나타났다. 이어 깃발들이 양 갈래로 나뉘는가 싶더니 네 바퀴 수레 한 대가 나타났다. 수레 위에 앉아 있는 사람을 보니 윤건을 쓰고 학창의를 입었으며 손에는 깃털 부채를 들고 있었다. 그 사람이 부채를 흔들어 형도영을 불렀다.

"나로 말하면 남양의 제갈공명이다. 백만 대군을 이끌고 온 조조도 내가 쓴 조그만 꾀에 걸려 갑옷 쪼가리 하나 제대로 걸치지 못하고 달아나기에 바빴다. 그런데 너희들이 어찌 겁도 없이 나를 해보겠다는 거냐? 내 이제 너희들을 조용히 받아들이고자 한다. 빨리 항복하도록 하라."

형도영이 큰소리로 웃어댔다.

"적벽에서 조조군을 싹 쓸어낸 건 주랑이 꾀를 잘 썼기 때문이다. 네가 한 게 뭐 있다고 여기서 주제넘게 헛소리를 늘어놓느냐?"

형도영은 곧바로 큰 도끼를 빙빙 돌리며 제갈량을 향해 뛰쳐나왔다. 제갈량이 수레를 돌려 안으로 들어가자 진 문이 닫혔다. 형도영이 그대로 덮쳐들자 진이 양 갈래로 나뉘며 군사들이 달아나기 시작했다. 형도영은 가운데 노란 깃발들 속에 제갈량이 있겠거니 싶어 그쪽을 바라고 뒤쫓았다.

산기슭을 막 돌아섰을 때였다. 갑자기 노란 깃발들이 멈춰 서더니 두 갈래로 갈렸다. 수레는 보이지 않는데, 장수 하나가 창을 꼬나잡고 말을 내몰더니 한소리를 크게 내지르며 형도영에게 달려들었다. 장비였다. 형도영은 큰 도끼를 휘두르며 그와 맞섰다. 그러나 몇 합 되지 않아 힘이 달려 말 머리를 돌려 달아나기 시작했다. 장비가 그 뒤를 바싹 뒤쫓았다. 그때 외침 소리가 땅을 울리더니 양쪽에 숨어 있던 군사들이 쏟아져나왔다. 형도영은 죽을힘을 다해 길을 뚫고 달아났다.

한참 달아나는데 느닷없이 앞에서 대장 하나가 나타나

길을 막으며 소리 질렀다.

"너는 상산 조자룡을 모르느냐?"

형도영은 도무지 해볼 수 없는데다 달아날 구멍도 없어 말에서 뛰어내려 항복했다.

조운은 형도영을 묶어 유비와 제갈량이 있는 영채로 돌아갔다. 유비가 곧바로 목을 베라고 했다. 그러나 제갈량이 급히 말리며 형도영에게 말했다.

"네가 유현을 잡아오면 네 항복을 받아주자고 하겠다."

형도영이 연거푸 가서 잡아오겠다고 하자 제갈량이 물었다.

"무슨 방법을 써서 잡아오겠느냐?"

"공명께서 저를 놓아주시기만 하면 돌아가서 기가 막히게 꾸며댈 자신이 있습니다. 오늘 밤에 군사를 이끌고 영채를 덮치러 오십시오. 제가 안에서 도와 유현을 사로잡아 바치겠습니다. 유현을 잡으면 유도는 스스로 항복합니다."

유비는 믿지 않았으나 제갈량이 그 말을 받아들였다.

"형장군은 거짓말을 하지 않을 겁니다."

그러면서 형도영을 풀어주며 돌아가라 했다.

형도영은 영채로 돌아가자 유현에게 지금까지 있었던 일을 그대로 털어놓았다.

유현이 걱정스레 물었다.

"그럼 어떻게 해야겠소?"

형도영이 대답했다.

"꾀에는 꾀로 맞서야 합니다. 오늘 밤 군사들을 영채 밖에 숨어 있게 하고, 영채 안에는 눈속임으로 깃발들만 세워둡시다. 공명이 덮쳐오기를 기다렸다가 바로 사로잡으면 됩니다."

유현은 그가 하자는 대로 하기로 했다.

밤이 막 이슥해질 무렵, 사나운 범 같은 군사들 한 무리가 나타나더니 저마다 들고 온 풀더미를 영채 입구에 쌓은 다음 불을 질렀다.

유현과 형도영은 양쪽에서 뛰쳐나갔다. 불을 지른 군사들은 바로 물러가기 시작했다. 유현과 형도영은 기운을 몰아 뒤를 쫓았다. 10리 남짓 뒤쫓다 보니 군사들이 하나도 보이지 않았다. 두 사람은 깜짝 놀라 급히 몸을 되돌려 영채로 뛰었다. 영채는 아직도 불타고 있는데 안에서 갑자기 장수 하나가 뛰쳐나왔다. 장비였다.

유현은 형도영을 바라보며 소리쳤다.

"영채로 들어가는 건 어렵겠소. 차라리 공명의 영채를 덮칩시다!"

두 사람은 다시 군사를 돌렸다. 10리도 채 못 갔을 때 조운이 군사 한 무리를 이끌고 나타나더니 한 창에 형도영을

찔러 말 아래로 고꾸라뜨렸다. 유현은 급히 말 머리를 돌려 달아났다. 그러나 뒤에서 나타난 장비한테 말 위에 앉은 채 바로 사로잡히고 말았다. 유현은 묶인 채 제갈량에게 끌려 갔다.

유현이 엎드려 제갈량한테 싹싹 빌었다.

"저는 형도영이 하자는 대로 했을 뿐입니다. 저는 그럴 마음이 없었습니다."

제갈량은 묶인 걸 풀어주게 하고 새 옷을 주어 갈아입게 한 뒤 술을 대접하여 놀란 가슴을 가라앉히도록 했다. 이어 군사들과 함께 성 안으로 돌려보내며 아버지를 달래 항복하도록 했다. 항복하지 않으면 성을 깨부수고 온 가족을 다 죽이겠다고 으름장을 놓았다.

유현은 영릉으로 돌아가 아버지 유도를 만나 제갈량의 덕스러움에 대해 이야기하며 항복하자고 했다. 유도는 그 말을 받아들여 성 위에 흰 깃발을 꽂은 뒤 성 문을 활짝 열어젖혔다. 그런 뒤 관인을 들고 성을 나와 유비의 영채로 찾아가 항복했다. 제갈량은 유도가 그대로 군수 자리를 맡도록 한 뒤 아들 유현은 형주로 보내 군사 일을 보게 했다. 그러자 영릉 백성들 모두 좋아라 했다.

유비는 성으로 들어가 백성들을 다독거리고 전군에 상을 주며 애쓴 걸 달랜 뒤 장수들을 돌아보았다.

"영릉은 이미 손안에 넣었소. 계양은 누가 치러 가겠소?"

조운이 얼른 나섰다.

"제가 가겠습니다."

장비도 툭 나섰다.

"나를 보내주시오!"

두 사람이 서로 가겠다고 다투자 제갈량이 정리를 했다.

"자룡이 먼저 가겠다고 했으니 자룡을 가게 합시다."

그러나 장비는 받아들이지 않고 기어코 자기가 가겠다고 우겨댔다. 제갈량은 하는 수 없어 제비뽑기를 시켰다. 그랬더니 조운이 또 뽑혔다. 그런데도 장비는 펄펄 뛰며 막무가내였다.

"나는 남의 도움 하나도 필요 없소. 그저 군사 삼천만 있으면 반드시 성을 빼앗을 수 있소."

조운도 물러서지 않았다.

"저도 삼천 명만 데리고 가면 됩니다. 만약에 성을 빼앗지 못하면 군법이 정한 처벌을 받겠소."

제갈량은 크게 기뻐하며 조운더러 싸움에 질 경우 책임을 지겠다는 문서를 꾸미게 했다. 이어 날랜 군사 3천 명을 내주며 바로 떠나도록 했다. 장비가 계속 억지를 부리자 하는 수 없이 유비가 꾸짖어 물러가게 했다.

조운이 군사 3천 명을 이끌고 계양으로 떠났다는 소식을 들은 계양 태수 조범은 곧바로 아랫사람들을 모아놓고 의논했다. 관군교위 진응과 포룡이 군사를 이끌고 나가 싸우겠다고 했다. 본디 이 두 사람은 계양 고개 산골의 사냥꾼이었다. 진응은 날카로운 꼬챙이가 세 가닥 있고 자그마하여 잽싸게 던질 수도 있는 비차를 잘 썼고, 포룡은 한꺼번에 호랑이 두 마리를 쏘아 잡을 정도로 활솜씨가 뛰어났다.

두 사람은 자기들의 힘과 씩씩함만 믿고 조범을 졸랐다.

"만약에 유비가 오면 우리 두 사람이 앞장서겠습니다."

조범이 고개를 저었다.

"내 듣기에 유현덕은 한나라 황실의 친척이고, 공명의 꾀는 워낙 뛰어나 따를 이가 없으며, 관우와 장비는 씩씩하기 짝이 없다고 했다. 게다가 이참에 군사를 끌고 오는 조자룡은 당양 장판 싸움에서 백만 군사들 속을 마치 사람이 없는 듯이 휘젓고 다녔다. 사실 우리 계양에 군사가 얼마나 되느냐? 맞서 싸울 수가 없다. 차라리 항복하자."

그러나 진응은 물러서지 않았다.

"일단 나가서 싸우게 해주시오. 만약에 조운을 사로잡지 못하면 그때 가서 태수께서 항복하시더라도 늦지 않습니다."

조범은 마지못해 나가 싸우라고 했다.

진응은 군사 3천 명을 이끌고 적을 맞으러 성을 나갔다.

나가서 보니 조운은 벌써 군사를 끌고 가까이 와 있었다. 진응은 진을 벌려 싸울 준비를 한 뒤 비차를 휘두르며 말을 내달렸다.

조운이 창을 부여잡고 말을 몰고 나와 진응을 꾸짖었다.

"우리 주공이신 유현덕은 유경승의 아우님으로, 경승의 아드님이신 유기를 도와 형주를 다스리고 계신다. 특별히 백성들을 다독거리러 오셨는데 네가 어찌 겁도 없이 싸우려 드느냐?"

진응이 맞받아쳤다.

"우리는 오로지 조승상만 따를 뿐이다. 어찌 유비 따위를 따르겠느냐!"

조운은 화가 치밀어 창을 뻗쳐들고 곧바로 진응에게 말을 달렸다. 진응이 비차를 휘두르며 맞섰다. 두 마리 말이 서로 어우러져 4, 5합을 싸웠다. 진응은 해볼 수 없다는 걸 깨닫고 말 머리를 돌려 달아났다. 조운은 바로 그 뒤를 쫓았다. 진응이 달아나며 고개 돌려보니 조운의 말이 가까이 다가와 있었다. 진응이 조운에게 비차를 휙 던졌다. 조운이 허리를 굽혀 피하면서 비차를 창으로 낚아챈 뒤 진응에게 되던졌다. 진응이 몸을 굽혀 비차를 피했다. 그러나 조운은 벌써 말을 내달려 진응을 쳐서 말 아래로 내던지다시피 했다. 조운은 군사들에게 진응을 꽁꽁 묶어 영채를 끌고 가라고 소리쳤다. 싸움에 진 군사들은 사방으로 흩어지고 말았다.

조운은 영채로 들어가 진응을 꾸짖었다.

"네가 나를 뭘로 보고 겁도 없이 해보려 했느냐? 나는 너를 죽이지 않고 돌려보내주겠다. 가서 조범한테 빨리 와서 항복하라고 일러라."

진응은 잘못했다고 싹싹 빈 뒤 머리를 싸매고 쥐구멍을 찾듯이 달려 성으로 들어갔다.

조범에게 사실대로 다 털어놓자 조범이 화를 벌컥 냈다.

"내가 처음부터 항복하자고 하지 않더냐? 네가 군이 싸우겠다고 설치더니 이런 꼴이 되고 말았구나."

조범은 진응을 꾸짖어 물리쳤다. 곧바로 관인을 챙긴 뒤 말 탄 군사 여남은 명만 거느리고 성을 나와 항복하기 위해 조운의 영채로 갔다. 조운은 영채 밖까지 나와 귀한 손님의 예의를 갖추어 조범을 맞았다. 곧이어 술자리를 베풀어 같이 마시며 관인을 받았다.

술잔이 서너 차례 돈 뒤 조범이 말했다.

"장군께서도 조가요, 저도 조가이니 한 오백 년 전쯤에는 한 집안 사람이었겠지요. 장군의 고향이 진정이신데 저 역시 장군과 고향이 같습니다. 저를 버리지 않으시고 의형제를 맺어주신다면 참으로 좋겠습니다."

조운이 매우 기뻐하며 서로 나이를 따져보자고 했다. 둘은 나이가 같았다. 다만 조운이 조범보다 넉 달 먼저 태어났다. 조범이 조운에게 절을 하며 형님으로 모시는 예의를 갖추었다. 두 사람은 같은 고향에 같은 나이, 같은 성씨여서 금세 친해졌다. 조범은 밤이 이슥해서야 성으로 돌아갔다.

다음 날 조범은 조운더러 성 안으로 들어와 백성들의 마음을 다독거려달라고 했다. 조운은 군사들을 함부로 움직이지 못하도록 한 뒤 말 탄 군사 50명 남짓만 데리고 성 안으로 들어갔다. 백성들이 향을 피워 들고 길에 엎드려 맞았다. 조운이 백성들을 다독거리고 나자 조범이 안으로 맞아들여 잔치를 베풀었다.

술기운이 제법 오르자 조범은 조운을 뒤채 조용한 데로 데려가 다시 술대접을 했다. 조운이 어느 만큼 취한 것 같자 조범이 갑자기 부인 하나를 불러내 조운에게 술을 따르게 했다. 부인은 소복 차림이었는데, 둘째가라면 서러울 정도로 아주 뛰어나게 예쁜 미인이었다.

조운이 조범에게 물었다.

"이 부인은 누구신가?"

조범이 얼른 대답했다.

"제 형수님 되시는 번씨입니다."

조운이 낯빛을 고치며 예의를 갖추었다. 번씨가 술을 따르고 나자 조범이 자리에 앉으라고 했다. 그러나 조운이 그

조범이 조운에게 형수를 소개시키다.

러지 말라고 말려 번씨는 인사를 한 뒤 안으로 들어갔다.

조운이 물었다.

"아우는 어쩌자고 형수님을 불러 술을 따르게 했는가?"

조범이 웃으며 대답했다.

"다 까닭이 있어서 그런 것이니 형님께선 너무 나무라지 마십시오. 제 친형님이 세상을 뜬 지 세 해가 되었습니다. 형수님께서 홀로 사시는데 끝내 그럴 수는 없을 성싶어 저는 늘 형수님께 다시 시집을 가시라고 했습니다. 그러나 형수님은 그때마다 고개를 저으시며, 세 가지 조건이 맞는 사람이 있으면 가고 그렇지 않으면 안 가겠다고 말씀하셨습니다. 그 조건은 첫째, 학문과 무예를 같이 갖추어서 세상에 이름이 널리 알려져 있어야 하고, 둘째, 얼굴 생김이 보기 좋고 몸가짐이 의젓하고, 셋째, 형님과 성씨가 같아야 한다고 했습니다. 세상에 이런 조건을 갖춘 사람이 어디 있겠습니까? 그런데 때마침 형님을 만나뵈니 의젓하신 모습에 이름 또한 세상에 떨쳐 있고 친형님과 성씨까지 같으니 형수님께서 말씀하신 그대로이십니다. 만일 제 형수님을 인물 없다고 마다하지 않으신다면 혼수를 장만해서 장군의 아내로 들여보내 오래도록 같은 집안이 되었으면 하는데, 형님의 뜻은 어떠신지요?"

말을 다 듣고 난 조운은 크게 화를 내며 벌떡 일어난 뒤

목청을 가다듬어 꾸짖었다.

"내 이미 너와 의형제를 맺었으니 네 형수는 나한테도 형수가 된다. 그런데 어찌하여 사람의 도리를 저버리라 하느냐?"

조범은 무안해서 얼굴이 벌게지며 볼멘소리를 했다.

"나는 좋은 뜻으로 말했는데 어찌 이리도 화를 내시오?"

조범이 곁에 있는 이들에게 눈짓을 하는데, 아무래도 해코지를 할 듯했다. 조운은 얼른 알아차리고 한 주먹에 조범을 때려눕힌 뒤 문을 빠져나와 말을 타고 성을 나와버렸다.

조범은 급히 진응과 포륭을 불러 의논했다.

진응이 말했다.

"저 사람이 저토록 화를 내고 갔으니 이제는 싸워 죽일 수밖에 없습니다."

조범이 걱정스레 말했다.

"싸워서 이길 수 있어야 말이지."

포륭이 나섰다.

"우리 두 사람이 거짓으로 항복해서 저쪽에 가 있겠습니다. 태수께서 직접 군사를 이끌고 오셔서 싸움을 거십시오. 그러면 우리 둘이 그 안에서 기회를 살펴 조자룡을 사로잡겠습니다."

진응이 말했다.

"군사도 어느 정도 데려가야 합니다."

포룡이 받았다.

"오백 명이면 충분합니다."

그날 밤 두 사람은 군사 5백 명을 이끌고 조운의 영채로 가서 거짓으로 항복을 했다. 조운은 이미 속으로 그들이 거짓으로 항복한 걸 알면서도 안으로 들라 했다.

두 장수가 막사 앞에 와서 말했다.

"조범이 미인계를 써서 장군을 속이려 했습니다. 장군께서 많이 취하시면 안으로 끌어들여 죽인 뒤 머리를 잘라 조 승상한테 갖다 바쳐 공을 세우려 했습니다. 이토록 어질지 못한 일이 어디 있겠습니까? 저희 두 사람은 장군께서 화를 내며 나가시자 아무래도 우리한테 뒤탈이 미칠 듯싶어 항복하러 왔습니다."

조운은 짐짓 기쁜 척하며 술자리를 열어 두 사람이 잔뜩 마시게 했다. 조운은 두 사람이 몸을 못 가눌 정도로 취하자 막사 안에 꽁꽁 묶어두게 한 뒤 따라온 아랫사람을 불러 물었다. 짐작대로 거짓 항복이었다.

조운은 그들이 데려온 군사 5백 명에게 술과 음식을 배불리 먹인 뒤 명령을 내렸다.

"나를 해치려 한 건 진응과 포룡이지 다른 사람은 아무 잘못이 없다. 너희들은 내가 하라는 대로만 하면 많은 상을 내리겠다."

군사들은 모두들 절을 하며 고마워했다. 조운은 곧바로 거짓으로 항복해온 두 사람의 목을 벤 뒤 군사 5백 명을 앞장세워 길을 열게 했다. 자신은 군사 1천 명을 이끌고 바로 뒤를 따라 밤을 새워 계양성으로 갔다. 성 아래에 이르자 군사들더러 문을 열라는 소리를 지르게 했다.

조범이 성 위에서 들어보니, 진응과 포륭 두 장군이 조운을 죽이고 돌아왔는데 태수와 함께 의논할 일이 있다는 소리들이었다. 성 위에서 불을 밝혀 비추어보니 틀림없는 자기 쪽 군사들이었다. 조범은 급히 성에서 나왔다. 조운의 명령이 떨어지자 곁에 있던 이들이 조범을 사로잡았다. 이어 조운은 성 안으로 들어가 백성들을 안심시키고 재빨리 유비에게 보고했다.

유비는 제갈량과 함께 직접 계양으로 왔다. 조운은 그들을 성 안으로 맞아들인 뒤 조범을 뜰아래로 끌어오게 했다. 제갈량이 묻자 조범은 자기 형수를 조운에게 시집보내려 했던 일을 자세히 일렀다.

제갈량이 조운에게 물었다.

"듣고 보니 그 또한 아름다운 일인데 공은 왜 그랬소?"

"조범과 저는 이미 의형제를 맺은 사이인데 그 형수한테 장가들면 사람들이 다 욕하지 않겠습니까? 또 그 부인도 다시 시집을 가면 절개를 잃는 꼴이 됩니다. 게다가 조범이 항복한 지 얼마 안 되는 때라 그 속을 알 수 없습니다. 이 세 가지 이유 때문에 조범의 뜻을 받아들이지 않았습니다. 더군다나 주공께서는 지금 강한을 제대로 가다듬으시느라 잠자리가 편치 않으신데 제가 어찌 섣불리 한 여자 때문에 주공의 큰일을 그르칠 수 있겠습니까?"

유비가 말했다.

"오늘 큰일을 마쳤으니 장가를 들면 어떻겠소?"

"세상에 여자는 꽉 찼습니다. 이름을 제대로 세우지 못할까봐 걱정이지 어찌 처자식이 없을까봐 걱정이겠습니까?"

유비가 고개를 끄덕였다.

"자룡은 참으로 대장부일세!"

유비는 조범을 풀어주며 그대로 계양 태수를 맡기고, 조운에게는 두터운 상을 내렸다.

이때 갑자기 장비가 부르짖었다.

"자룡한테만 공을 세울 기회를 주고 나는 아무 쓸 데도 없는 핫바지로 만들 생각이오? 나한테 군사 삼천 명만 내주시오. 무릉으로 쳐들어가 태수 김선을 사로잡아다가 바치겠소!"

제갈량이 아주 마음에 들어 하며 말했다.

"익덕이 가겠다면 좋은 일이오. 그러나 그 전에 조건이 하나 있소."

공명은 싸움을 이기게 하는 뛰어난 꾀가 많고
장수들은 서로 앞을 다투어 공을 세우려 하네

과연 제갈량이 내세운 조건은 무엇인지…….

제53회

관우와 황충의 만남

관우는 의리를 밝혀 황충을 놓아주고
손권은 장료와 크게 싸우다

제갈량이 장비에게 말했다.

"저번에 자룡은 계양을 치러 갈 때 싸움에 질 경우 책임을 지겠다는 문서를 꾸미고 갔소. 오늘 익덕도 무릉을 치러 가려면 똑같이 해야 군사를 내줄 수 있소."

장비는 곧바로 문서를 꾸몄다. 그런 뒤 가뿐한 마음으로 군사 3천 명을 이끌고 밤을 도와 무릉을 바라고 떠났다.

한편 김선은 장비가 온다는 보고를 받자 바로 장수들을 불러모아 군사와 무기를 살핀 뒤 성을 나가 적을 맞도록 했다. 이에 종사 공지가 말렸다.

천하의 판을 새로 짜기 위해

111

"유현덕은 바로 한나라 황실의 친척으로 어질며 의롭다고 널리 알려져 있습니다. 게다가 장익덕은 보통 씩씩한 게 아니어서 맞서 싸울 수 없습니다. 아무래도 항복하는 편이 좋겠습니다."

김선이 벌컥 화를 냈다.

"네가 적과 짜고 안에서 사고를 칠 생각이구나!"

김선은 무사들에게 공지를 끌어내 목을 치라고 호통쳤다. 그러나 뭇 벼슬아치들이 나서서 말렸다.

"싸우기도 전에 집 안 사람부터 죽이는 일은 별로 좋지 않습니다."

김선은 공지를 꾸짖어 물러가게 한 뒤 직접 군사를 끌고 나가 성 밖 20리 떨어진 곳에서 장비와 맞닥뜨렸다. 장비가 장팔사모를 부여잡은 채 말을 세우고 큰소리로 김선을 꾸짖었다. 김선이 부하 장수들을 돌아보았다.

"누가 나가 싸울 테냐?"

모두들 두려움에 떨며 나설 생각을 못 했다. 김선은 하는 수 없어 직접 칼을 휘두르며 말을 달려나갔다. 장비가 소리를 버럭 내질렀다. 마치 벼락 치는 소리 같았다. 김선은 새파랗게 질려서 싸울 생각을 내지도 못하고 말 머리를 돌려 달아났다. 장비는 군사들을 이끌고 그 뒤를 쫓았다. 김선이 마구 달려 성 가까이 이르렀을 때 갑자기 성 위에서 화살이

어지럽게 쏟아졌다. 김선이 놀라 쳐다보니 공지가 성 위에 서서 내려다보며 소리쳤다.

"너는 하늘의 뜻을 따르지 않고 스스로 망하는 쪽을 택했지만, 나는 백성들과 함께 유현덕에게 항복하기로 했다."

말이 미처 끝나기도 전에 화살 한 대가 날아와 김선의 얼굴에 꽂히며 그를 말 아래로 고꾸라뜨렸다. 군사가 머리를 잘라 장비에게 바치고, 공지는 성을 나와 항복했다. 장비는 곧바로 공지더러 관인을 챙겨 계양으로 가 유비를 만나도록 했다. 유비는 크게 기뻐하며 공지를 김선의 자리에 대신 앉혔다.

이어 유비는 직접 무릉으로 가서 백성들을 다독거린 뒤 관우에게 편지를 보내, 장비와 조운이 각각 고을 하나씩을 빼앗았다고 알렸다. 관우가 바로 답장을 보내왔다.

아직 장사는 빼앗지 못했다고 들었습니다. 형님께서 아우를 별 볼 일 없는 사람이라 여기지 않으신다면 저도 공을 세울 기회를 주시면 좋겠습니다.

유비는 마음이 아주 뿌듯했다. 바로 밤을 도와 장비를 형주로 보내 관우 대신 지키게 하고, 관우는 와서 장사를 빼앗으러 가도록 했다.

마침내 관우가 유비와 제갈량이 있는 곳에 도착하자 제갈량이 말했다.

"자룡이 계양을 빼앗을 때나 익덕이 무릉을 빼앗을 때, 두 사람 다 각각 삼천 명씩 거느리고 갔소. 장사 태수 한현은 입에 올리고 말고 할 게 없는 사람이지만 그 밑에 있는 장수 한 사람은 아주 뛰어나오. 남양 사람 황충인데 자는 한승이오. 본디 유표 아래에서 중랑장을 지냈는데, 유표의 조카 유반과 함께 장사를 지키다가 한현을 섬기게 되었소. 나이는 지금 환갑 가까이 되었으나 아직도 혼자서 만 명을 해볼 수 있으므로 가벼이 생각해서는 안 되오. 운장은 군사를 많이 데려가도록 하시오."

관우가 언짢은 표정을 지었다.

"선생은 어째서 남은 그토록 뛰어나다고 추켜세우면서 우리 스스로는 얕잡아보시오? 그깟 늙은 졸때기 하나를 뭐 그리 입 아프게 들먹이고 그러십니까! 이 사람 관우는 삼천 명도 필요 없고, 제 밑에 있는 오백 명만 데리고 가서 황충과 한현의 목을 베어다 대장 깃발 아래에 바치겠소."

유비가 애써 말렸으나 관우는 끝내 듣지 않고 칼을 잘 쓰는 군사 5백 명만 이끌고 떠났다.

제갈량이 유비에게 말했다.

"운장이 황충을 가벼이 여기다 실수라도 할까봐 두렵습

니다. 주공께서 뒤따라가셔서 돕도록 하십시오."

유비는 그 말을 좇아 군사를 이끌고 장사로 떠났다.

장사 태수 한현은 본래 성질이 급하고 괴팍하여 걸핏하
면 사람을 죽여 모두들 미워했다.

한현은 관우가 군사를 이끌고 쳐들어온다는 보고를 받자
바로 황충을 불러 어떻게 해야 할지 물었다.

황충이 말했다.

"너무 걱정하지 마십시오. 내가 칼을 쥐고 활을 가지고 있
는 한, 천 명이 오면 천 명 모두 죽여서 보낼 수 있습니다."

황충은 원래 1백 번 쏘면 1백 번 모두 맞힐 수 있을 정도
로 활을 잘 쏘았으며, 아직도 두어 사람이 달려들어야 당길
수 있는 강한 활을 쏠 힘을 가지고 있었다.

황충의 말이 채 끝나기도 전에 뜰아래에서 한 사람이 소
리치며 나섰다.

"굳이 노장군께서 싸우러 가실 필요 없습니다. 제 손으로
관우를 사로잡아오겠습니다."

관군교위 양령이었다. 한현이 크게 기뻐하며 양령에게
군사 1천 명을 이끌고 빨리 달려나가라 했다.

50리쯤 갔을 때였다. 저 앞에서 흙먼지가 뿌옇게 이는 게
보였다. 관우의 군사들이 이미 오고 있었다.

양령은 창을 비껴잡은 채 진 앞에 말을 세우고 욕설을 퍼

부어대며 싸움을 걸었다. 관우는 크게 화가 나서 아무 대꾸도 없이 칼을 휘두르며 나는 듯이 말을 달려 양령에게 덤벼들었다. 양령은 창을 부여잡고 맞아 싸웠다. 그러나 채 3합도 되기 전에 관우가 손을 한 번 번쩍 들자 양령이 그대로 말 아래로 고꾸라져버렸다. 관우는 이미 싸움에 진 군사들을 뒤쫓아 성 밑까지 몰아쳤다.

한현은 보고를 받자마자 놀라 까무라치며 황충더러 나가 싸우게 한 뒤 자신은 성 위로 올라가 싸움을 지켜보았다. 황충은 칼을 들고 말에 오른 뒤 말 탄 군사 5백 명을 이끌고 달아맨 다리를 나는 듯이 건너갔다.

관우는 늙은 장수 하나가 말을 달려오는 걸 보자 바로 황충인 줄 알아보았다. 그래서 칼 든 군사 5백 명을 한 줄로 늘어세운 뒤 청룡도를 비껴든 채 말을 세우고 물었다.

"거기 오는 장수가 황충이 맞느냐?"

황충이 대꾸했다.

"내 이름을 아는 놈이 겁도 없이 우리 터를 넘보느냐?"

"내 특별히 네 머리를 가지러 왔다!"

말대꾸가 끝나자 두 마리 말이 서로 어우러져 싸우기 시작했다. 그러나 1백합이 지나도록 이기고 짐이 갈라지지 않았다. 한현은 황충이 실수를 할까봐 걱정되어 징을 쳐서 싸움을 그치게 했다. 황충은 곧바로 군사를 거두어 성 안으로

들어갔다. 관우는 성에서 10리 떨어진 곳에 영채를 세우며
속으로 놀랐다.

'늙은 장수 황충이 과연 듣던 그대로구나. 백합을 싸우는
데도 전혀 빈틈을 보이지 않았다. 내일은 달아나는 체하다
가 갑자기 돌아서서 뒤에서 내리찍어야겠다.'

다음 날 관우는 아침을 일찍 먹고 성 아래로 가서 싸움을
걸었다. 한현이 성 위에 앉아 서 황충에게 말을 타고 나가도
록 했다. 황충은 말 탄 군사 수백 명을 이끌고 달아맨 다리
를 건너 싸우러 갔다. 다시 관우와 어우러져 5, 60합을 싸웠
으나 역시 이기고 짐이 갈라지지 않았다. 양쪽 군사들이 크
게 소리 지르며 북소리가 둥둥둥 마구 빨라질 때였다. 갑자
기 관우가 말 머리를 돌려 달아나기 시작했다. 황충이 바로
그 뒤를 쫓았다. 관우가 본디 생각한 대로 황충을 뒤에서 찍
어누르기 위해 막 돌아서려는데 갑자기 뒤에서 퍽 소리가
났다. 고개를 돌려보니 황충이 탄 말의 앞발이 꺾이며 말이
고꾸라졌다. 그 바람에 황충은 말에서 그대로 떨어져버렸
다. 관우는 재빨리 황충 가까이 말을 돌려세운 뒤 두 손으로
칼을 치켜들며 사납게 소리쳤다.

"내 일단 네 목숨을 살려주겠다! 빨리 다른 말을 타고 나
와 다시 싸우자!"

황충은 급히 말을 일으켜세운 뒤 말 위로 훌쩍 뛰어올라

성 안으로 달려들어갔다. 한현이 놀라 까닭을 묻자 황충이 대답했다.

"이 말이 오랫동안 싸움터에 나가지 않아서 이런 실수를 한 듯싶습니다."

"그대는 활을 쏘면 못 맞히는 게 없는데 어찌하여 활을 쏘지 않는가?"

"내일 다시 싸울 때 반드시 거짓으로 지는 척해서 달아맨 다리 가까이 꾀어다놓고 활을 쏘겠습니다."

한현은 자기가 타는 푸른 말 한 마리를 황충에게 내주었다. 황충은 고맙다며 절을 한 뒤 물러나 속으로 생각했다.

'운장은 보기 드물게 의로운 기운이 넘치는 사람이다. 그가 나를 차마 죽이지 못했는데 내 어찌 그를 쏠 수 있겠는가! 그러나 쏘지 않으면 명령을 어기는 짝이니 이를 어찌해야 좋을지 모르겠군.'

황충은 밤새 고민했지만 마음을 정하지 못했다.

이튿날 날이 밝자마자 관우가 와서 싸움을 건다는 보고가 들어왔다. 황충은 군사를 거느리고 성에서 나갔다. 관우는 이틀에 걸쳐 황충과 싸웠지만 이기지 못하자 몹시 애가 탔다. 그래서 더욱 무섭게 기운을 떨치며 황충과 싸웠다. 30합이 채 못 되었을 때 황충은 거짓으로 진 척하며 달아나기 시작했다. 그러자 관우가 뒤를 쫓아왔다.

황충은 관우가 어제 자기를 죽이지 않은 걸 생각하니 차마 관우한테 활을 쏠 수가 없었다. 칼을 옆구리에 찔러 넣은 뒤 활을 잡았으나 화살을 시위에 메기지 않고 빈 활을 쏘았다. 활시위 소리가 나자 관우는 급히 피했다. 그러나 화살이 보이지 않자 다시 뒤를 쫓았다. 황충은 또 빈 활을 쏘았다. 관우는 또 급히 몸을 피했다. 그러나 또 화살이 날아오지 않았다. 관우는 황충이 활을 쏠 줄 모른다 생각하고 마음 놓고 뒤쫓았다.

마침내 달아맨 다리 가까이까지 쫓아갔다. 황충이 다리 위에 서서 활에 화살을 물리더니 힘껏 잡아당겼다가 놓았다. 시위 소리에 이어 활이 날아가더니 관우의 투구 위에 튀어나온 매듭 밑자리를 정확하게 맞혔다. 앞에 있던 군사들이 아우성을 쳤다. 관우는 소스라치게 놀라 화살이 꽂힌 채 영채로 돌아갔다. 그제야 관우는 황충이 1백 걸음 밖에서도 버들잎을 정확히 맞힐 수 있을 정도의 활솜씨를 지니고 있다는 사실을 깨달았다. 자기를 바로 쏘아 죽이지 않은 건 아마도 어제 죽이지 않은 것에 대한 은혜를 갚느라 그랬나 싶었다. 관우는 군사를 거두어 물러갔다.

황충이 성 위로 올라가자 한현이 황충을 끌어내리라고 마구 호통을 쳤다. 그러자 황충이 소리쳤다.

"나한테 무슨 죄가 있다고 이러시오!"

황충이 관우에게 빈 활을 쏘다.

한현이 더욱 거세게 성을 냈다.

"내가 사흘을 지켜보았다. 겁도 없이 나를 속이려 들다니! 그저께 너는 힘을 다해 싸우지 않았다. 틀림없이 딴마음을 품고 있어서 그랬다. 어제 말이 쓰러졌는데도 관우가 너를 죽이지 않은 건 분명히 서로 짰기 때문이다. 오늘도 두 번이나 빈 활을 쏘다가 세 번째에 쏘긴 쏘았으나 겨우 투구나 맞히는 정도로 끝냈다. 이러고도 어찌 서로 짜지 않았다고 할 수 있단 말이냐? 내 너를 죽이지 않으면 반드시 뒤탈이 생기고 말리라!"

한현은 칼과 도끼를 든 무사들에게 황충을 성 문 밖으로 끌고 가 목을 베라고 명령했다. 뭇 장수들이 말리려 들었으나 한현이 소리를 꽥 질렀다.

"황충 편을 드는 이는 누구든지 똑같이 다스리겠다!"

무사들이 황충을 끌고 문밖으로 가 막 칼을 들어 치려는 순간이었다. 갑자기 장수 하나가 칼을 휘두르며 달려들어 무사를 죽이고 황충을 구해 일으켜세우며 큰소리로 외쳤다.

"황한승은 우리 장사 고을의 지킴이입니다. 지금 한승을 죽이는 건 백성을 죽이는 거나 마찬가지요! 한현은 모질고 거친데다 어질지 못하여 어진 사람들을 함부로 여기니 이번 기회에 다들 힘을 모아 죽입시다. 나와 뜻을 같이할 사람은 나오시오!"

그 사람을 보니 얼굴은 잘 익은 대춧빛이고 눈은 별처럼 반짝거렸다. 바로 의양 사람 위연이었다. 양양에서부터 유비를 따르고자 하였으나 같이하지 못하여 한현에게 갔다. 한현은 그가 젠체하는데다 예의가 없다 하여 중요하게 쓰지 않았다. 그래서 속을 꾹꾹 누르며 지내왔다.

위연이 황충을 구한 다음 한현을 죽이자고 소리를 지르자 따라나서는 이가 수백 명이었다. 황충은 그들을 말릴 수 없었다. 위연은 곧바로 성 위로 달려올라가 단칼에 한현을 두 도막 낸 뒤 머리를 들고 말에 올랐다. 그는 백성들을 이끌고 성 밖으로 나가 관우한테 가서 절을 하고 항복했다. 관우는 크게 기뻐하며 곧바로 성 안으로 들어갔다. 백성들을 다독거린 뒤 황충을 보자고 불렀으나, 그는 병을 핑계 대며 집에서 나오지 않았다. 관우는 곧장 유비와 제갈량에게 사람을 보내 장사로 오도록 했다.

유비는 관우가 장사를 빼앗으러 간 뒤 제갈량과 함께 서둘러 뒤를 따라오고 있었다. 한창 가고 있을 때 푸른 깃발이 말려 올라가고 까마귀 한 마리가 북쪽에서 남쪽으로 날아가며 연거푸 세 번을 울어댔다.

유비가 제갈량에게 물었다.

"이게 좋은 일이오, 나쁜 일이오?"

제갈량이 말 위에서 바로 점괘 하나를 뽑아보았다.

"장사군은 이미 얻었고, 큰 장수도 하나 얻었습니다. 확실한 건 한낮이 지나면 알 수 있겠습니다."

얼마 지나지 않아 군사 하나가 나는 듯이 말을 달려와 보고했다.

"관장군이 이미 장사군을 빼앗았고, 장수 황충과 위연이 항복했습니다. 주공께서 오시기만을 기다리고 있습니다."

유비는 크게 기뻐하며 장사로 들어갔다. 관우는 그들을 맞아들이고 황충의 일을 자세히 일렀다. 유비는 직접 황충의 집으로 가 만나자고 했다. 황충은 그제야 나와서 항복했다. 황충은 한현의 시체를 거두어 장사 동쪽에 묻어주기를 바랐다.

훗날 어떤 이가 황충을 기리는 시를 읊었다.

장군의 굽힘 없는 씩씩한 뜻 하늘에 이르는데
흰머리 흩날리도록 한남에서 고생만 했네
죽음도 마다하지 않고 아무런 원망도 없었지만
항복할 땐 머리 숙여 부끄러움 어쩌지 못하네
보배 칼, 눈빛처럼 빛나면 귀신같은 씩씩함 드러나고
무장한 말 바람 앞에 서면 옛날 거친 싸움 떠오르네
두고두고 높은 이름 사라지지 않고
오래오래 홀로 뜬 저 달 따라 상강의 깊은 자리 비추리 유비는 황충을 아주 정성스레 대접했다. 조금 후에 관우가 위연을 데리고 들어왔다. 그런데 제갈량이 갑자기 무사들에게 위연을 끌어내서 목을 베라고 호통쳤다.

유비가 놀라 제갈량을 쳐다보았다.

"위연으로 말하자면 공은 있어도 죄는 없는 사람인데 공명은 왜 죽이려 하시오?"

제갈량이 대답했다.

"위연은 녹을 먹고도 그 녹을 준 주인을 죽였으니 이는 충성스런 일이 아닙니다. 또 자기가 살던 땅을 들어 남에게 바치니 이는 의로운 일이 아닙니다. 게다가 머리통을 보니 뒤꼭지에 반항하는 기운이 서려 있어 언젠가는 배반하고야 말 사람이기에 미리 죽여 뒤탈을 없애는 게 좋겠다 싶어 그럽니다."

유비가 고개를 갸우뚱했다.

"그러나 이 사람을 죽이면 항복하는 사람들 모두 저마다 걱정이 되어 편치 않을 것이오. 그러니 용서해주시오."

제갈량이 위연을 손가락으로 가리키며 말했다.

"내 이제 네 목숨을 살려주기는 하겠다. 부디 충성을 다해 주공의 은혜를 갚도록 하라. 혹시라도 딴마음을 품지 않도록 하라. 만약에 딴마음을 품기만 하면 내 어떡하든 네 머리를 잘라 가지겠다."

위연은 연거푸 "네, 네" 소리만 내다가 물러갔다.

황충은 유표의 조카인 유반을 추천했다. 그는 지금 유현에 숨어 조용히 지내고 있었다. 유비는 그를 불러 장사군을 맡아 다스리도록 했다.

네 고을이 다 손에 들어오자 유비는 군사를 거두어 형주로 돌아갔다. 이어 유강구의 이름을 고쳐 공안으로 부르게 했다. 이리하여 물자와 식량이 넉넉해지고 어진 선비들이 모여들었다. 유비는 사방으로 군사를 보내 중요한 길목을 지키게 했다.

한편 주유는 시상으로 돌아가 병을 다스리고 있었다. 그러는 한편으로 감녕은 파릉군을 지키게 하고 능통은 한양군을 지키게 하면서, 두 곳에 싸움배를 나누어 옮겨놓고 명령을 기다리라고 했다. 나머지 장수와 군사들은 정보가 맡아서 합비로 이끌고 가 있으라 했다.

손권은 적벽에서 크게 이긴 뒤 합비에 오래 머물며 조조군과 여남은 차례에 걸쳐 크고 작은 싸움을 벌였으나 아직까지 이기고 짐을 가르지 못하고 있었다. 그래서 함부로 성가까이에 영채를 세우지 못하고 성에서 50리 떨어진 곳에 머물고 있었다. 그러는 가운데 정보가 군사를 이끌고 온다는 보고를 받자 손권은 무척 기뻐 직접 군사들을 다독거리기 위해 영채를 나가 기다렸다.

　노숙이 먼저 이르렀다는 보고가 들어오자 손권은 바로 말에서 내려 기다렸다. 노숙 역시 손권이 보이자 급히 말에서 내려와 예의를 갖추었다. 장수들은 손권이 노숙을 이처럼 깍듯이 대하는 걸 보자 너무 뜻밖이어서 무척 놀랐다. 손권이 노숙에게 말에 오르라 한 뒤 같이 말 머리를 나란히 하고 가면서 조용히 말했다.

　"내가 말에서 내려 맞이하여 공을 빛내주려 했는데 마음에 드시오?"

　노숙이 대답했다.

　"안 듭니다."

　"그러면 어떻게 해야 공을 빛내주는 게 되시겠소?"

　"명공의 의젓함과 덕스러움이 세상에 떨치고 온 나라를 아우르시어 황제의 자리에 오르셔서 제 이름도 역사에 길이 남게 해주십시오. 그러면 저를 빛내주는 게 되겠습니다."

　손권이 손뼉을 치며 껄껄 웃어젖혔다. 두 사람은 함께 막사로 들어갔다. 크게 잔치를 베풀어 큰 싸움을 치른 군사와 장수들을 걸게 먹였다. 이어 합비를 깰 방법을 의논했다.

　갑자기 보고가 들어왔다. 장료가 사람을 시켜 싸움을 시작하겠다는 편지를 보내왔다. 손권은 편지를 읽고 나서 화를 벌컥 냈다.

"장료가 나를 아주 깔보고 있구나! 정보의 군사가 왔다는 소식을 듣고 일부러 나한테 싸움을 거는 모양인데, 내일은 새로 온 군사는 안 데리고 나가서 한바탕 휩쓸어버릴 테니 두고 봐라!"

손권은 바로 다음 날 새벽 동트기 훨씬 전에 전군이 영채를 나가 합비로 떠나도록 명령했다. 아침 먹을 시간쯤 되었을 때 군사들은 절반쯤 갔다. 조조군은 이미 도착해서 양쪽으로 진을 벌려세우고 있었다.

손권은 황금투구에 황금갑옷을 차려입고 말을 몰고 나갔다. 왼쪽에서는 송겸이, 오른쪽에서는 가화가 각각 방천화극을 들고 따랐다. 북소리가 시끌벅적하게 세 차례 울리더니 조조군의 진에서 문기가 양쪽으로 열렸다. 곧바로 완전 무장한 장수 셋이 나서는데, 가운데는 장료요, 왼쪽은 이전, 오른쪽은 악진이었다.

장료가 말을 몰아 앞으로 나서며 단둘이 싸워보자고 손권에게 싸움을 걸었다. 손권이 창을 부여잡고 직접 싸우러 나가려 하는데, 진 문 안에서 장수 하나가 창을 꼬나들고 급히 말을 몰아 먼저 뛰쳐나갔다. 태사자였다. 장료가 칼을 휘두르며 그를 맞아 싸웠다. 두 장수는 7, 80합을 싸웠으나 이기고 짐을 가르지 못했다. 이때 조조군 속에서 이전이 악진에게 말했다.

"황금투구를 쓴 이가 바로 손권이오. 손권만 사로잡으면 적벽에서 죽은 팔십삼만 대군의 원수를 갚을 수 있소."

말이 채 끝나기도 전에 악진은 칼 한 자루만 쥔 채 말을 몰아 손권을 보고 달려나갔다. 마치 번개가 한 번 번쩍하는 듯한 짧은 사이에 손권 앞으로 나는 듯이 달려간 악진이 손을 들어 칼을 내리쳤다. 바로 그때 송겸과 가화가 급히 방천화극을 내뻗어 악진의 칼을 막아냈다. 내려친 칼에 방천화극 두 자루가 한꺼번에 동강나버렸다. 두 사람은 방천화극의 자루만으로 악진의 말 머리를 내려쳤다. 악진이 말을 돌려 달아나자 송겸은 군사 손에 있던 창을 뺏어 들고 뒤쫓아갔다. 이를 보고 있던 이전이 활에 화살을 메겨 송겸의 가슴을 노리고 쏘았다. 송겸은 활시위 소리와 함께 말에서 굴러 떨어졌다.

태사자는 등 뒤에서 누군가 말에서 떨어지는 소리가 나자 장료를 버리고 급히 돌아갔다. 장료는 기운을 몰아 그 뒤를 쫓았다. 동오 군사들은 크게 어지러움에 빠져 사방으로 흩어져 달아났다. 장료는 손권을 쫓아 그 뒤로 말을 몰았다. 거의 따라잡을 만한 거리가 되었을 때 옆에서 군사 한 무리가 뛰쳐나왔다. 앞장선 장수는 정보였다. 정보가 마구 짓밟으며 손권을 구했다. 이에 장료는 군사를 거두어 합비로 돌아갔다.

정보가 손권을 보호하여 본부 영채로 돌아오자 싸움에 진 군사들도 뒤를 이어 돌아왔다. 손권은 송겸이 죽은 게 아까워 목놓아 울었다.

장사 장굉이 나섰다.

"주공께서 젊은 기운만 믿으시고 큰 적을 가벼이 여기신 걸 전군 모두 안타깝게 여기고 있습니다. 적의 장수를 죽이고 깃발을 빼앗고 싸움터에서 힘을 떨치는 일은 장수들이 할 일이지 주공께서 하실 일이 아닙니다. 부디 주공께서는 그 옛날 맹분이나 하육의 씩씩함 같은 걸 보여주려 하지 마시고 천하를 다스릴 큰 뜻을 생각하십시오. 오늘 송겸이 화살을 맞고 죽었는데, 이는 주공께서 적을 얕잡아보셨기 때문입니다. 앞으로는 제발 조심하십시오."

손권이 고개를 끄덕였다.

"모두 내 잘못이오. 마땅히 고치도록 하겠소."

곧이어 태사자가 막사 안으로 들어왔다.

"제 아래에 과정이라는 이가 있는데, 마침 장료 밑에서 마구간 일을 보는 사람과 형제뻘이라 합니다. 그 사람이 억울하게 벌을 받은 까닭에 원한을 품고 있었다는군요. 사람을 보내와 말하기를, 밤에 불을 놓아 신호로 삼고 장료를 찔러 죽여 송겸의 원수를 갚아주겠다고 합니다. 따라서 제가 군사를 끌고 가 밖에서 도왔으면 합니다."

손권이 물었다.

"과정이 어디 있소?"

"이미 조조군에 섞여 합비성 안으로 들어갔습니다. 군사 오천 명만 내주십시오. 바로 가겠습니다."

곁에 있던 제갈근이 말했다.

"장료는 꾀가 많은 사람이오. 미리 준비를 하고 있을지도 모르오. 너무 쉽게 생각하면 안 되오."

그러나 태사자는 자기 고집을 꺾지 않았다. 손권은 송겸의 죽음이 너무 슬퍼 원수를 빨리 갚고 싶었다. 그래서 태사자에게 군사 5천 명을 내주며 밖에서 돕도록 했다.

과정은 태사자와 같은 고향 사람이었다. 이날 그는 장료 군사들 틈에 섞여 있다가 합비성 안으로 들어가 마구간을 찾아갔다.

과정이 먼저 말했다.

"내 이미 사람을 시켜 태사자 장군께 보고를 했네. 오늘 밤 틀림없이 밖에서 도울 텐데, 자네는 어떻게 할 셈인가?"

"여기는 본부에서 멀리 떨어져 있어 밤에 갑작스레 나가기는 어렵네. 내가 말먹이로 쓰는 마른 풀더미에 불을 지를 테니까 자네는 앞으로 달려가며 반란이 일어났다고 외치게. 그러면 성 안의 군사들이 어지러움에 빠질 것이네. 그틈을 타서 장료를 찔러 죽이면 나머지 군사들은 죄다 달아나고 마네."

"그 계획 참 괜찮네!"

그날 밤 장료는 싸움에 이기고 돌아오자 군사들에게 상을 내리며 다독거렸다. 이어 오늘 저녁은 갑옷을 벗지 말고 자라는 명령을 내렸다. 그 말에 모두들 고개를 갸우뚱했다.

"오늘 싸움에서 우리가 크게 이겨 동오 군사들이 멀리 달아났습니다. 장군께서는 왜 갑옷을 못 벗게 하십니까?"

"모르는 소리 말라. 장수는 이겼다고 들뜨지 않고, 졌다고 풀 죽지 않는 법을 배워야 한다고 했다. 동오 군사들이 우리가 준비하지 않고 있는 틈을 노려 쳐들어오면 어떻게 막아낼 것이냐? 오늘 밤은 다른 어느 때보다 더 단단히 지켜야 한다."

말이 미처 끝나기도 전에 뒤쪽 영채에서 불길이 치솟으며 반란이 일어났다고 외치는 소리가 들렸다. 이어 급한 상황을 알리려는 보고가 잇따라 들어왔다. 장료는 막사를 나가 말에 오른 뒤 장수 여남은 명을 데리고 나가 길 가운데에 서 있었다. 곁에 있는 이들이 안달복달했다.

"외치는 소리가 매우 다급합니다. 가서 살펴보셔야겠습니다."

"어떻게 성 하나가 다 들고일어나겠느냐? 이건 배반한 놈이 일부러 군사들을 놀라게 하려고 그런다. 미리 설치는 자부터 목을 베도록 하라!"

얼마 뒤 이전이 과정과 마구간을 돌보던 이를 잡아왔다. 장료가 그들을 다그쳐 사정을 알게 되자 바로 말 앞에서 목을 쳐버렸다. 성 밖에서는 징 소리, 북소리가 어지럽게 울리고 외침 소리 또한 크게 울렸다.

장료가 고개를 끄덕였다.

"동오 군사들이 밖에서 돕기 위해 저런다. 저놈들 꾀를 거꾸로 이용해서 깨부숴야겠다."

장료는 바로 성 문 안 한쪽에 불을 지르게 한 뒤 모두들 반란이 일어났다고 외치며 성 문을 활짝 열고 달아맨 다리를 내려놓게 했다.

태사자는 성 문이 활짝 열리자 안에서 일이 벌어지기는 벌어졌구나 싶었다. 그래서 창을 뻗쳐든 채 말을 달려 앞장서 들어갔다. 바로 그때 성 위에서 쾅 소리가 한 번 울리더니 화살이 어지럽게 쏟아졌다. 태사자는 급히 몸을 돌려 물러나왔으나 그 사이에 벌써 화살을 몇 발 맞았다. 등 뒤에서는 이전과 악진이 몰아쳤다. 동오 군사는 절반이 넘게 죽고 말았다. 조조군은 이긴 기운을 몰아 동오 영채 앞까지 휘몰아쳤다. 육손과 동습이 뛰쳐나가 겨우 태사자를 구했다. 조조군은 그제야 돌아갔다.

손권은 태사자가 크게 다친 걸 보자 마음이 몹시도 언짢고 슬펐다. 장소가 손권에게 군사를 거두자고 했다. 손권은 그 말을 따라 군사를 거두어 배를 타고 남서 윤주로 돌아갔다. 바로 군사들이 머물 자리를 잡으려 할 때 태사자의 병이 심해졌다. 손권이 장소 등을 시켜 병문안을 보냈다. 태사자가 그들을 보자 큰소리를 내질렀다.

"대장부가 어지러운 세상에 났으니 마땅히 석 자 칼을 허리에 차고 세상에 길이 남을 공을 세워야 하는데, 그 뜻도 이루지 못하고 이렇게 죽어야 한단 말이냐!"

말을 마치자 바로 눈을 감으니, 그의 나이 41살이었다.

나중에 어떤 이가 그를 기리는 시를 읊었다.

충성과 효도를 다하려는 뜻을

동래 태사자는 지녔다네

이름은 먼 땅 너머까지 알려지고

활과 말 타는 솜씨, 모두들 두려워했네

북해에서는 은혜 갚고

신정에서는 싸움 한판 벌였지

죽는 자리에서 장한 뜻 말로 남기니

두고두고 사람들이 아쉬워하는구나

손권은 태사자가 죽었다는 소식을 받자 슬픔이 복받쳤

다. 남서의 북고산 아래에다 장사를 잘 지내라 이르고, 그의 아들 태사향을 데려다 부중에서 기르도록 했다.

이때 유비는 형주에서 군사와 말을 살피며 가지런히 하고 있었다. 손권이 합비에서 싸움에 져 남서로 돌아갔다는 소식을 듣자 제갈량과 의논했다.

제갈량이 말했다.

"제가 어젯밤에 하늘을 살펴보니 서북쪽에서 별이 하나 떨어졌습니다. 틀림없이 황족 한 사람이 세상을 떴을 것입니다."

바로 그때 뜻밖에 유기가 병이 심해져 죽었다는 보고가 들어왔다. 유비가 몹시 애달파하며 목놓아 큰소리로 울었다.

제갈량이 말했다.

"죽고 사는 이치는 다 정해져 있습니다. 주공께서는 너무 슬퍼하지 마십시오. 귀하신 몸이 상하실까 걱정됩니다. 무엇보다 큰일을 돌보셔야 합니다. 일단 급히 사람을 보내 성을 지키게 하시고, 아울러 장사를 치르도록 하시지요."

유비가 물었다.

"누구를 보내야 좋겠소?"

"운장이 아니면 안 될 겁니다."

유비는 바로 관우더러 양양으로 가서 지키도록 한 뒤 다시 물었다.

"이제 유기가 죽었으니 틀림없이 동오가 형주를 돌려달라 할 텐데 무어라 대답해야 좋겠소?"

"만약에 사람이 오면 제가 알아서 대답하겠습니다."

보름쯤 지나자 동오에서 노숙이 장례 인사를 왔다는 보고가 들어왔다.

미리미리 방법을 마련해놓고

동오에서 사람 오기만 기다린다

과연 제갈량은 무어라 대답을 할는지……

제54회

유비와 손부인의 결혼

오국태는 절에서 신랑 될 사람을 보고
유비는 새 짝을 만나 신방에서 지내다

제갈량은 노숙이 왔다는 말을 듣자 유비와 함께 성을 나가 맞았다. 함께 들어온 뒤 인사가 끝나자 노숙이 먼저 말했다.

"우리 주공께서 조카분이 세상을 떴다는 소식을 들으시고 특별히 예물을 갖추어 인사를 차리도록 했습니다. 주도 독께서도 거듭 유황숙과 공명 선생께 안부를 전해달라고 하셨습니다."

이에 유비와 제갈량은 자리에서 일어나 고마움을 나타낸 뒤 예물을 받고 술자리를 열었다.

노숙이 말했다.

"저번에 황숙께서는 조카가 없으면 형주를 곧바로 돌려주겠다고 하셨습니다. 이제 조카분이 세상을 뜨셨으니 반드시 돌려주시리라 믿습니다. 그런데 언제쯤 돌려주시겠습니까?"

유비가 덤덤하게 말했다.

"먼저 술이나 드시오. 의논할 일이 하나 있소."

노숙은 마지못해 몇 잔을 연거푸 마신 뒤 또 똑같은 말을 했다. 유비가 미처 대꾸하기 전에 제갈량이 낯빛을 고치며 말했다.

"자경은 어찌 그리도 앞뒤가 꽉꽉 막힌 사람처럼 구시오? 그런 걸 꼭 말로 일러주어야 아시겠소? 우리 고황제께서 흰 뱀을 죽이시고 의로운 군사를 일으키시어 터를 세우신 뒤 지금까지 이어져 내려왔소. 그러다 요즘에 이르러 불행히도 간사한 무리들이 한꺼번에 일어나 여기저기를 하나씩 차지하고 있소. 그러나 하늘의 이치를 살펴보면 결국 제자리로 바로잡혀 돌아가게 되어 있소. 우리 주공으로 말씀드리자면 중산정왕의 후손이시고, 효경황제 손자의 손자이시고, 지금 황제의 숙부뻘 되시는 분이오. 그런 땅을 나누어 가진들 안 될 게 뭐 있겠소? 더군다나 유경승은 주공의 형님뻘이시오. 아우가 형의 터를 물려받는 게 그토록 도리에 어긋나는 일이오? 공의 주공으로 말하자면 전당의 보잘것

없는 벼슬아치의 아들로 본디 나라에 공을 세운 게 없소. 그
런데도 지금 자기 힘만 믿고 여섯 군 여든한 고을을 억지로
차지하고 있으면서도 모자라 또 한나라 땅을 삼키려 들고
있소. 유씨 세상에서 우리 주공께서는 유씨이면서도 땅 한
뙈기 없고, 공의 주공은 손씨인데도 도리어 억지로 빼앗으
려 든단 말이오? 또 적벽 싸움에서도 우리 주공께서 애를
많이 쓰셨고 장수들도 모두 목숨 걸고 싸웠는데 어찌 동오
의 힘만으로 이겼다고 생각하시오? 만약에 내가 동남쪽 바
람을 불러오지 않았다면 주랑이 어찌 그 공의 반이라도 세
울 수 있었겠소? 강남이 깨져버렸더라면 여러 말 할 것 없
이 두 교씨가 동작궁으로 끌려들어갔을 테고, 공의 가족도
어찌 되었을지 모를 일이오. 아까 우리 주공께서 바로 말씀
하지 않으셨는데, 그건 자경께서 워낙 이름 높으신 선비라
서 굳이 이러쿵저러쿵 여러 말이 필요 없을 듯해서 그러셨
소. 공은 어째서 그렇게 앞뒤를 살피지 못하시오?"

한바탕 쏟아내는 제갈량의 말에 노숙은 부끄러워 아무
말 없이 가만히 앉아 있었다.

한참 지나서야 노숙이 다시 말했다.

"공명의 말씀이 이치에 어긋나진 않소. 다만 이 사람의 처
지가 참 딱하게 되었으니 이를 어찌해야 할지 모르겠소."

제갈량이 물었다.

"무엇이 딱하게 되었소?"

"나는 예전에 황숙께서 당양에서 어려움을 겪으실 때 공명과 함께 강을 건너 우리 주공을 뵙게 하였소. 그 뒤 주공근이 군사를 일으켜 형주를 빼앗으려 할 때도 말렸소. 또 유기가 세상을 뜨면 형주를 돌려줄 테니 그때까지 기다려달라고 해서 그렇게 할 수 있도록 한 사람이 나요. 그런데 이제 와서 뜬금없이 약속한 대로 할 수 없다고 뻗대니 나보고 돌아가서 어떻게 하란 말씀이시오? 우리 주공과 주공근은 반드시 나에게 죄를 물을 거요. 내 죽어도 한스럽지 않지만, 동오가 군사를 움직일 텐데 그건 걱정되오. 그렇게 되면 황숙께서도 형주에 편히 앉아 계실 수 없고 괜히 세상의 웃음거리만 되고 말겠지요."

제갈량이 말했다.

"조조가 황제의 이름을 내세우면서 백만 대군을 몰고 왔어도 나는 조금도 겁나지 않은 사람이오. 그런 사람이 주랑 같은 애송이를 겁내겠소? 만일 선생의 처지가 딱하게 될 성싶으면 우리 주공께 문서를 한 장 써주시라 하겠소. 형주를 잠시 빌려 지내다가 우리가 다른 데를 얻으면 그때에는 동오에 돌려주겠다고 말이오. 이 생각이 어떻소?"

"공명은 도대체 어디를 빼앗아 가져야 형주를 우리한테 돌려줄 생각이오?"

"중원은 쉽게 차지하기 어려울 게요. 서천의 유장이 흐리터분하고 비실비실하니 거기는 우리 주공께서 해보실 만한 곳이오. 서천을 얻기만 하면 형주는 바로 돌려주겠소."

노숙은 하는 수 없이 그 말을 받아들일 수밖에 없었다. 유비는 직접 문서 한 장을 꾸민 뒤 이름을 적었다. 제갈량도 보증인 자격으로 이름을 적었다.

제갈량이 노숙에게 말했다.

"나는 황숙 쪽 사람이오. 한 집안 사람끼리 보증을 서봐야 무슨 소용 있겠소? 번거로우시겠지만 자경 선생도 이름을 적어야 돌아가 오후를 뵐 때 더 나을 겁니다."

노숙이 말했다.

"황숙께서는 어짊과 의로움을 중요하게 여기시는 분이라 반드시 약속을 어기지 않으시리라 믿습니다."

마침내 노숙도 이름을 적고 문서를 챙겼다. 술자리가 끝나자 헤어지는 인사를 했다. 유비와 제갈량은 배 타는 데까지 바래다주었다.

제갈량이 단단히 부탁했다.

"자경은 돌아가서 오후를 뵙거든 말씀을 잘 드려서 쓸데없는 생각을 말도록 해주시오. 만약에 우리가 만든 문서를 받아주지 않으시면 나도 마음을 바꾸어 여든한 고을을 다 빼앗아버리겠소. 양쪽 집안이 사이좋게 지내서 조조 역적이 비웃는 일이 생기지 않도록 합시다."

노숙은 이별을 하고 배에 올라 돌아갔다.

노숙은 먼저 시상으로 가서 주유를 만났다.

주유가 노숙을 보자마자 물었다.

"형주를 돌려달라고 한 일은 어떻게 되었소?"

"문서를 받아왔습니다."

노숙이 문서를 꺼내 주유에게 주었다. 주유가 읽고 나더니 발을 동동 굴렀다.

"자경이 제갈량의 꾀에 속아 넘어갔소! 말로야 땅을 빌리자고 하지만 사실은 어물쩍 넘어가자는 속셈이오. 서천을 빼앗으면 돌려주겠다고 했지만, 서천을 언제 차지할지 누가 알겠소? 십 년 넘도록 서천을 차지하지 못하면 형주도 십 년 넘도록 차지하고 있겠다는 속셈 아니오? 이따위 문서를 어떻게 믿고 보증까지 섰소? 만약에 돌려주지 않으면 자경이 그 책임을 져야 하오. 주공께서 죄를 물으시면 어떻게 할 생각이오?"

노숙은 한동안 말을 잊고 멍하니 있다가 한숨을 내쉬었다.

"현덕이 나를 딱하게 만들지는 않겠지요."

"자경은 마음이 너무 착해서 탈이오. 유비는 사납고 힘찬 사람이오. 게다가 제갈량은 간사스럽고 속이 검은데다 무섭기 짝이 없는 인간이오. 그러니 자경의 마음 같지는 않소!"

"그럼 이 일을 어찌해야 좋겠소?"

"자경은 내게 은혜를 베풀어준 사람이오. 옛날에 먹을거리 창고를 통째로 내주던 마음을 생각해서라도 내가 구하겠소. 일단 마음 놓고 여기 며칠 머무르시오. 강북으로 보낸 사람이 오면 방법을 생각해봅시다."

노숙은 불안한 생각을 쉽게 떨쳐버릴 수가 없었다.

며칠이 지났다. 강북에 갔던 염탐꾼이 돌아와 보고했다.

"형주성 안을 보니 베로 만든 깃발이 내걸리고 제사를 지내더군요. 성 밖에서는 새 무덤을 하나 만들고 있었고, 군사들 모두 상복을 입고 있었습니다."

주유가 놀라 물었다.

"죽은 사람이 누구라더냐?"

"유현덕의 감부인이 세상을 떠서 장례를 치른다고 했습니다."

주유가 노숙을 돌아보며 고개를 끄덕였다.

"마침 좋은 생각이 떠올랐소. 유비를 꼼짝 못 하게 꽁꽁 묶어 형주를 쉽게 되찾을 수 있는 방법이오!"

노숙의 눈이 둥그레졌다.

"어떤 방법입니까?"

"유비가 부인을 잃었으니 틀림없이 새 부인을 얻을 거요.

주공께 누이 한 분이 계시는데 무척 드세고 거칠다오. 곁에서 모시는 여자들한테도 칼을 차고 다니게 하고, 방 안에다가는 무기들을 가득 채워놓고 지낸다오. 남자라 해도 그러지는 못하지요. 내가 지금 주공께 편지를 올려 형주로 중매설 사람을 하나 보내 유비를 꾀어오게 하겠소. 유비가 속아 남서로 오거든 아내는 무슨 아내요? 바로 감옥에 가두어버려야지. 그런 다음 형주로 사람을 보내 유비와 형주를 맞바꾸자 하겠소. 형주를 우리에게 돌려주면 따로 생각한 게 또 있소. 이렇게만 되면 자경도 아무 일 없소."

노숙이 고맙다면서 절을 했다.

주유는 곧장 편지를 써서 노숙에게 주며 빨리 가는 배를 타고 남서로 가게 했다.

노숙은 손권을 만나자 먼저 형주에서 있었던 일을 보고한 뒤 문서를 바쳤다.

손권이 바로 언짢은 소리를 냈다.

"그대는 어쩌자고 일을 이렇게 했소! 이따위 문서를 어디다 쓴단 말이오!"

노숙이 가라앉은 목소리로 말했다.

"주도독의 편지도 가져왔습니다. 거기 쓰인 대로만 하면 형주를 얻을 수 있다고 했습니다."

손권은 편지를 읽고 나더니 머리를 끄덕이며 속으로 좋

아라 했다. 곧바로 보낼 만한 사람을 생각했다. 퍼뜩 떠오르는 사람이 있어 중얼거렸다.

"여범을 보내면 되겠군. 여범이 가야 돼."

손권은 곧바로 여범을 불렀다.

"요새 들으니 유현덕이 부인을 잃었다 하오. 현덕을 불러내 누이랑 서로 짝을 맺어줄까 싶소. 그렇게 결혼으로 영원히 가까워져 한마음으로 조조를 깨고 한나라를 붙들어세울까 하오. 자형 말고는 중매 설 사람이 마땅치 않소. 바로 형주로 가서 말씀을 잘해주기 바라오."

여범은 명령을 받자마자 그날로 배를 마련하여 아랫사람 몇을 데리고 형주로 떠났다.

한편 유비는 감부인을 잃은 뒤 밤이고 낮이고 마음이 답답했다. 어느 날 제갈량과 함께 이런저런 이야기를 나누고 있는데 동오에서 여범이 왔다는 보고가 들어왔다.

제갈량이 웃으며 말했다.

"주유가 또 무슨 꾀를 냈나보군요. 틀림없이 형주 때문이겠지요. 저는 병풍 뒤에 숨어 엿듣겠습니다. 그쪽에서 무슨 말을 하든 주공께서는 다 받아주십시오. 그런 뒤 그 사람을 물러가 쉬게 한 다음 따로 의논하시면 됩니다."

유비는 여범을 안으로 들라 했다. 서로 인사를 나눈 뒤 자리에 앉아 차까지 마시고 나자 유비가 물었다.

"자형은 무슨 일 때문에 오셨소?"

여범이 대답했다.

"요새 듣자니 황숙께서 부인을 잃으셨다고 하더군요. 마침 좋은 자리가 있어 싫어하시면 어쩌나 하는 마음이 들어도 주저하지 않고 왔습니다. 황숙의 뜻은 어떠하신지요?"

"이 나이에 아내를 잃은 건 큰 불행이오. 하지만 죽은 사람 뼈와 살이 채 삭지도 않았는데 어찌 새장가 들 일을 들먹일 수 있겠소?"

"아내가 없으면 집에 들보가 없는 꼴입니다. 어찌 사는 중간에 인륜을 저버릴 수 있겠습니까? 우리 주공 오후께 누이가 한 분 계시는데, 미인인데다 어질어서 황숙의 짝이 되실 만합니다. 만일 양쪽 집안이 춘추시대의 두 진나라처럼 결혼으로 좋은 사이를 이어간다면 조조 역적도 섣불리 동남쪽을 엿보지 못합니다. 이건 집안과 나라에 모두 좋은 일이므로 황숙께서는 조금도 의심하지 마십시오. 다만 우리 국태 오부인께서 어린 딸을 무척 사랑하시어 먼 데로 시집보내려 하지 않으시니 황숙께서 동오로 오셔서 결혼을 하셨으면 합니다."

"오후께서도 이 일을 알고 계시오?"

"이토록 중요한 일을 오후께 먼저 말씀드리지 않고 어찌 가벼이 왔겠습니까!"

"내 이미 반백 살을 먹었고 머리털도 희끗희끗해졌소. 그런데 오후의 누이는 지금 딱 꽃다운 나이일 것이니 어울리는 짝이 못 될 성싶소."

"오후의 누이는 몸은 비록 여자이지만 그 뜻은 사내를 누르고도 남습니다. 그래서 늘 천하의 영웅이 아니고서는 섬기지 않겠다고 합니다. 황숙께서는 지금 이름이 온 세상을 뒤덮고 있습니다. 두 분은 바로 여장부와 군자의 어울림인데 나이 차이가 무슨 문제겠습니까!"

"공은 우선 쉬고 계시오. 생각해보고 내일 대답하겠소."

유비는 술자리를 베풀어 여범을 대접했다.

저녁이 되어 유비가 제갈량에게 의논하자 제갈량이 말했다.

"그 사람이 온 뜻을 이미 알고 있었습니다. 아까 주역의 점괘를 뽑아보았더니 크게 좋아서 크게 이익을 얻는 걸로 나왔습니다. 주공께서는 머뭇거리실 필요 없습니다. 여범이 돌아갈 때 손건을 같이 보내 오후를 만나도록 해 그 앞에서 바로 일을 결정하고 날을 잡게 한 뒤 가셔서 식을 올리도록 하십시오."

"주유가 나를 해치려고 꾀를 쓰는 줄 뻔히 알면서 어찌 가벼이 위험한 데로 들어가란 말이오?"

제갈량이 껄껄 웃었다.

"주유가 제법 꾀를 쓰긴 하지만 어찌 이 제갈량을 쉬이 이길 수 있겠습니까! 제가 조그마한 꾀 하나를 써서 주유를 꼼짝 못 하게 해놓고 오후의 누이도 주공께 딸려오게 하겠습니다. 물론 형주는 한 뼘도 잃지 않으면서 말입니다."

유비는 자꾸만 망설여져 결정을 하지 못했다. 그러나 제갈량은 손건더러 강남으로 가서 결혼 문제를 매듭짓고 오도록 했다. 손건은 제갈량이 이른 대로 여범과 함께 강남으로 가서 손권을 만났다.

손권이 말했다.

"나는 현덕을 우리 누이와 짝지어주고 싶은 마음뿐이지 다른 뜻은 조금도 없소."

손건은 절을 하며 고마움을 나타낸 뒤 형주로 돌아와 유비를 보고 말했다.

"오후는 오로지 주공께서 오셔서 결혼하시기만을 기다리고 있더군요."

그래도 유비는 마음이 내키지 않아 선뜻 떠날 생각을 못했다.

제갈량이 말했다.

"제가 이미 세 가지 방법을 마련해놓았습니다. 자룡이 아니면 해낼 수 없습니다."

제갈량은 곧바로 조운을 불러 귀에 대고 말했다.

"주공을 모시고 동오로 들어가시오. 비단 주머니 세 개를 줄 테니 차고 가시오. 그 속에 세 가지 대책이 들어 있으니 차례대로 따라하면 되오."

제갈량이 비단 주머니 세 개를 건네주자 조운은 그걸 품 속 깊이 넣었다.

제갈량은 사람을 시켜 예물 따위를 먼저 동오로 보내 모 든 준비를 깔끔히 끝내놓았다.

때는 건안 14년 10월, 유비는 조운·손건과 함께 군사 5백 명을 거느리고 빨리 가는 배 10척을 나누어 타고 형주를 떠 나 남서로 갔다. 형주의 일은 모두 제갈량이 맡아 하기로 했 다. 유비는 끝내 마음이 편치 않고 께름칙했다.

배가 남서주의 강가에 다다르자 조운이 말했다.

"공명께서 세 가지 대책을 하나씩 차례대로 따르라 하셨 습니다. 여기 도착했으니 첫 번째 비단 주머니를 끌러봐야 겠습니다."

주머니를 풀어 대책을 본 손건은 5백 명 군사들이 저마다 맡을 일을 하나씩 일렀다. 군사들은 모두 명령을 받고 자기 자리로 갔다. 이어 유비더러 교국로를 찾아가보도록 권했 다. 교국로는 두 교씨의 아버지로 남서에 살고 있었다. 유비는 끌고 갈 양과 지고 갈 술을 마련하여 교국로를 먼저 찾아가서 여범의 중매로 아내를 맞으러 왔다고 말했다.

이때 군사 5백 명은 모두 붉은 옷으로 잔뜩 모양을 낸 뒤 사방으로 흩어져 남서로 들어갔다. 이들은 저마다 물건들을 사면서 유비가 동오로 장가들러 왔다는 소문을 퍼뜨렸다. 그래서 성 안 사람들은 이 사실을 모두 알게 되었다.

손권은 유비가 도착했다는 보고를 받자 여범에게 맞이하도록 한 뒤 일단 숙소에서 편히 쉬도록 했다.

한편 교국로는 유비를 만난 뒤 바로 오국태에게 가서 축하 인사를 했다.

오국태가 되물었다.

"무슨 좋은 일이 있다고 그러시는지요?"

교국로가 말했다.

"따님을 유현덕의 아내로 주기로 해서 현덕이 이미 도착해 있던데 왜 속이려 하시오?"

오국태가 깜짝 놀랐다.

"이 늙은이는 모르는 일입니다!"

곧바로 따져보기 위해 오후를 부르러 사람을 보내는 한편, 사람을 풀어 성 안의 사정도 알아보게 했다. 나갔던 이들이 돌아와 말했다.

"그 말이 다 맞습니다. 신랑 될 사람은 이미 들어와 쉬고 있고, 따라온 군사 5백 명은 성 안으로 들어와 돼지며 양이며 과일 등을 사며 결혼식 치를 준비를 하고 있습니다. 중매는 신부 쪽은 여범이고 신랑 쪽은 손건인데, 지금 유비가 머무는 곳에서 서로 대접하고 있답니다."

오국태는 소스라치게 놀랐다. 조금 있자 손권이 뒤채로 오국태를 보러 왔다. 오국태는 손권을 보자마자 가슴을 치며 목놓아 울었다.

손권이 놀라며 물었다.

"어머님께선 무슨 일로 이토록 힘들어하십니까?"

"네가 나를 이런 식으로 깔볼 줄은 미처 몰랐다! 우리 언니가 세상을 뜨실 때 너보고 이렇게 하라고 이르더냐!"

손권은 어이없었다.

"어머님께서 하실 말씀이 있으시면 바로 하시지 왜 이러십니까?"

"사내가 자라면 장가들고 계집이 자라면 시집가는 건 예나 지금이나 마땅한 일이다. 내가 네 에미이니 그런 일은 마땅히 나하고 먼저 의논했어야 한다. 너는 유현덕을 불러 손씨 집안의 사위로 삼으면서 어째서 나를 속이려 드느냐? 그 애는 바로 내 자식 아니더냐!"

손권은 까무러치게 놀랐다.

"그런 말은 어디서 들으셨습니까?"

오국태가 소리를 꽥 질렀다.

"내게 알릴 수 없는 일이라면 처음부터 꾸미지를 말았어야지. 성 안의 온 백성이 다 아는데 어찌하여 나만 모르고 있어야만 하느냐?"

교국로가 한마디 거들었다.

"이 늙은이도 안 지 여러 날 되오. 그래서 오늘 특별히 축하하러 온 길이오."

손권은 털어놓지 않을 수 없었다.

"일부러 그러지는 않았습니다. 이건 주유가 낸 꾀입니다. 형주를 빼앗기 위해 결혼 말을 꺼내 유비를 이곳으로 속여 오게 한 뒤 가두어놓고 형주와 맞바꾸자고 하기 위해서였습니다. 만일 말을 듣지 않으면 유비를 죽일 생각입니다. 이처럼 형주를 찾고자 한 일이지, 진짜로 결혼을 시키기 위해서 그런 게 아닙니다."

이 말에 오국태는 더욱 화가 나 주유를 꾸짖는 소리를 퍼부어댔다.

"그래, 주유는 여섯 군 여든한 고을의 대도독이면서 형주를 빼앗을 방법 하나 찾지 못하고 기껏 내 딸을 끌어들여 미인계나 쓴단 말이냐? 유비를 죽이면 그 애는 시집도 가보지 못하고 과부가 되는 꼴인데, 나중에 어떻게 다시 시집을 보낼 수 있냐? 내 딸의 일생을 망가뜨려놓고도 너희들은 좋기도 하겠다!"

다시 교국로가 한마디 했다.

"그렇게 해서 형주를 빼앗는다 하더라도 세상의 웃음거리가 될 게 뻔한데, 어째 일을 그렇게 하였소!"

손권은 입을 꽉 다문 채 가만히 있고 오국태는 계속 주유를 마구 꾸짖는데 교국로가 나섰다.

"일이 이미 이렇게 되었으니 그대로 밀고 나가는 수밖에 없겠소. 그래도 유황숙은 한나라 황실의 친척이니, 진짜로 그 사람을 사위로 맞아들여 꼴사나운 일이나 더 보지 않는 게 낫겠소."

손권이 고개를 저었다.

"나이가 서로 맞지 않습니다."

교국로가 말했다.

"유황숙은 이 시대의 뛰어난 사람이니, 그 사람을 맞이한다 해도 누이한테 욕된 일은 아닙니다."

오국태가 말했다.

"내 아직 유황숙을 보지 못했다. 내일 곧장 감로사로 불러 한번 봐야겠다. 내 맘에 들지 않으면 너희들 마음대로 해라. 그러나 내 맘에 들면 그리 시집보내겠다!"

손권은 본디 효자였다. 어머니가 그렇게 말하자 바로 그 자리에서 그러기로 하고 물러갔다. 손권은 밖으로 나오자

마자 여범을 불러 국태가 유비를 보고자 하니 다음 날 감로
사 주지실에 잔칫상을 마련하라고 일렀다.

여범이 말했다.

"그럼 가화더러 칼과 도끼를 든 무사 삼백 명을 복도 양
쪽에 숨어 있게 하라고 이르십시오. 국태께서 마음에 들어
하시지 않으면 바로 신호를 해서 양쪽에서 한꺼번에 쏟아
져나와 유비를 잡아 묶으면 그만입니다."

손권은 바로 가화를 불러 미리 준비를 하게 하고 오국태
의 움직임을 살피도록 했다.

교국로는 오국태에게 인사를 하고 물러나왔다. 이어 유
비에게 사람을 보내 이튿날 오후와 오국태가 직접 보고자
하니 알고 있으라 하고 알려주었다.

유비는 곧바로 손건·조운과 함께 의논했다.

조운이 말했다.

"내일 만남은 아무래도 좋은 일보다는 좋지 않은 일이 많
을 듯합니다. 제가 군사 오백 명을 직접 이끌고 가 보호하겠
습니다."

다음 날 오국태와 교국로가 먼저 감로사로 가 주지실에
자리를 잡고 앉았다. 이어 손권이 모사들 한 무리를 거느리
고 들어온 뒤 여범을 시켜 유비를 불러오게 하였다.

유비는 안에다 얇은 갑옷을 입고 비단 겉옷을 걸쳤다. 곁

에 따르는 이들도 모두 칼을 들게 한 뒤 말에 올라 감로사로
갔다. 조운은 무장을 단단히 하고 군사 5백 명을 이끌고 유
비의 뒤를 따랐다.

절 앞에 이르러 말에서 내린 유비는 손권을 먼저 보았다.
손권은 유비의 몸가짐과 차림새가 뛰어난 걸 보자 속으로
기가 죽었다. 두 사람은 서로 인사를 나눈 뒤 주지실로 들어
가 오국태를 만났다. 오국태는 유비를 보자마자 크게 기뻐
하며 교국로를 보고 말했다.

"참으로 내 사윗감이오!"

교국로가 고개를 끄덕였다.

"현덕은 용과 봉황의 모습에 하늘의 해 같은 기운이 서려
있는데다 어진 덕을 세상에 널리 펴는 사람이오. 국태께서
이처럼 훌륭한 사위를 얻으신 걸 참으로 축하드립니다!"

유비는 절을 하며 고마움을 나타낸 뒤 잔치 자리에 함께
앉았다. 조금 뒤 조운이 칼을 찬 채 들어와 유비 곁에 섰다.

오국태가 물었다.

"이 사람은 누구시오?"

유비가 대답했다.

"상산 조자룡입니다."

"당양 장판에서 아두를 품에 안고 싸운 사람 아니오?"

"그렇습니다."

"참으로 훌륭한 장수요!"

오국태가 칭찬을 하며 조운에게 술을 내렸다. 그 사이 조운이 유비에게 속삭였다.

"지금 복도를 돌아보니 방 안에 무사들이 숨어 있습니다. 분명 좋은 뜻은 아닐 테니 국태께 말씀드리시지요."

유비는 바로 오국태 자리 앞에 무릎을 꿇은 뒤 눈물을 흘렸다.

"만약에 유비를 죽이시려거든 이 자리에서 바로 죽여주십시오."

오국태가 놀랐다.

"무엇 때문에 그런 말을 하시오?"

"복도에 무사들이 숨어 있습니다. 저를 죽이려고 그러는 것 아니십니까?"

오국태가 화를 벌컥 내며 손권을 나무랐다.

"오늘 현덕은 내 사위가 되었으니 바로 내 자식이나 마찬가지다. 어째서 복도에다 무사들을 숨겨두었느냐?"

손권은 모르는 일이라고 얼버무리며 여범을 불러 물었다. 여범은 가화에게 떠넘겼다. 오국태가 가화를 불러 꾸짖었다. 가화는 입을 다물고 아무런 대꾸도 하지 않았다. 오국태가 가화를 끌어내 목을 베라고 소리쳤다.

그때 유비가 나섰다.

"만약 대장의 목을 베면 좋은 자리에 좋지 않습니다. 게다가 저 또한 여기 오래 머물 수 없습니다."

교국로까지 말리고 나서자 오국태는 가화를 꾸짖어 물리쳤다. 무사들은 모두 머리를 싸안은 채 사라졌다.

유비가 뒷간을 다녀오기 위해 주지실 밖으로 나갔더니 뜰아래에 있는 커다란 돌이 눈에 들어왔다. 유비는 곁사람이 차고 있는 칼을 뽑아 하늘을 우러르며 빌었다.

'만약에 유비가 아무 탈 없이 형주로 돌아가 큰일을 이룰 수 있다면 한칼에 이 돌이 두 쪽 나게 하시고, 여기서 죽을 운수라면 칼에 돌이 쪼개지지 않도록 하시옵소서.'

속으로 빌기를 마친 유비는 손을 번쩍 든 뒤 칼을 내리쳤다. 불꽃이 번쩍이는가 싶더니 돌이 둘로 쪼개졌다.

손권이 뒤에서 이 모습을 보고 물었다.

"현덕공은 그 돌에 무슨 한스러운 일이라도 있소?"

유비가 얼른 둘러댔다.

"이 사람이 쉰 살이 다 되어가는데도 나라를 위해 역적을 쓸어내버리지 못한 일이 항상 마음에 걸렸소. 지금 국태께서 사위로 맞아주시니, 이는 바로 평생의 가장 좋은 기회라오. 그래서 하늘을 우러러보며 조조를 깨고 한나라를 일으켜세울 수 있을 성싶으면 이 돌이 쪼개지게 해달라고 빌었소. 그랬더니 이렇게 되었소."

유비가 칼을 들어 돌을 둘로 쪼개다.

손권은 속으로 생각했다.

'유비가 나를 속이려고 하는 말이군.'

손권이 칼을 빼어 들고 유비를 쳐다보았다.

"나 역시 하늘에다 물어봐야겠소. 조조 역적을 깨부술 수 있을 성싶으면 이 돌이 쪼개지게 해달라고 말이오."

그러나 속으로는 달리 빌었다.

'만약에 형주를 다시 얻어서 동오를 크게 일으킬 수 있을 듯싶으면 이 돌이 쪼개지게 해주시오!'

칼을 번쩍 들어 돌을 내리치니 큰 돌이 또 쪼개졌다. 이리하여 열 십(十) 자 자국이 난 그 돌은 '한스런 돌'이라는 이름이 붙은 채 뒷날까지 없어지지 않았다.

나중에 어떤 사람이 이를 보고 시를 지어 읊었다.

보배 칼을 내리치니 돌이 두 조각 나고
쇳소리 울리더니 불꽃이 번쩍 튀네
두 나라 힘찬 기운 모두 하늘의 뜻이라
이리하여 천하는 솥발처럼 셋으로 나뉘었네

유비와 손권 두 사람은 칼을 버리고 손을 잡은 채 안으로 들어갔다. 술잔이 몇 차례 더 돌자 손건이 유비를 보고 눈짓을 했다.

유비가 술을 마다하며 말했다.

"나는 이제 술을 못 이기겠으니 이만 물러가겠소."

손권이 절 앞까지 따라나오며 배웅했다. 두 사람은 나란히 서서 강과 산의 경치를 구경했다.

유비가 감탄했다.

"여기야말로 천하의 제일가는 강산이로군!"

이때부터 감로사 비석에 '천하제일강산'이라는 말이 새겨지게 되었다.

훗날 어떤 이가 시를 읊었다.

강산에 비가 개니 푸른 산이 둘러싸고
맞댄 자리 걱정 없으니 즐거움 늘어나네
옛날에 영웅들의 눈길 가서 머문 그 자리
절벽은 옛날 그대로 바람과 물결 막으며 서 있네

두 사람이 경치를 둘러보고 있는데 강바람이 크게 일며 큰 파도가 눈발처럼 흩날렸다. 흰 물결이 하늘을 받치듯 치솟아오르는데, 갑자기 작은 배 한 척이 나타나 거친 강물 위를 마치 반반한 길 가듯 했다.

유비가 놀라며 한마디 했다.

"남쪽 사람들은 배를 잘 타고 북쪽 사람들은 말을 잘 탄

다더니 과연 그렇군요."

손권은 속으로 생각했다.

'유비가 이렇게 말하는 뜻은 내가 말을 잘 못 타는 줄 알고 놀리느라 그런다.'

손권은 바로 말 한 필을 끌고 오게 하였다. 말이 오자 몸을 날려 말 위에 뛰어오른 뒤 나는 듯이 산을 내려갔다가 다시 채찍질을 하며 고개를 올라왔다.

손권이 유비를 보고 웃었다.

"이래도 남쪽 사람들이 말을 못 탑니까?"

유비가 그 말을 듣더니 곧장 옷자락을 걷어올린 뒤 말에 올라 나는 듯이 산을 달려 내려갔다가 다시 달려 올라왔다.

두 사람은 고개에 말을 세운 뒤 채찍을 휘저으며 크게 웃었다. 그때부터 그 자리는 '말 머문 고개'라는 이름이 붙었다.

훗날 어떤 이가 시를 읊었다.

용마 타고 내달리는 그 기운 씩씩하더니
두 사람 나란히 말고삐 쥐고 강산 바라보네
동오와 서촉에서 따로따로 큰 뜻 이루니
오래도록 말 머문 자리 그대로 남아 있네

그날 두 사람이 말 머리를 나란히 하고 같이 돌아오자 남서 백성들 모두 축하하지 않는 이가 없었다.

유비는 숙소로 돌아가 손건과 의논했다.

손건이 말했다.

"주공께서는 그저 교국로를 붙들고 늘어지십시오. 빨리 결혼식을 올려달라고 말입니다. 그래야 엉뚱한 일이 생기지 않습니다."

다음 날 유비는 다시 교국로의 집 앞으로 가 말에서 내렸다. 교국로가 나와 맞았다. 인사를 나누고 차를 마시고 나자 유비가 먼저 말했다.

"강동 사람들 가운데에 이 유비를 해치려는 이가 많아 오래 머물 수 없겠습니다."

교국로가 말했다.

"현덕은 마음을 놓으시오. 내가 공을 위해 바로 국태를 찾아뵙고 말씀드려 보호해드리겠습니다."

유비는 고맙다며 절을 한 뒤 돌아왔다. 교국로는 곧장 오국태한테 가서 유비가 해코지를 당할까봐 서둘러 돌아가려 한다고 말했다.

오국태가 성을 벌컥 냈다.

"우리 사위를 누가 겁도 없이 해치려 한단 말이오!"

오국태는 곧장 유비에게 사람을 보내 서원으로 들어와 머물게 하면서 날을 잡아 곧 결혼식을 올리겠다고 전했다.

유비는 오국태를 직접 찾아갔다.

"조자룡을 밖에 두고 저만 들어와 있으면 불편합니다. 여기 군사들을 막아줄 사람이 없습니다."

오국태는 밖에 있다 무슨 일이 생기지 않도록 조운을 비롯해 군사들 모두 부중으로 들어와 편히 지내도록 했다. 유비는 속으로 무척 기뻤다.

며칠 지나지 않아 크게 잔치를 열고 유비와 손부인은 결혼식을 올렸다. 해가 저물자 손님들은 돌아가고 유비는 양쪽으로 밝힌 붉은 불을 따라 방으로 들어갔다. 그런데 등불이 밝게 빛나는 가운데 방 안에선 무수히 많은 창이며 칼 따위가 불빛을 받아 번쩍거렸다. 곁에서 거드는 여자들도 모두 허리에 칼을 차거나 팔에 칼을 매단 채 양쪽으로 늘어서 있었다. 유비는 소스라치게 놀라 몸에서 넋이 빠져나가는 느낌이었다.

놀라워라, 곁에서 거드는 여자들 모두 칼 들고 서 있다니
동오에서 일부러 숨겨놓은 이들 아닌지 모를 일이로다

과연 어찌 된 일인지…….

동오를 어렵게 벗어난 유비

유비는 슬기롭게 손부인을 부추기고
제갈량은 주유를 두 번째 쓰러뜨리다

유비는 손부인의 방 안에 창과 칼이 양쪽에 잔뜩 늘어서 있고, 곁에서 거드는 여자들까지 칼을 차고 있는 걸 보자 자신도 모르게 낯빛이 바뀌었다.

나이 든 여자 하인이 다가와 말했다.

"귀하신 분께서는 너무 놀라지 마십시오. 부인께서 어려서부터 워낙 무술을 좋아하셔서 보통 때도 곁에서 거드는 여자들에게 칼 겨루기를 시키며 즐기신답니다. 그래서 이렇습니다."

유비가 말했다.

"이런 건 부인이 보고 즐길 만한 일이 아니다. 내 가슴이 몹시 떨리니 잠시 치웠으면 좋겠구나."

하인은 손부인에게 그대로 전했다.

"방 안에 있는 무기들 때문에 신랑께서 편치 않으시다니 치우는 게 좋겠습니다."

손부인이 웃었다.

"반평생을 싸움터에서 보내신 분이 무기를 보고 무서워하시다니!"

손부인은 곧바로 무기를 치우게 하고, 거드는 여자들도 칼을 풀어놓게 하였다.

그날 밤 유비와 손부인은 마침내 부부가 되었다. 서로 정이 통하고 기쁨이 넘쳤다.

다음 날 유비는 곁에서 거들어주는 여자들에게 금이며 비단 등을 나누어주며 그들의 마음을 샀다. 아울러 손건에게 형주로 가서 기쁜 소식을 알리도록 했다. 이때부터 유비는 날마다 술이나 마시며 지냈다. 오국태는 유비를 무척 아끼고 사랑했다.

손권은 시상군에 있는 주유에게 사람을 보내 자기 어머니가 나서는 바람에 누이를 유비한테 시집보내게 되었다는 사연을 전하며, 거짓으로 시작한 일이 진짜가 되어버렸으니 어쩌면 좋겠느냐고 물었다.

　　　　　　　　　　　　　　　박상률 완역 삼국지 5

주유는 너무 어이없어 앉으나 서나 안절부절못했다. 그러는 가운데 마침내 꾀를 하나 짜냈다. 그래서 심부름 온 사람에게 비밀 편지를 써주며 손권에게 갖다주라 일렀다.

손권이 편지를 받아 읽었다.

이 사람 주유가 낸 꾀가 이렇듯 뒤집어져버릴 줄은 몰랐습니다. 어차피 거짓으로 한 일이 진짜가 되어버렸으니 그걸 바탕으로 해서 다른 꾀를 쓸까 합니다. 유비는 가볍게 볼 사람이 아닌데다 관우·장비·조운 들의 장수에다 제갈량 같은 이까지 붙어 돕고 있으니 결코 남의 밑에 오래 있을 사람이 아닙니다. 어리석은 생각인지 모르지만, 그 사람을 어떡하든 동오에 붙들어 두는 게 가장 좋겠습니다. 화려한 궁을 지어주어 뜻을 잃게 만들고, 아름다운 여자들과 좋아할 물건들을 많이 주어 눈과 귀를 즐겁게 해서 넋을 빼버립시다. 그리되면 관우와 장비하고도 정이 떨어지고 제갈량과도 사이가 멀어지게 됩니다. 그들을 서로 만나지 못하게 해놓은 뒤 군사를 일으켜 무찌르면 큰일을 이룰 수 있습니다. 만일 지금 놓아 보내면 용이 구름과 비를 얻는 꼴이라 결코 연못 속에 갇혀 있지 않습니다. 명공께서는 부디 잘 생각해보시기 바랍니다.

손권이 편지를 다 읽은 뒤 장소에게 보여주었다.

장소가 편지를 읽고 나서 말했다.

"공근의 꾀에 저도 같은 생각입니다. 유비는 본디 보잘것 없는 집안에서 태어난데다 천하를 떠도느라 편하고 귀한 걸 누려보지 못했습니다. 이제 화려한 궁 안에서 미녀와 금이며 비단에 싸여 지내게 되면 공명이나 관우·장비 들과도 멀어져 서로 원망하는 마음이 일게 됩니다. 그렇게 되면 형주를 빼앗을 수 있습니다. 주공께서는 어서 빨리 공근이 낸 꾀대로 하십시오."

손권은 마음에 들어 하며 당장 동쪽 부중 하나를 고치라 일렀다. 이어 꽃나무를 많이 심고 호화로운 물건들을 잔뜩 들여놓게 한 뒤 유비와 누이가 살게 했다. 게다가 노래와 춤을 잘 추는 여자들 수십 명과 함께 금이며 옥이며 비단에다 온갖 물건들을 더 보태주었다. 오국태는 손권이 좋은 뜻으로 이렇게 해주는 줄 알고 마냥 좋아했다. 과연 유비는 노는 일과 여자들에 빠져 형주로 돌아갈 생각을 조금도 하지 않았다.

조운은 군사 5백 명과 함께 동쪽 부중 앞에서 지냈다. 날마다 할일이 없어 성 밖으로 나가 활을 쏘거나 말을 달리며 하루하루를 보냈다. 어느덧 한 해가 저물 무렵이 되었다. 조운은 제갈량이 준 비단 주머니가 떠올랐다.

'참, 공명께서 비단 주머니 세 개를 내게 주셨지. 음, 남서에 이르거든 첫 번째 주머니를 열어보라고 하셔서 그렇게 했지. 한 해가 저물 때가 되면 두 번째 주머니를 열어보고, 마지막 주머니는 달아날 길이 없을 정도로 다급할 때 끌러보라 하셨지. 그 안에 귀신도 놀랄 방법이 들어 있어 주공을 보호하여 돌아올 수 있다고 하시면서 말이야. 한 해가 다 저물어가건만 주공께서는 여자한테 빠져 얼굴 뵙기조차 힘드니, 아무래도 두 번째 주머니를 열어보고 하라는 대로 해야겠다.'

조운은 곧장 비단 주머니를 풀어보았다. 정말이지 귀신같이 미리 알고 적어둔 방법이 들어 있었다. 조운은 바로 유비가 있는 곳으로 가 유비를 뵈러 왔다고 했다.

곁에서 거드는 여자가 들어가 말했다.

"조자룡 장군이 급히 드릴 말씀이 있다며 찾아왔습니다."

유비가 불러들여 웬일인가 물었다.

조운은 짐짓 깜짝 놀라는 표정을 지었다.

"주공께서는 그림으로 둘러싸인 곳에 깊이 들어앉아 계시니 형주 일은 생각도 나지 않으십니까?"

유비가 더듬거렸다.

"도대체 무슨 일이기에 그토록 놀라는가?"

"오늘 아침에 공명께서 사람을 보내왔습니다. 조조가 적벽 싸움에서 모조리 죽은 군사들의 한을 풀기 위해 날랜 군사 오십만 명을 이끌고 형주를 무찌르러 몰려오고 있어 매우 다급하답니다. 주공께서 빨리 돌아오셨으면 합니다."

"부인하고 의논해보겠네."

"만약에 부인과 의논하시면 틀림없이 못 돌아가게 하실 겁니다. 차라리 알리지 말고 오늘 밤에 바로 떠나시는 게 좋겠습니다. 늦으면 일을 그르치게 됩니다."

"그대는 물러가 있게. 내 알아서 하겠네."

조운은 일부러 몇 차례 더 다그치고 나서 물러나왔다. 유비는 안으로 들어가 손부인을 보자 아무 말 않고 눈물만 주르륵 흘렸다.

손부인이 물었다.

"대장부께서 어인 일로 이토록 괴로워하십니까?"

"생각해보니 유비 이 사람은 홀로 타향을 떠돌아다니느라 부모님께서 살아 계실 때 제대로 모시지 못했소. 돌아가신 뒤에는 제사도 제대로 모시지 않으니 불효가 이만저만이 아니오. 이제 올해도 저물어 새해가 머지않았다 생각하니 괜스레 슬퍼지는구려."

"저를 속이려 하지 마세요. 저도 이미 얘기를 들어서 다 알고 있습니다! 조금 전에 조자룡이 와서 형주가 다급하다고 해서 형주로 돌아가실 생각에 이러시는 겁니다."

유비는 손부인 앞에 무릎을 꿇으며 말했다.

"부인이 이미 알고 있다 하니 내 어찌 속이겠소. 내가 돌아가지 않아 형주를 잃게 되면 온 세상 사람들의 웃음거리가 될 게 뻔하오. 그렇다고 돌아가자니 부인을 두고 갈 수가 없어 이토록 괴롭소."

"저는 이미 당신을 섬기었습니다. 그러니 당신이 가시는 곳은 어디라도 따라갑니다."

"부인의 마음은 그렇다 하더라도 국태와 오후께서는 부인이 나를 따라가게 내버려두지 않을 테니 그걸 어찌하오? 부인이 이 사람을 가엾게 생각하고 있다면 잠깐 헤어지는 걸 참아주시오."

유비는 그 말끝에 눈물을 비 오듯 쏟아냈다.

손부인은 계속 좋은 말로 달랬다.

"대장부께선 그렇게 괴로워하지 마십시오. 제가 어머님께 잘 말씀드리면 틀림없이 같이 가라고 하실 겁니다."

"국태께서는 허락하실지 모르나 오후께서는 틀림없이 못 가게 막겠지요."

손부인이 한참 동안 생각에 잠겨 있다가 말했다.

"우리가 정월 초하룻날 어머님께 세배를 드릴 때 잘 말씀드리면 됩니다. 강변에 가서 조상께 제사를 지내고 오겠노라고 둘러댄 뒤 그대로 떠나버리면 되지 않을까요?"

유비는 손부인 앞에 무릎을 꿇고 고마움을 나타냈다.

"그렇게 해주기만 한다면 내 죽어도 은혜를 잊지 않겠소! 그러나 새나가지 않도록 해주시오."

의논을 마치고 나자 유비는 조운을 몰래 불러 일렀다.

"정월 초하룻날 먼저 군사를 이끌고 성을 나가 관도에서 기다리고 있게. 조상께 제사를 지내러 간다고 둘러댄 뒤 부인과 함께 빠져나갈 테니까."

조운은 고개를 끄덕인 뒤 물러갔다.

건안 15년 정월 초하루가 되었다. 오후는 문무 벼슬아치들을 모아놓고 잔치를 크게 열었다. 유비는 손부인과 함께 오국태에게 세배를 했다. 세배가 끝나자 손부인이 나섰다.

"지아비가 부모님과 조상님의 묘가 모두 탁군에 있어 찾아뵙지 못하는 걸 안타깝게 여겨 밤낮으로 슬픔에 빠져 있습니다. 오늘 강변에 나가 멀리 북쪽을 바라보며 제사를 지낼까 하기에 어머님께 말씀드립니다."

오국태가 고개를 끄덕였다.

"효도하는 일에 따르지 않을 수 있느냐? 네 비록 시부모님을 알지 못하지만, 지아비와 함께 가서 제사를 드려 아내된 도리를 다하도록 하거라."

손부인은 유비와 함께 고맙다고 절을 한 뒤 물러나왔다.

손부인은 손권이 눈치채지 않게 조심하며 몸에 지닐 수

있는 물건들만 챙긴 뒤 수레에 올랐다. 유비는 말 탄 사람 몇만 데리고 성을 나와 조운과 만나 군사 5백 명의 보호를 받으며 남서를 벗어나 길을 서둘렀다.

그날 손권이 많이 취하여 곁에서 모시는 이들의 부축을 받으며 뒤채로 들어가자 벼슬아치들도 흩어졌다. 뭇 벼슬 아치들이 유비와 손부인이 달아난 줄 알았을 때는 날이 이 미 저문 뒤였다. 급히 손권에게 보고하려 했으나 손권은 술 에 취해 깨어나지를 못했다. 손권은 새벽녘이 다 되어서야 깨어났다.

다음 날 손권은 유비가 달아났다는 보고를 받자 급히 벼 슬아치들을 불러모아 의논했다.

장소가 먼저 나섰다.

"마침내 이 사람이 달아났는데, 그대로 두었다가는 반드 시 큰 탈이 일어납니다. 급히 쫓아가 잡아와야 합니다."

손권은 진무와 반장더러 날랜 군사 5백 명을 이끌고 밤낮 없이 달려가서 잡아오도록 했다.

두 장수는 명령을 받고 바로 떠났다.

손권은 유비가 어찌나 밉던지 자기 분을 이기지 못하고 책상 위에 있던 옥벼루를 집어던져 깨부수고 말았다.

이를 보고 있던 정보가 나섰다.

"주공께서 아무리 하늘을 찌를 정도로 화를 내셔도 쓸데

없는 일입니다. 제가 보기에 진무와 반장은 결코 잡아오지 못합니다."

손권이 소리를 질렀다.

"건방지게 내 명령을 어긴단 말이오?"

"손부인께서는 어려서부터 무술을 좋아하신데다 야무지고 드세시어 뭇 장수들이 다 어려워했습니다. 이미 유비를 따라갔다면 틀림없이 한마음이 되었기에 떠나셨습니다. 그러니 뒤를 쫓아간 장수들도 막상 손부인 앞에서는 손을 쓸 수 없습니다."

손권은 화가 머리끝까지 치밀어올랐다. 차고 있던 칼을 쑥 빼어 들더니 장흠과 주태를 불러 명령했다.

"두 장수는 이 칼을 가지고 가서 내 누이랑 유비의 머리를 베어 가지고 오시오! 명령을 어기면 목을 베겠소!"

장흠과 주태는 명령을 받자마자 군사 1천 명을 이끌고 떠났다.

한편 유비는 달리는 말에 채찍질을 더해가며 길을 서둘렀다. 그날 밤은 길에서 서너 시간 쉬고 다시 급히 길을 떠났다. 시상 가까이 이르렀을 때 뒤를 돌아보니 먼지가 자욱하게 피어올랐다.

군사 하나가 앞으로 달려왔다.

"우리 뒤를 쫓는 군사들입니다!"

유비는 어안이 벙벙했다. 가까스로 입을 열어 조운에게 물었다.

"뒤를 쫓는 군사들이 가까이 이르렀으니 어찌해야 좋겠는가?"

조운이 대답했다.

"주공께서는 먼저 가십시오. 제가 뒤를 맡겠습니다."

유비가 산자락 하나를 막 돌아서려는데 군사 한 무리가 길을 막아섰다.

앞장선 장수 둘이 큰소리를 내질렀다.

"유비는 빨리 말에서 내려 묶일 준비를 하라! 우리는 주도독의 명령을 받고 여기서 오랫동안 기다렸다!"

주유는 유비가 달아날 게 걱정되어 일찌감치 서성과 정봉더러 군사 3천 명을 거느리고 길목을 지키게 했다. 그들은 높은 곳에 올라 혹시라도 유비가 지나가지 않나 계속 살피고 있었다. 유비가 달아난다면 틀림없이 이쪽 길을 지나가리라 미리 짐작하고 그랬다. 그랬기에 서성과 정봉은 유비 일행이 다가오자 무기를 치켜들고 길을 막고 나설 수 있었다.

유비는 너무 놀란 나머지 어찌할 바를 몰라 말 머리를 돌려 조운을 멍하니 바라보았다.

"앞에서는 길을 막고 뒤에서는 몰아치니 앞뒤 어디고 길이 없네. 어쩌면 좋겠는가?"

"주공께서는 너무 걱정하지 마십시오. 공명께서 세 가지 대책을 비단 주머니에 넣어주셨는데, 둘은 이미 열어보아서 효과를 보았습니다. 세 번째 게 남아 있는데, 이건 아주 급할 때 열어보라 하셨습니다. 지금 다급하게 되었으니 열어보도록 하겠습니다."

조운은 곧바로 비단 주머니를 풀어 유비에게 주었다. 유비는 그걸 보자마자 서둘러 수레 앞으로 가서 손부인을 보고 울며 말했다.

"내가 가슴 깊이 묻어두려 한 말이 있는데, 이제 털어놓지 않을 수 없게 되었소."

손부인이 말했다.

"무슨 말씀이든지 있는 대로 일러주십시오."

"지난날 오후와 주유가 짜고 부인을 나한테 시집보냈는데, 사실 그건 부인을 위해 그런 게 아니고 오로지 이 사람을 불러들여 가두어놓고 형주를 빼앗기 위해서였소. 형주를 빼앗은 다음엔 나를 죽일 생각이었소. 이는 부인을 그럴싸한 미끼로 삼아 유비를 낚으려고 그랬소. 내가 만 번 죽는다 해도 겁내지 않고 온 까닭은 부인의 마음이 남자보다 더 넓은 줄 알기에 반드시 나를 감싸주리라 믿었기 때문이오.

요새 오후가 나한테 해코지를 하려 한다는 말을 들었기에 형주가 어려움에 빠졌다는 핑계를 대고 돌아가려고 했소. 다행히도 부인은 나를 버리지 않고 여기까지 따라왔소. 그런데 지금 오후는 군사를 보내 우리 뒤를 쫓고 있고, 주유는 군사를 보내 앞에서 길을 막고 있소. 부인이 나서지 않으면 이 어려운 상황을 벗어날 길이 없소. 만약에 부인이 나서지 않는다면, 이 사람은 수레 앞에서 죽어 부인의 은혜나 갚을 생각이오."

손부인이 부들부들 떨었다.

"이미 오라버니가 저를 피를 나눈 남매로 여기지 않는데 제가 다시 얼굴 볼 일이 있겠습니까? 오늘의 어려움은 마땅히 제가 나서서 풀겠습니다."

손부인은 곧바로 수레를 앞으로 밀고 나가게 한 뒤 수레의 발을 걷어올리게 했다. 그런 다음 서성과 정봉을 향해 다짜고짜 소리를 내질렀다.

"너희 둘은 배반할 생각이냐?"

서성과 정봉은 급히 말에서 내려 무기를 손에서 놓은 뒤 수레 앞으로 와 볼멘소리를 했다.

"어찌 주제넘게 배반을 하겠습니까? 저희는 오로지 주도독의 명령을 받들어 이곳에 군사를 끌고 와 머물며 유비를 기다렸을 뿐입니다."

손부인이 화를 벌컥 냈다.

"주유, 이 역적놈 같으니라고! 우리 동오가 저한테 섭섭하게 해준 게 뭐 있다더냐? 현덕으로 말하자면 대 한나라 황실의 숙부요, 나의 남편이시다. 우리는 이미 어머님과 오라버니께 말씀드리고 형주로 가는 길이다. 지금 너희 둘은 산자락 아래에 군사를 숨겨놓은 채 길을 막고 나섰다. 그래, 우리 부부의 재물이라도 털 생각이냐?"

서성과 정봉은 연거푸 더듬거리며 할 말을 찾지 못하다가 겨우 말했다.

"절대 그런 게 아닙니다. 제발 화를 푸십시오. 이건 저희들 맘대로 한 짓이 아니고 오로지 주도독의 명령에 따랐을 뿐입니다."

손부인은 더욱 펄쩍 뛰었다.

"너희들은 주유만 무섭고 나는 무섭지 않다 이거지? 주유가 너희를 죽일 수 있다면, 내 어찌 주유를 못 죽이겠느냐?"

손부인은 주유를 들먹이며 한바탕 욕설을 퍼부어댔다. 그런 다음 수레를 앞으로 밀고 나아가도록 했다.

서성과 정봉은 속으로 생각했다.

'우린 아랫사람이다. 어찌 부인을 해본단 말이냐?'

또 조운을 보니 금세라도 일을 칠 듯한 얼굴을 하고 있어 두렵기도 했다. 그들은 하는 수 없이 군사들을 옆으로 비켜

176　　　　　　　　　　박상률 완역 삼국지 5

나게 한 뒤 길을 넓게 열어 지나가게 했다.

채 5, 6리도 못 갔을 때였다. 뒤에서 진무와 반장이 쫓아 왔다. 서성과 정봉이 조금 전에 있었던 일을 얘기하자 진무 와 반장 두 장수가 고개를 저었다.

"놓아주다니? 잘못한 일이오. 우리 두 사람은 오후의 명 령을 받들어 그 사람들을 잡으러 일부러 왔소."

네 장수는 군사를 합쳐 서둘러 뒤를 쫓았다.

유비 일행이 한창 가고 있는데 뒤에서 외침 소리가 일었 다. 유비가 손부인에게 또 말했다.

"뒤를 쫓는 군사들이 또 오고 있소. 어찌해야 좋겠소?"

손부인이 먼저 대답했다.

"일단 먼저 가십시오. 저와 자룡이 뒤를 맡겠습니다."

유비는 군사 3백 명과 함께 먼저 강기슭으로 나아갔다. 조운은 수레 곁에 말을 세우고 군사들을 늘어세운 뒤 뒤쫓 아오는 군사들을 기다렸다. 네 장수는 손부인을 보자 말에 서 내려 손을 모으고 서지 않을 수 없었다.

손부인이 물었다.

"진무와 반장은 여기 무엇 하러 왔느냐?"

두 장수가 대답했다.

"주공의 명령을 받들어 부인과 현덕을 모시고 돌아가려 고 왔습니다."

손부인이 서성과 정봉을 물리치다.

손부인이 낯빛을 고치며 꾸짖었다.

"이건 너희 같은 놈들이 우리 남매 사이를 벌어지게 하려고 꾸민 짓이다! 나는 이미 시집을 간 몸이다. 오늘 이렇게 길을 나선 건 남편을 따라가는 거지 다른 남자랑 도망치는 게 아니다. 내 이미 어머님께 말씀드려 우리 부부가 형주로 가도 좋다는 허락을 받았다. 우리 오라버니가 오셨대도 예의를 갖추지 않고 나를 대하지 못했을 터인데 너희 둘은 군사를 몰고 와 으름장을 놓고 있다. 나를 죽이자는 게냐?"

네 사람은 당황한 채 서로 얼굴만 쳐다보며 저마다 속으로 생각했다.

'일만 년이 지난대도 두 분은 남매 사이다. 게다가 이번 일은 국태께서 알아서 하신 일이다. 오후께서는 특별히 효성이 깊은 분이시다. 어찌 어머님의 말씀을 기꺼이 따르지 않을 수 있겠는가? 내일이라도 당장 말을 바꾸면 우리만 우스운 꼴이 되고 말지. 차라리 인심이나 쓰며 모른 체하자.'

더군다나 유비는 보이지도 않고, 조운이 눈을 부릅뜨고 당장이라도 일을 치를 준비를 하고 있었다. 네 장수가 하는 수 없이 연거푸 고개를 조아리며 물러나자 손부인은 서둘러 수레를 몰고 그 자리를 곧 떠나갔다.

서성이 찜찜한 표정으로 다른 장수들을 돌아보았다.

"우리 네 사람이 함께 주도독한테 가서 이 일을 말씀드려야겠소."

그러나 네 사람은 어찌해야 좋을지 몰라 망설였다. 그때 갑자기 군사들 한 떼가 회오리바람처럼 들이쳤다. 장흠과 주태가 이끄는 군사였다.

두 장수가 거칠게 숨을 몰아쉬었다.

"유비를 못 보았소?"

네 사람이 대답했다.

"이른 아침에 지나갔소. 한나절쯤 되었소."

장흠이 다그쳤다.

"그런데 왜 잡지 않았소?"

네 사람은 손부인이 한 말을 늘어놓으며 저마다 둘러대기에 바빴다.

장흠이 어이없다는 표정을 지었다.

"그러잖아도 오후께서는 이런 일이 있으리라 걱정하셨소. 그래서 칼을 내주시며 먼저 누이를 죽이고 곧바로 유비를 베라 하셨소. 명령을 어기면 목을 베겠다고 하셨소!"

네 장수는 쩔쩔맸다.

"이미 멀리 갔을 텐데 어찌해야 좋겠소?"

장흠이 말했다.

"그쪽은 일반 군사라서 많이 가지는 못했을 거요. 서장군과 정장군은 어서 빨리 도독께 보고해서 물길로 빠른 배를 몰고 나와 뒤쫓을 수 있게 하시오. 우리 네 사람은 강변을 따라 뒤쫓겠소. 물길에서든 뭍길에서든 그 사람들을 만나기만 하면 바로 죽여버리면 되오. 그쪽 말은 아예 들을 필요도 없소."

마침내 서성과 정봉은 주유에게 보고하기 위해 달려가고, 장흠·주태·진무·반장 등 네 사람은 강가를 따라 쫓아갔다.

한편 유비 일행은 시상에서 멀리 벗어나 유랑포에 이르렀다. 그제야 비로소 마음이 조금 놓였다. 강을 건너기 위해 강변으로 갔지만, 강물만 출렁일 뿐 배 한 척 보이지 않았다. 유비는 고개를 숙인 채 아무 말도 하지 않았다. 유비가 그러고 있자 조운이 달랬다.

"주공께서는 지금 호랑이 입에서 빠져나와 우리 땅 가까이 오셨습니다. 공명께서 반드시 미리 준비를 해놓으셨을 텐데 뭘 그리 걱정하십니까?"

유비는 그 말을 듣자 동오에서 그동안 호화롭게 지내던 일이 갑자기 떠올라 자기도 모르게 구슬픈 마음이 들며 눈물이 흘러내렸다.

나중에 어떤 이가 한숨지으며 시를 읊었다.

오나라·촉나라가 물가에서 서로 결혼하여

구슬 달린 가리개에 황금으로 지은 집이라

한 여자보다 천하가 더 가벼울 줄 뉘 알았으며

천하를 셋으로 나누려던 유비 마음은 어디로 갔나

유비가 조운더러 배를 찾아보게 하는데 갑자기 보고가 들어왔다. 뒤쪽에 흙먼지가 하늘 높이 피어오른다고 했다. 유비는 높은 데로 올라가서 살펴보았다. 말 탄 군사들이 땅을 뒤덮으며 몰려오고 있었다.

유비는 한숨을 길게 내뱉었다.

"날마다 쉬지 않고 달려오느라 사람도 말도 죄다 지쳤는데 군사들이 또 뒤쫓아오니 이제는 살아날 길이 없구나!"

점점 더 외침 소리가 가까워져 더할 수 없이 다급해졌다. 바로 그때였다. 20척 넘는 돛단배가 갑자기 나타나더니 강변에 한 줄로 늘어섰다.

조운이 소리쳤다.

"하늘의 도우심으로 배가 나타났습니다! 빨리 강을 건넌 뒤 다시 대책을 세웁시다!"

유비는 손부인과 함께 곧장 배로 올랐다. 조운도 군사 5백 명과 함께 배에 올랐다. 바로 그때, 배 안에서 윤건에 도복 차림을 한 사람이 불쑥 나타나 크게 웃으며 맞았다.

"주공께서는 기뻐하십시오! 제갈량이 여기서 기다린 지

오래입니다."

배 안에 나그네로 꾸미고 있는 이들은 모두 형주 군사들이었다. 유비는 크게 기뻐했다. 곧이어 네 장수가 헐레벌떡 달려왔다.

제갈량이 언덕 위에 있는 이들을 가리키며 웃어젖혔다.

"내 이미 이럴 줄 알고 오래전에 다 준비했노라. 너희들은 주랑한테 돌아가 다시는 여자를 이용하여 뭘 해보려는 미인계 따위는 쓰지 말라고 일러라."

언덕 위에서 화살이 어지러이 쏟아졌다. 그러나 배는 이미 멀리 미끄러져 나아갔다. 장흠 등 네 장수는 멀어져가는 배를 멍하니 바라보고 있을 수밖에 없었다.

유비와 제갈량이 배를 몰아 앞으로 나가는데 갑자기 강에서 외침 소리가 일었다. 돌아보니 군사용 배들이 셀 수 없이 많이 쫓아오고 있었다. 장수 수(帥) 자 깃발 아래 주유가 직접 물 싸움이 몸에 밴 군사들을 이끌고 나와 지휘하고 있었다. 왼쪽은 황개가, 오른쪽은 한당이 맡고 있었는데, 마치 달리는 말 같은 기운에 떨어지는 별처럼 빠르게 쫓아왔다.

이윽고 금방이라도 닿을 듯한 거리가 되었다. 제갈량이 북쪽 언덕에 배를 대라고 명령했다. 배가 언덕에 닿자 모두들 배에서 내려 언덕으로 올라간 뒤 수레와 말을 타고 달아났다. 주유도 강가에 닿자 배를 언덕에 대고 올라와 뒤를 쫓았다. 그러나 장수들 몇 명만 말을 타고, 나머지 군사들은 모두 말이 없는 수군이라 발로 뛰어야 했다. 주유가 앞장서고 황개·한당·서성·정봉이 그 뒤를 따랐다.

어느 정도 가고 나자 주유가 물었다.

"여기가 어디냐?"

군사 하나가 대답했다.

"바로 앞이 황주 들머리입니다."

바라보니 유비의 수레와 말들이 그리 멀리 멀지 않은 곳을 가고 있었다. 주유는 더욱 힘을 내 뒤쫓으라고 명령했다. 한창 뒤쫓고 있는데 뒤쪽에서 갑자기 북소리가 한 번 울리더니 산골짜기에서 칼 든 군사들 한 떼가 사나운 범처럼 뛰쳐나왔다. 앞선 장수는 관우였다. 주유는 까무러치게 놀라 급히 말 머리를 돌린 뒤 달아나기 시작했다. 관우가 그 뒤를 쫓았다. 주유는 죽을힘을 다해 말을 달렸다. 한창 달아나는데 왼쪽에서는 황충이, 오른쪽에서는 위연이 군사를 끌고 나와 들이쳤다. 동오군은 크게 지고 말았다. 주유는 겨우겨우 배 위로 올라갔다. 강언덕에서 군사들이 한꺼번에 소리질렀다.

"주랑의 기가 막힌 꾀가 천하를 편안하게 한다! 부인도 잃고 군사마저 잃고 말았지!"

주유는 화가 치밀어올랐다.

"다시 언덕에 올라가 죽음을 무릅쓰고 싸워야겠다!"

그러나 황개와 한당이 붙잡고 말렸다.

주유는 어이없고 기가 막혔다.

'내가 낸 꾀가 깨지고 말았으니 어떻게 오후를 가서 뵐 수 있단 말인가!'

곧바로 주유는 외마디 소리를 크게 내지르며 배 위에 쓰러졌다. 상처가 다시 터졌다. 장수들이 달려들어 급히 구해 보려 했지만 이미 정신을 놓고 말았다.

두 번씩이나 낸 꾀가 다 어이없이 끝나버리니

이젠 분하고 부끄러워서 견딜 수가 없다네

과연 주유의 목숨은 어찌 될는지…….

제56회

허탕이 되고 마는
주유의 꾀

조조는 동작대에서 잔치를 크게 열고
제갈량은 주유를 세 번째 쓰러뜨리다

주유는 제갈량이 미리 숨겨둔 관우·황충·위연 등 세 장수
가 이끄는 군사들의 공격을 받고 크게 무너져버렸다. 황개
와 한당 들이 가까스로 구해 배에 태웠으나 이미 많은 수군
을 잃고 말았다. 더구나 유비는 손부인이 탄 수레와 말을 산
마루에 세워놓고 아랫사람들과 함께 이쪽을 바라보며 구경
하고 있었다. 그러니 주유의 속이 어찌 터지지 않을 수 있겠
는가? 화살 맞은 상처가 깨끗이 아물지 않은데다 분이 나서
견딜 수 없게 되자 상처가 다시 터지며 정신까지 잃고 말았
다. 여러 장수들이 달려들어 주유가 깨어나도록 보살피며

천하의 판을 새로 짜기 위해

천하의 판을 새로 짜기 위해

187

배를 저어 달아났다.

제갈량은 그 뒤를 쫓지 말라고 한 뒤 유비와 함께 형주로 돌아와 이번 일을 기뻐하며 여러 장수들에게 상을 주었다.

주유는 시상으로 돌아가고, 장흠 등은 남서로 돌아가 손권에게 보고했다.

보고를 받은 손권은 치미는 화를 누르지 못하고 곧장 정보를 도독으로 삼은 뒤 군사를 일으켜 형주를 치게 했다. 주유 또한 편지를 보내 군사를 일으켜 원한을 풀겠다고 했다.

그러나 장소가 말렸다.

"그러시면 안 됩니다. 조조가 밤낮으로 적벽 싸움에서 진한을 풀려고 벼르면서도 섣불리 군사를 일으키지 못하는 건 손·유 두 집안이 마음을 같이하고 있어 두렵기 때문입니다. 지금 주공께서 한때의 분함을 참지 못하시고 서로 삼키려 들면 조조는 반드시 빈틈을 노리고 쳐들어옵니다. 그러면 나라가 위태로워집니다."

고옹도 거들었다.

"허도에서 보낸 염탐꾼이 여기 있지 않다고 말할 수 있겠습니까? 만약에 손·유 두 집안이 서로 으르렁거리는 줄 알면 조조는 틀림없이 사람을 보내 유비와 손을 잡으려 합니다. 그러면 유비는 동오를 두려워하고 있기에 반드시 조조가 내민 손을 잡고 말겠지요. 그리되면 강남이 편할 날이 있겠습니까? 지금으로선 허도로 사람을 보내 유비를 형주목으로 삼아달라는 글을 올리면 좋을 듯합니다. 조조가 이를 알면 두려운 마음이 일어 섣불리 군사를 동남쪽으로 못 보낼 테고, 유비 또한 주공을 원망하지 않습니다. 그런 다음 믿을 만한 사람을 시켜 사이를 벌어지게 하는 꾀를 써서 조조와 유비가 서로 싸우게 한 뒤, 우리가 그 틈을 노려 덮치면 차지할 수 있습니다."

손권이 고개를 끄덕였다.

"원탄의 말이 좋소. 그러나 누구를 보낸단 말이오?"

고옹이 대답했다.

"여기에 마땅한 사람이 있습니다. 조조가 높여 보는 사람이라 딱 좋습니다."

손권이 누구냐고 묻자 고옹이 다시 대답했다.

"화흠이 여기 있습니다. 어찌 그 사람을 보낼 생각을 하지 못하십니까?"

손권이 무척 좋아하며 화흠더러 곧장 글을 가지고 허도로 가도록 했다.

명령을 받은 화흠은 바로 길을 떠나 허도로 가서 조조를 찾았다. 그러나 조조는 업군에다 신하들을 모아놓고 동작대 완성을 축하하고 있다고 했다. 그 소리를 들은 화흠은 조조를 만나기 위해 곧바로 업군으로 갔다.

조조는 적벽 싸움에서 진 뒤로 오로지 원수 갚을 일만 생각했다. 다만 손권과 유비가 손을 잡고 있어 그게 두려워 선뜻 가벼이 치지 못하고 있었다.

건안 15년 봄, 동작대가 다 지어지자 조조는 문무 벼슬아치들을 모두 업군에다 모아놓고 축하하는 잔치를 크게 열었다. 장하 가에 세워진 대들을 보자면 가운데가 동작대요, 왼쪽에 있는 건 옥룡대, 오른쪽에 있는 건 금봉대였다. 대의 높이는 열 길이나 되었는데, 위로는 다리 두 개를 걸쳐놓아 서로 통할 수 있게 했다. 문은 1천 개나 되고 창은 1만 개나 되었는데, 황금빛과 푸른빛이 서로 어우러져 화려하게 빛났다.

이날 조조는 보석 박은 금관을 쓰고 녹색 비단옷을 입은 채 허리에는 옥띠를 두르고 구슬 달린 신발을 신고서 높다란 자리에 앉았다. 문무 벼슬아치들은 그 아래로 쭉 늘어섰다.

조조는 무관들의 활솜씨를 보고 싶어 했다. 그래서 곁에 있는 이를 시켜 서천의 붉은 비단으로 만든 웃옷 한 벌을 수양버들 가지에 내걸게 하고 그 밑에 과녁을 세운 뒤 쏘는 자리는 1백 걸음 뒤로 했다.

무관들은 두 패로 나뉘었다. 조씨 성을 가진 이들은 붉은 옷을 입고, 나머지 성바지들은 녹색 옷을 입었다. 그들 모두 좋은 활과 화살을 들고 말 위에 앉아 지시가 떨어지기를 기다렸다.

마침내 조조가 명령을 내렸다.

"과녁의 한가운데 붉은 자리를 맞히는 사람에게는 비단옷을 주고, 맞히지 못한 사람에겐 벌로 물 한 잔을 마시도록 하겠다."

명령이 떨어지자마자 붉은 옷 입은 쪽에서 소년 장군 하나가 잽싸게 말을 몰고 나왔다. 조휴였다. 조휴가 나는 듯이 말을 몰며 세 번을 왔다 갔다 하더니 시위에 화살을 메겨 힘껏 잡아당겼다가 놓았다. 화살은 바로 가운데 붉은 자리에 날아가 꽂혔다. 징 소리에 북소리가 크게 울리고 박수 소리가 터져나왔다.

조조가 대 위에서 바라보며 무척 좋아라 했다.

"우리 집안 천리마 아닌가!"

막 비단옷을 가져다 조휴에게 주라고 하려는 참이었다. 녹색 옷 입은 쪽에서 한 사람이 나는 듯이 말을 달려나오며 외쳤다.

"승상의 비단옷은 다른 성바지가 가져가야지 같은 조씨 집안에서 가져가면 안 되오."

조조가 그를 쳐다보았다. 문빙이었다.

뭇 벼슬아치들이 말했다.

"일단 문중업의 활솜씨나 보여주시오."

문빙이 활을 들고 말을 달려나가더니 단번에 과녁의 붉은 자리를 쏘아 맞혔다. 모두들 박수를 치고 징과 북을 어지럽게 울려댔다.

문빙이 큰소리를 쳤다.

"빨리 비단옷을 가져오너라!"

그러자 붉은 옷 입은 쪽에서 장수 하나가 나는 듯이 말을 달려나오며 소리를 내질렀다.

"먼저 쏘아 맞힌 사람이 있는데 어찌 빼앗아가려 하시오? 두 사람 화살을 양쪽으로 갈라놓을 테니 두고 보시오!"

바로 힘껏 활을 잡아당겼다 놓으니 붉은 자리에 그대로 날아가 꽂혔다. 모두들 소리치고 박수를 치며 보니 조홍이었다. 조홍이 막 비단옷을 가지려 하는데 녹색 옷 입은 쪽에서 한 장수가 활을 높이 쳐들고 뛰쳐나오며 소리쳤다. 장합이었다.

"세 사람이 쏜 걸 보니 대단할 게 하나도 없소! 내 쏘는 거나 보시오!"

장합 역시 나는 듯이 말을 달려나오더니 몸을 뒤집어 거꾸로 활을 쏘아 붉은 자리를 맞혔다. 마침내 화살 네 대가 과녁의 붉은 자리에 가지런히 꽂혀 있게 되었다.

모두들 놀랐다.

"야, 대단한 솜씨다!"

장합이 으스댔다.

"비단옷은 내 것이다!"

말이 미처 끝나기도 전에 붉은 옷 입은 쪽에서 장수 하나
가 나는 듯이 말을 달려나오며 외쳤다.

"몸을 뒤집어 쏜 게 뭐 그리 대단한 일이라고 그러시나!
내가 붉은 자리 한가운데를 맞힐 테니 구경이나 하시라!"

하후연이었다. 조조의 성이 원래 하후씨였기 때문에 하
후연도 조씨들 쪽의 옷을 입고 있었다. 하후연은 말을 빨리
몰아 정해진 선 앞으로 가더니 몸을 돌려 활을 쏘았다. 활은
네 개의 화살 한가운데로 정확히 날아가 꽂혔다. 역시 징 소
리, 북소리가 시끌벅적했다.

하후연은 말을 멈춘 채 활을 싸안으며 외쳤다.

"활솜씨가 이 정도는 되어야 비단옷을 가질 만하지 않겠
는가?"

그러자 녹색 옷 입은 쪽에서 장수 하나가 큰소리로 대꾸
하며 뛰쳐나왔다.

"가만있으시오. 비단옷은 이 서황이 가져가야 하오!"

하후연이 받아넘겼다.

"그대가 무슨 활솜씨가 있다고 내 비단옷을 빼앗겠다는
거요?"

서황이 대답했다.

"붉은 자리 좀 맞힌 건 그리 내세울 일도 아니오. 내가 어떻게 비단옷을 가져가는지나 보시오!"

서황이 곧바로 활을 들더니 버들가지를 보고 화살을 날렸다. 버들가지가 툭 부러지면서 비단옷이 아래로 떨어져 내렸다. 서황은 나는 듯이 달려가 비단옷을 집어들어 몸에 걸친 뒤 말을 달려 대 앞으로 갔다.

"승상께서 내리신 비단옷 고맙습니다!"

조조를 비롯해 뭇 벼슬아치들이 입을 모아 잘했다고 추어주었다.

서황이 말 머리를 돌려 막 돌아가려 하는데 갑자기 녹색 옷 입은 장수 하나가 뛰쳐나오며 큰소리로 외쳤다.

"비단옷을 가지고 어디로 가시오? 어서 그 옷을 나한테 내놓으시오!"

모두들 그 사람을 쳐다보았다. 허저였다.

서황이 어이없어했다.

"비단옷은 이미 내 차지인데 어째서 빼앗으려 드오?"

허저는 아무 대꾸 없이 곧바로 말을 몰아 비단옷을 빼앗으려 들었다. 두 마리 말이 서로 어우러지자 서황이 활을 들어 허저를 내리쳤다. 허저가 한 손으로는 활을 잡아당기면서 다른 손으로는 서황을 말에서 끌어내리려 했다. 서황이

서황이 나는 듯이 달려가 비단옷을 집어들다.

활을 놓더니 말에서 뛰어내렸다. 허저도 말에서 뛰어내렸다. 두 사람은 서로 달라붙어 밀고 당겼다. 조조가 급히 사람을 시켜 말렸다. 그 사이 비단옷은 갈기갈기 찢어지고 말았다. 조조는 두 사람을 위로 올라오도록 했다. 서황은 화가 잔뜩 돋은 눈을 부릅뜬 채 노려보고, 허저는 이를 뿌드득 소리가 나게 갈아대며 서로 싸우려고만 들었다.

조조가 허허 웃었다.

"나는 그대들이 얼마나 씩씩한지를 보고 싶었던 걸세. 내 어찌 그까짓 비단옷 따위를 아끼겠는가?"

조조는 곧바로 모든 장수들을 위로 올라오게 한 뒤 촉 땅에서 난 좋은 비단 한 필씩을 나누어주었다. 모두들 고마워했다. 조조는 그들을 차례대로 앉으라 했다.

풍악 소리가 흥겹게 울려퍼지는 가운데 상을 가득 채운 온갖 맛깔스런 음식들을 먹기 시작했다. 문관과 무관들은 서로 어우러져 술잔을 주고받았다.

조조가 문관들을 돌아보았다.

"장수들은 이미 말 타고 활을 쏘는 솜씨로 나를 즐겁게 해주면서 씩씩함을 보여주었소. 공들은 모두 배움이 많은 선비들이오. 이 높은 자리에 올라왔으니 아름다운 글로 오늘의 좋은 일을 어찌 기리지 않을 수 있겠소?"

모두들 허리를 굽혔다.

"말씀하신 대로 따르겠습니다."

왕랑·종요·왕찬·진림 등 문관 한 무리가 시를 지어 바쳤다. 그들은 저마다 조조의 공과 덕스러움을 추켜세우며 하늘의 뜻을 따르는 게 마땅하다는 시를 읊조렸다.

조조가 하나씩 읽고 나서 웃었다.

"공들은 아름다운 작품 속에 나를 너무 추켜세웠소. 나는 본디 보잘것없는 사람으로, 효도하고 재물 욕심 없는 사람에게 주는 효렴으로 벼슬살이를 시작했소. 나중에 세상이 하도 어지러워 초군 동쪽 오십 리 되는 데다 집 하나를 지어 봄과 여름에는 글을 읽고 가을과 겨울에는 사냥이나 하면서 지냈소. 세상이 조용해지면 그때 가서 벼슬길에 나서려 했는데, 뜻밖에도 나라에서 내게 전군교위 자리를 내렸소. 그래서 나는 내 뜻을 바꿔 오로지 나라를 위해 도적을 치고 공을 세우기로 했소. 죽고 난 뒤 내 무덤 비석에 '한나라 고 정서장군 조후의 묘'라는 말만 새겨진다면 더 바랄 게 없다고 생각하면서 말이오. 그동안 동탁을 치고 황건적을 무찌른 뒤 원술을 없애고, 여포를 깨고, 원소를 쓸어버렸으며, 유표를 눌러 마침내 천하를 안정시킨 뒤 재상 자리에까지 올라 신하로서는 더할 수 없이 귀하게 되었으니, 이제 무엇을 더 바라겠소? 이 나라에 내가 없었다면 얼마나 많은 사람들이 황제라고 나서고, 얼마나 많은 사람이 왕이라고 설

쳤을지 모를 일이오. 내가 너무 많은 힘을 가지고 있다며 내가 딴마음을 품고 있다고 의심하는 이들이 있지만, 이는 잘못 생각한 거요. 나는 늘 공자가 문왕의 덕스러움을 칭찬하던 일을 잊지 않고 마음 깊이 새기고 있소. 나는 군사 다스리는 일을 그만두고 무평후가 되어 뒤로 물러나고 싶소. 그러나 그렇게 하지 못하는 까닭은, 내가 물러나면 나를 해치려 드는 이가 있을 테고, 내가 없으면 나라가 위태로움에 빠지게 되오. 이래서 이름뿐인 자리로 돌아가지 못하고 실제 일어날지 모르는 화를 막으려 애쓰고 있소. 여러분들은 이러한 나의 속뜻을 알지 못할 게요."

모두들 일어나 절을 했다.

"비록 이윤과 주공이라 해도 승상보다는 못했을 겁니다."

나중에 어떤 이가 읊은 시가 있다.

주공도 떠도는 헛소문을 두려워했고
왕망도 자기를 낮추며 선비들 대할 때 있었지
만일 그때 그들이 바로 세상을 마쳤다면
그들 일생의 참됨과 거짓을 뉘 알리요

조조는 연거푸 술잔을 비워 어느새 술기운이 잔뜩 오르자 붓과 벼루를 가져오게 했다. '동작대 시' 한 편을 휘갈기고 싶어서였다. 막 붓을 들어 쓰려는데 갑자기 보고가 들어왔다.

"동오에서 화흠을 보내 유비에게 형주목을 시켜달라는 글을 보내왔습니다. 손권은 누이를 유비한테 시집보냈으며, 한상 아홉 군 가운데 절반이 넘는 고을이 유비 손안에 들어갔다 합니다."

그 말에 조조는 갑자기 손을 떨며 붓을 떨어뜨렸다.

정욱이 물었다.

"승상께서는 화살이 빗발치는 수만 군사들 가운데에서도 마음이 흐트러지지 않으시고 끄떡없으셨습니다. 그런데 유비가 형주를 얻었다는 소식에 왜 그리 놀라십니까?"

조조가 대답했다.

"유비로 말하자면 용이라 할 만큼 뛰어난 사람이오. 지금까지는 물을 만나지 못했지만 이제 형주를 얻었으니, 이건 헐떡이던 용이 큰 바다로 들어간 꼴이오. 이러니 내 어찌 놀라지 않을 수 있겠소?"

"승상께서는 화흠이 왜 왔는지 아시겠습니까?"

"잘 모르겠소."

"손권은 본디 유비를 꺼려 속으로는 군사를 일으켜 쳐버리고 싶어 했습니다. 그러나 승상께서 자기들 빈틈을 노려 덮쳐들까 두려워 그리 못 했지요. 그래서 화흠을 보내 유비를 추천했습니다. 이건 일단 유비 마음을 편안하게 해주고 승상께서 못 넘겨다보시게 하려는 뜻입니다."

조조가 머리를 끄덕였다.

"맞는 말이오."

정욱이 계속 말했다.

"제게 좋은 방법이 하나 있습니다. 손권과 유비가 서로 싸우게 만든 뒤 승상께서 그 틈을 타 덮치시면 북소리 한 번에 두 적을 다 깨부술 수 있습니다"

조조가 크게 기뻐하며 그 방법이 무어냐고 묻자 정욱이 대답했다.

"동오가 믿고 있는 이는 주유입니다. 승상께서 황제께 아뢰어 주유를 남군 태수로 삼으시고 정보는 강하 태수로 삼으신 뒤, 화흠은 조정에 머물게 해놓고 높은 자리를 마련해 주십시오. 그러면 반드시 주유와 유비는 원수 사이가 되고 맙니다. 그러면 그들끼리 싸울 텐데, 그때 우리가 덮치면 좋지 않겠습니까?"

"중덕의 말씀이 바로 내 생각하고 똑같소."

조조는 화흠을 대 위로 불러올려 많은 상을 내렸다.

그날 잔치가 끝나자 조조는 문무 벼슬아치들을 이끌고 허도로 돌아갔다. 그런 뒤 곧바로 주유를 남군 태수로 삼고, 정보를 강하 태수로 삼았으며, 화흠은 대리소경으로 삼은 뒤 허도에 머물게 했다.

조조의 명령이 동오에 이르자 주유와 정보는 저마다 자기 벼슬자리를 받아들였다.

주유는 남군 태수가 되자 더욱더 원수 갚을 생각에 애가 달았다. 그래서 오후한테 편지를 보내 노숙에게 빨리 형주를 돌려받도록 하라고 보챘다.

손권이 노숙을 불렀다.

"공이 보증을 서서 형주를 유비한테 빌려주었소. 그런데 유비는 돌려줄 생각은 하지 않고 미루고만 있소. 도대체 언제까지 기다리고 있어야 하오?"

노숙이 대답했다.

"문서에 서천을 얻으면 바로 돌려준다고 또렷이 쓰여 있지 않습니까?"

손권이 짜증을 냈다.

"말로만 서천을 치겠다고 하면서 군사를 움직일 생각은 조금도 하고 있지 않소. 늙어 죽을 때까지 기다리고만 있을 수는 없잖소!"

"제가 한번 다녀오겠습니다."

노숙은 곧장 배를 타고 형주로 떠났다.

한편 유비는 제갈량과 함께 형주에서 식량과 말먹이를

많이 모아놓고 군사들을 훈련시키면서 가깝고 먼 데서 모여드는 선비들을 맞고 있었다. 바로 그때 노숙이 왔다는 보고가 들어왔다.

유비가 제갈량에게 물었다.

"자경이 무슨 일로 온 듯싶소?"

제갈량이 대답했다.

"저번에 손권이 주공을 형주목으로 추천했는데, 그건 조조가 두려워 그랬지요. 그러자 조조는 주유를 남군 태수로 삼았습니다. 이는 우리 두 집안을 서로 싸우도록 한 뒤 기회를 엿보겠다는 뜻입니다. 지금 노숙이 여기 온 까닭은 주유가 태수 자리에 앉게 되었으니 형주를 돌려달라고 하기 위해서입니다."

"그럼 뭐라고 대답해야 하오?"

"노숙이 형주 얘기를 꺼내기만 하면 일단 목놓아 우십시오. 주공께서 아주 슬피 울고 계실 때 제가 나와 알아서 처리하겠습니다."

의논이 끝나자 유비는 노숙을 맞아들였다. 인사를 마치고 나자 유비가 노숙에게 자리를 권했다. 그러나 노숙이 사양했다.

"이제 황숙께서는 동오의 사위가 되셨습니다. 그러기에 저의 주인이시기도 합니다. 어찌 주제넘게 마주 앉을 수 있겠습니까?"

유비가 웃었다.

"자경과 나는 오랜 벗이오. 그러니 그렇게까지 뺄 건 없지 않소?"

노숙은 그제야 자리에 앉았다. 차를 다 마시고 나자 노숙이 찾아온 뜻을 털어놓았다.

"이렇게 제가 찾아뵙게 된 까닭은 오로지 형주 일에 대한 오후의 명령이 있어서입니다. 황숙께서는 여기를 빌려 들어앉으신 지 꽤 오래되시는데 아직 돌려주실 생각을 하지 않으십니다. 이제 양 집안이 사돈까지 맺었으니 그 정을 봐서라도 빨리 돌려주시면 좋겠습니다."

유비는 노숙의 말을 듣다가 갑자기 얼굴을 가리고 서럽게 울기 시작했다.

노숙은 깜짝 놀라 어찌할 바를 몰랐다.

"황숙께서는 왜 이러십니까?"

유비는 울음소리를 그치지 않았다. 그때 제갈량이 병풍 뒤에서 나왔다.

"두 분 말씀, 내 다 들었소. 자경은 우리 주공께서 우시는 까닭을 모르시겠소?"

노숙이 고개를 갸우뚱거렸다.

"잘 모르겠소."

"모르실 게 뭐 있겠소? 우리 주공께서 형주를 빌리실 때 생각은 서천을 얻으면 곧바로 돌려주시려 했소. 그런데 곰곰 생각해보니 익주의 유장은 바로 주공의 아우뻘로 다 같이 한나라 황실의 핏줄이오. 군사를 일으켜 성을 빼앗자니 남들이 욕할까 두렵고, 그대로 있자면 형주를 동오에 돌려주어야 하는데, 그러면 몸은 어디다 붙여야 하오? 이대로 돌려주지 않고 있으면 처갓집 보기가 편하지 않으니 이러지도 저러지도 못하고 있소. 그래서 이처럼 눈물이 흐르고 가슴이 아플 수밖에요."

제갈량의 말이 끝나자 유비는 자신의 신세를 생각하니 참말로 서글퍼졌다. 그래서 가슴을 치고 발을 구르며 목놓아 울기 시작했다.

노숙이 유비를 달랬다.

"황숙께서는 너무 괴로워하지 마십시오. 제가 공명과 함께 좋은 방법을 찾아보겠습니다."

제갈량이 말했다.

"자경은 귀찮으시겠지만 오후를 뵙거든 이렇게 괴롭고 답답한 사정을 잘 말씀드려 조금만 더 기다려달라고 해주시오."

"만약 오후께서 들어주지 않으시면 어떻게 해야 하오?"

"오후께서는 이미 친누이를 황숙께 시집보냈소. 그러니

어찌 안 들어주시겠소? 부디 자경께서 잘 말씀드려주시기만 바라오."

노숙은 원래 너그럽고 어진 사람이었다. 유비가 그토록 괴로워하는 걸 보니 마다할 수가 없었다. 이에 유비와 제갈량은 절을 하고 고마워하면서 술자리를 열어 대접했다. 술자리를 마치고 노숙이 돌아가려 하자 그들은 배 타는 곳까지 노숙을 바래다주었다.

노숙은 시상으로 가서 주유를 만나 그 사이 있던 일을 털어놓았다.

주유가 발을 동동 굴렀다.

"자경은 제갈량의 꾀에 또 속았소! 유비는 유표한테 기대고 있을 때에도 늘 형주를 집어삼킬 생각만 하고 있었소. 그런 사람이 서천의 유장을 뭘 그리 중요하게 여기겠소? 저쪽이 이처럼 미루기만 하니 아무래도 자경께 탈이 생길까 걱정이오. 내게 좋은 생각이 하나 있소. 이번엔 제갈량도 내꾀에서 벗어날 수 없소. 자경이 한 번 더 다녀오시오."

"어떤 방법이시오?"

"자경은 돌아가 오후를 뵐 필요도 없소. 다시 형주로 가서 유비한테 이렇게 이르시오. 손·유 양 집안이 이미 결혼을 하여 한 집안이나 마찬가지가 되었으니, 만약에 유씨 집안에서 서천을 치러 가기가 쉽지 않으면 우리 동오가 대신 군사를 일으켜 치겠다고 말이오. 그렇게 해서 서천을 빼앗으면 결혼 선물로 줄 테니 그 대신 형주를 동오로 돌려달라고 말이오."

노숙이 고개를 갸우뚱했다.

"서천은 워낙 멀리 있어 빼앗기가 쉽지 않습니다. 도독의 생각대로 하기가 어렵겠소."

주유가 피식 웃었다.

"자경은 참 고지식하시오. 내가 진짜로 서천을 빼앗아 저 사람들한테 주려고 그러는 줄 아시오? 이건 겉으로 내세우는 거고, 사실은 형주를 빼앗으려고 그러는 까닭에 그쪽이 준비할 틈을 주지 않겠다는 뜻이오. 동오 군사가 서천을 치러 가려면 형주를 지나가야 하오. 그때 가는 길에 유비한테 물자와 먹을거리를 좀 빌려달라 하면 유비는 군사들을 위로하기 위해 틀림없이 성을 나오게 되어 있소. 그때 기운을 몰아 유비를 죽이고 형주를 빼앗으면 나의 원한도 풀리고 공한테도 탈이 생기지 않게 되오."

노숙은 무척 좋아라 하며 다시 형주로 갔다.

유비가 제갈량에게 의논하니 제갈량이 대답했다.

"노숙은 틀림없이 오후를 만나지도 않고 시상으로 가서 주유를 만나 꾀를 꾸며가지고 우리를 속여먹으려 다시 왔습니다. 저 사람이 뭐라고 하면 주공께서는 그저 제가 고개를 끄덕이는 것만 보고 계시다가 그렇게 하라고 대꾸하십시오."

의논이 끝나자 노숙이 들어왔다. 인사를 마치고 나자 노숙이 먼저 말했다.

"오후께서 황숙의 너르신 덕을 칭찬하셨습니다. 여러 장수들과 의논 끝에 군사를 일으켜 황숙 대신 서천을 치기로 하셨습니다. 서천을 빼앗으면 결혼 선물로 줄 테니 그 대신 형주를 돌려달라고 하셨습니다. 단, 군사들이 지나갈 때 물자와 먹을거리나 좀 대주시면 좋겠습니다."

제갈량이 듣고 나더니 고개를 끄덕였다.

"오후의 마음 씀씀이가 참으로 고맙습니다!"

유비도 손을 맞잡으며 고마워했다.

"이게 모두 자경이 말씀을 잘해주신 덕분이오."

제갈량이 말했다.

"동오의 대군이 도착하면 멀리 나가 걸게 장만하여 맞이하겠소."

노숙은 속으로 좋아라 하며 이야기가 끝나자 바로 일어나 돌아갔다.

유비가 제갈량에게 물었다.

"도대체 어쩌자는 거요?"

제갈량이 껄껄 웃었다.

"주유가 죽을 날이 가까워진 모양입니다. 이따위 꾀로는 어린아이도 속일 수 없습니다!"

유비가 왜 그러느냐고 묻자 제갈량이 다시 말했다.

"이게 바로 '길을 빌려 괵나라를 친다'라는 꾀인데, 사실 괵나라만 쳤습니까? 길을 빌려준 우나라까지 결국 치고 말 았지요. 저쪽에서 내세우기는 서천을 친다고 하지만, 속으로는 형주를 빼앗자는 계획입니다. 주공께서 군사들을 위로하시기 위해 성에서 나오시면 기회를 엿보았다가 덮치고 성으로 들어오고 싶어 그럽니다. 아무런 준비도 하지 않고 있을 때 들이쳐서 성을 차지하려는 속셈입니다."

"그럼 어찌해야 하오?"

"주공께서는 아무런 걱정도 하지 마십시오. 오로지 활을 준비하여 사나운 호랑이를 잡고, 좋은 미끼로 큰 자라나 낚으실 생각이나 하십시오. 주유가 오면 곧장 죽지는 않더라도 거의 혼이 빠집니다."

제갈량은 곧바로 조운을 불러 이러저러하게 하라고 이른 뒤 나머지 일은 자신이 알아서 하겠다고 했다. 유비는 무척 기뻤다.

나중에 어떤 사람이 시를 읊었다.

주유가 꾀를 내서 형주를 빼앗으려 하자

제갈량이 먼저 알고 더 높은 꾀 마련했네

주랑은 장강의 좋은 미끼만 쫓는 바람에

그 안에 숨은 낚싯바늘은 보지 못했다네

노숙은 돌아가 주유를 보자 유비와 제갈량이 무척 좋아하더라며, 직접 성을 나와 군사를 위로하겠다고까지 했다고 말했다.

주유는 좋아서 크게 웃었다.

"이번에야말로 내 꾀가 들어맞는구려!"

주유는 곧바로 노숙더러 오후한테 알리게 하고, 정보에게 군사를 이끌고 와서 돕도록 했다. 이때 주유는 상처가 거의 아물어 몸 상태가 괜찮았다. 이어 감녕을 앞장세우고, 자신은 서성·정봉과 함께 그 뒤를 따랐으며, 능통과 여몽은 뒤쪽을 맡도록 했다. 이리하여 뭍과 물 양쪽에서 5만 명을 거느리고 형주로 떠났다.

주유는 배 안에서 피식피식 웃기를 거듭하며 제갈량이 자기 꾀에 속았다고 무척 좋아라 했다. 앞에 간 군사가 하구에 이르렀을 때 주유가 물었다.

"형주에서 우리를 맞으러 나온 이가 없느냐?"

아랫사람이 대답했다.

"유황숙이 보낸 미축이 지금 도독을 뵈려고 기다리고 있습니다."

주유가 미축을 불러 군사들을 대접하는 일이 어떻게 되었느냐고 물었다.

미축이 대답했다.

"우리 주공께서 다 준비하고 계십니다."

"황숙은 어디 계시오?"

"형주성 문밖에서 도독과 함께 술잔을 나누시려고 기다리고 계십니다."

"이번에 이렇게 나온 까닭은 그쪽 사정 때문이니 군사들을 맞이하는 데 있어 가벼이 해서는 안 되오."

미축은 주유의 말을 듣고 돌아갔다.

군사들을 태운 배들이 강물 위를 빽빽이 채운 채 앞으로 나아갔다. 그런데 공안에 거의 다 이르렀는데도 싸움배 한 척 보이지 않았다. 게다가 마중 나온 사람도 없었다. 주유는 서둘러 배를 몰았다. 마침내 형주에서 10리 넘게 떨어진 데까지 왔는데도 강물만 넘쳐흐를 뿐 아무런 움직임도 잡히지 않았다.

미리 살펴보러 나갔던 군사가 돌아와 보고했다.

"형주성 위에는 흰 깃발 두 개가 꽂혀 있고 사람은 그림자조차 보이지 않습니다."

주유는 께름칙한 마음이 들었다. 일단 배를 강가에 대게한 뒤 직접 언덕으로 올라가 말을 탔다. 감녕·서성·정봉 등장수들과 함께 날랜 군사 3천 명을 거느리고 형주로 달려갔다. 성 아래에 이르러 살펴보아도 아무런 움직임이 보이지 않았다. 주유는 말을 세운 뒤 군사들더러 큰소리로 성 문을 열라고 외치게 했다. 성 위에서 한 사람이 나와 누구냐고 물었다.

동오 군사들이 대답했다.

"동오의 주도독께서 직접 여기에 와 계신다."

말이 미처 끝나기도 전에 느닷없이 나무 막대기로 만든딱딱이 소리가 한 번 울리더니 성 위에 있던 군사들이 한꺼번에 창과 칼을 치켜세웠다. 이어 조운이 앞으로 나서며 물었다.

"도독은 무슨 일로 여기를 왔소?"

주유가 대답했다.

"나는 그대 주인을 대신해 서천을 치러 가는 길인데 어찌하여 그 일을 모르는고?"

"공명 선생께서는 이미 도독이 '길을 빌려 괵나라를 치려한다'는 꾀를 쓰려고 하는 줄 아시고 나를 여기 남겨두었소. 또 우리 주공께서는 '나와 유장 모두 황실의 핏줄인데 어찌의리를 버리고 서천을 빼앗을 수 있겠느냐? 만약에 동오가 촉의 서천을 빼앗으려 한다면 나는 머리를 풀어헤치고 산으로 들어가 세상의 믿음을 저버리지 않겠다'고 하셨소."

주유는 그 말을 듣자 말 머리를 돌리려 했다. 그때 갑자기 영(令) 자 깃발을 든 군사가 말 앞으로 달려와 보고했다.

"네 갈래 길에서 적군이 쳐들어오고 있습니다. 관운장은 강릉 쪽에서, 장비는 자귀 쪽에서, 황충은 공안 쪽에서, 위연은 잔릉의 좁은 길 쪽에서 쳐들어오고 있습니다. 군사 수는 얼마나 되는지 모르겠습니다. 외침 소리가 백 리 안팎을 울리고 있는데 모두들 '주유를 잡아라!'고 소리칩니다."

주유가 말 위에서 갑자기 외마디 소리를 내지르더니 상처가 다시 터지며 말 아래로 굴러떨어졌다.

자기보다 한 수 높은 적과 겨루기 참으로 어렵네

끙끙 앓으며 짜낸 꾀, 쓸 때마다 다 허탕일세

과연 주유의 목숨은 어찌 될는지…….

제57회

하늘을 원망하며
죽고 마는 주유

와룡은 시상구에 가서 주유의 죽음을 슬퍼하고
봉추는 뇌양현 고을 일을 후딱 해치우다

주유는 복받친 가슴이 그만 콱 막혀 정신을 잃으며 말 아래로 떨어져버렸다. 여럿이 달려들어 급히 떠받들어 배로 돌아갔다.

군사 하나가 와서 보고했다.

"현덕과 공명이 앞산 마루에 앉아 풍악을 울리며 술을 마시고 있습니다."

주유는 다시 화가 솟구쳐 이를 뿌드득 갈았다.

"너희들은 내가 서천을 빼앗지 못할 줄 아는 모양인데, 내기어코 빼앗는 걸 보여주겠다!"

이때 오후가 자신의 아우인 손유를 보내왔다는 보고가 들어왔다. 주유가 그를 맞아들여 그동안 있었던 일을 자세히 털어놓았다.

손유가 말했다.

"형님의 명령을 받들어 도독을 도우러 왔습니다."

주유는 군사들에게 앞으로 나아가라고 명령했다. 파구에 이르렀을 때 유봉과 관평이 군사를 거느리고 강 위쪽에서 물길을 막고 있다는 보고가 들어왔다. 주유는 화가 더욱 치밀어올랐다. 그런 마당에 이번엔 제갈량이 편지를 보내왔다고 했다. 주유는 편지를 뜯어보았다.

한나라 군사중랑장 제갈량이 동오 대도독 공근 선생께 올립니다. 시상에서 헤어진 뒤 지금까지 그리워하며 잊지 않고 있습니다. 듣자니 선생은 서천을 빼앗을 생각이라는데, 내 아무리 생각해보아도 빼앗을 수 없을 듯합니다. 익주는 백성들이 강하고 땅 생김도 험하기에, 유장이 비록 어리석고 약해빠졌다 해도 스스로 지켜낼 수 있습니다. 지금 군사들을 고생시키며 먼 길을 떠나려 하는데, 그 옛날 오기가 다시 살아온다 해도 방법을 세우기 어렵고, 손무라 하더라도 뒷갈망을 하지 못합니다. 더욱이 조조는 적벽에서 많은 걸 잃었는데 원수 갚을 일을 어찌 잠시라도 잊고 있겠소? 선생이 군사를 거느리고 먼 길을 떠

난 틈을 타 조조가 들이치면 강남은 가루가 되고 말지도 모릅니다. 내가 차마 그 꼴을 볼 수 없어 이렇게 알려드리니 살펴보시기 바랍니다.

주유는 편지를 읽고 난 뒤 긴 한숨을 내쉬었다. 곧바로 종이와 붓을 가져오라 하여 오후한테 편지를 썼다. 이어 여러 장수들을 불러모았다.

"내가 나라를 위해 충성을 다하려 하지 않아서가 아니라 이미 하늘이 정한 목숨이 다했으니 어쩔 수 없소. 부디 여러 분들은 오후를 잘 섬기어 큰 뜻을 같이 이루기 바라오."

주유는 말을 마치자마자 정신을 잃고 쓰러졌다. 얼마 뒤 겨우 깨어나더니 하늘을 우러러 길게 한숨을 내뱉었다.

"아, 이미 주유를 냈으면서 제갈량은 왜 또 내셨소!"

연거푸 몇 마디를 외친 뒤 숨을 거두니, 그의 나이 36살이었다.

나중에 어떤 이가 시를 읊어 안타까워했다.

적벽에 크나큰 업적 남기었고
젊어서부터 그 이름 드날렸네
노래 들으면 그 뜻 바로 알았고
좋은 벗에게 술잔 들어 고마워했네

일찍이 식량 3천 섬을 도움받기도 했고

언제나 10만 군사 끌고 다녔다네

파구는 그가 숨을 거둔 곳

그 죽음 떠올리니 애달프기 짝이 없네

일단 주유의 주검은 파구에 그대로 둔 뒤 장수들은 그의 유서를 손권에게 급히 보냈다.

손권은 주유가 죽었다는 소식을 듣자 목을 놓아 울었다. 유서를 펼쳐보니 노숙을 자기 자리에 앉히라는 내용이 들어 있었다.

저의 재주는 보잘것없는데도 특별하게 대해주시고 마음 깊이 믿으시며 군사를 이끌게 해주셔서 저는 팔다리가 문드러질 때까지 힘을 다해 오로지 그 은혜를 갚고자 했습니다. 그러나 죽고 사는 일은 알 수 없고, 목숨의 길고 짧은 것도 정해져 있습니다. 이제 어리석은 제 뜻이나마 미처 펴보지 못하고 보잘것없는 이 몸이 죽음에 이르렀으니 남기고 가는 한이 그 얼마인지 알 수 없습니다! 지금 조조가 북쪽에 있어 싸움 없이 조용히 지낼 수 없고, 유비는 우리한테 붙어 있는데 마치 범을 키우는 꼴이라 세상일이 어떻게 펼쳐질지 알 수 없습니다. 이제야말로 나라의 신하들은 밥 먹는 것도 잊고 나라의 일을 돌보아야 하

며, 주공께서도 앞날을 잘 살피셔야 할 때입니다. 노숙으로 말하자면, 충성스럽고 의로움이 있는데다 일을 가벼이 여기지 않아 제 일을 대신 맡을 만합니다. 사람이 죽을 때가 되면 좋은 말을 한다고 했습니다. 제 부탁을 깊이 새겨 들어주신다면 저는 죽어도 썩지 않겠습니다.

손권은 유서를 다 읽고 나자 펑펑 울었다.

"공근은 왕을 도와줄 만한 큰 인물인데 이렇게 일찍 가버리니 이제 누구한테 기대야 한단 말인가? 유서에서 자경을 추천했으니 내 어찌 그 뜻을 좇지 않을 수 있겠는가."

손권은 바로 그날 노숙을 도독으로 삼아 군사를 이끌도록 하는 한편, 주유의 관을 옮겨다 장사 지내게 했다.

공명은 형주에서 밤하늘을 살펴보고 있었다. 장수 별 하나가 땅으로 떨어지는 게 보이자 쓸쓸히 웃으며 중얼거렸다.

"주유가 죽었구나."

날이 밝자 유비에게 말했다. 유비는 곧바로 사람을 시켜 알아보게 한 뒤 제갈량에게 물었다.

"주유가 죽었으니 이제 어찌해야 하오?"

제갈량이 대답했다.

"주유 대신 군사를 맡을 사람은 틀림없이 노숙입니다. 하늘을 살펴보니 장수 별들이 동쪽에 모여 있었습니다. 주유의 장례식 참석을 핑계로 강동에 가서 어진 선비를 찾아 주공을 돕도록 하겠습니다."

"동오 장수들이 선생한테 해코지하지 않을까 걱정이오."

"주유가 살아 있을 때도 저는 조금도 무서워하지 않았습니다. 주유가 죽은 지금 뭘 걱정하겠습니까?"

제갈량은 조운에게 군사 5백 명을 이끌고 따라오도록 했다. 이어 장례 제물을 갖춘 뒤 배를 타고 파구로 떠났다. 가는 길에 소문을 들으니 손권은 이미 노숙을 새 도독으로 삼았고, 주유의 관은 시상으로 갔다고 했다. 그래서 제갈량은 시상으로 갔다.

노숙은 제갈량을 보자 예의를 갖추어 맞았으나 주유의 장수들은 죽이려 들었다. 그러나 조운이 칼을 차고 바짝 붙어 따라다니는 바람에 쉽게 손을 쓰지 못했다.

제갈량은 가져온 제물을 제상에 올려놓도록 한 뒤 직접 술을 따르고 무릎을 꿇고 앉아 제문을 읽어내려갔다.

아, 슬프도다, 공근이여! 이렇게 일찍 가는 안타까운 일이 어디 있소! 사람 목숨의 길고 짧음이 하늘에 매였다 하나 사람들 마음이 어찌 슬프지 않을 수 있겠소? 내 마음도 슬픔을 억누르기 어렵소. 술 한 잔을 따라 올리니 그대 영혼이 있거든 나의 정성을 받아주시오.

그대 어려서 백부와 사귈 때를 돌아보니 애달프기 짝이 없소. 그대는 오로지 의로움을 무겁게 알고 재물은 멀리하여 사는 집까지도 남에게 내줄 정도였소. 그대는 이미 20살에 붕새처럼 1만 리를 날아 큰 뜻을 세우고 강남에 터를 닦았소. 그대 한창때는 멀리 파구를 눌러 경승의 걱정거리는 돕고 토역장군의 걱정거리는 씻어주었소. 의젓한 겉모양에 어울리게 아름다운 소교를 아내로 맞아 한나라 신하의 사위가 되었으니 조정 드나들기에도 부끄러움이 없었소.

그대는 굽힘 없는 거센 뜻으로 조조한테 볼모 보내는 걸 말리며 처음부터 날개를 늘어뜨리지 않고 있다가 마침내 날갯짓을 크게 했소. 파양에 있을 때 장간이 꼬드기러 왔으나 술잔 들고 여유 부리며 너그러운 마음씨와 높다란 뜻을 보여주었소. 그대는 문무 양쪽을 다 갖춘 큰 재주가 있어 불로 적을 공격하여 강한 걸 약하게 만들어버렸소. 그때를 생각하니 그대의 영웅 같은 모습이 한창 피어날 때였던 듯싶소.

이렇게 일찍 떠나는 게 안타까워 땅에 엎드려 울며 피눈물을 흘리오. 충성스럽고 의로운 그 마음에 훌륭한 영혼의 기운이여, 목숨은 비록 30대에 다했으나 그 이름은 오래오래 남으리오. 그대를 생각하는 나의 마음은 찢어질 듯하고, 창자들도 슬픔을 못 이겨 끊어지는 듯하오. 하늘도 슬픔에 잠겨 어둡고 군사들도 몹시 슬퍼 어쩔 줄 몰라 하는데, 주공도 애달픈 울음만 쏟을 뿐이며, 벗들도 모두 우는 일 말곤 달리 할일이 없소.

나는 본디 재주가 보잘것없어 그대에게 방법을 묻고 꾀를 빌려 동오를 돕고 조조를 막으며 한나라를 거들어 유황숙을 편하게 하려 했소. 사슴을 잡을 때처럼 서로 도와 앞뒤에서 힘을 모으면 죽든 살든 무엇을 두려워하고 무엇을 걱정했겠소? 아, 슬프도다, 공근이여! 이제 사는 길과 죽은 길로 영원히 갈라졌소! 충성스런 마음 지키던 그대는 이제 아득한 세상으로 멀어져가는구려. 그대의 넋이 나를 보고 있다면 내 마음을 두루 살피시라. 이 세상에서 나를 알아줄 이 이제 없으니 슬프고 애달프도다! 엎드려 바라노니, 부디 이 제사를 받아주시오.

제갈량은 제문을 다 읽고 나자 땅바닥에 엎드려 목을 놓아 울며 슬픔을 가라앉히지 못했다.

이를 보던 장수들이 수군거렸다.

"사람들이 공근과 공명의 사이가 좋지 않다고 했는데, 지금 제사 지내는 걸 보니 사람들 말이 헛소리인 모양이오."

노숙도 제갈량이 무척 슬퍼하는 걸 보니 마음이 몹시 아팠다.

'공명은 본디 저토록 정이 많은 사람인데, 공근이 속이 좁아 스스로 죽음을 재촉했구나.'

나중에 이를 두고 안타까워하는 시를 읊은 사람이 있다.

와룡이 남양에서 미처 깨지 않고 있을 때
서성에도 빛나는 별 하나 내려왔다네
하늘은 이미 공근을 내놓았으면서
어찌하여 티끌 세상에 공명을 또 내놓았을까

노숙은 술자리를 베풀어 제갈량을 대접했다. 자리가 끝나 제갈량이 돌아가기 위해 막 배에 오르려는 순간이었다. 발등까지 내려오는 도포 차림에 대나무 관을 쓰고 검은 띠를 두른데다 흰 신발을 신은 사람 하나가 강변에 나타나 제갈량을 잡아끌며 껄껄 웃었다.

"그대는 주랑의 화를 돋우어 죽게 만들고도 죽음을 위로하러 오다니, 동오에는 사람이 없는 줄 아는 모양이지?"

제갈량은 깜짝 놀라 얼른 돌아보았다. 봉추 선생 방통이었다. 제갈량 역시 크게 웃었다. 두 사람은 손을 잡고 배에 올라 이러저런 속 얘기를 털어놓았다.

제갈량이 편지 한 통을 써서 방통에게 주며 말했다.

"내 생각에 손중모는 공을 크게 쓸 사람이 아니오. 조금이라도 뜻대로 되지 않으면 형주로 와서 함께 현덕을 도웁시다. 이분은 마음이 너그럽고 어진데다 두터워 공이 평생 닦은 공부를 헛되게 하지는 않으리오."

방통이 그 뜻을 받아들이고 떠나자 제갈량은 바로 형주로 돌아왔다.

한편 노숙은 주유의 관을 무호로 옮겼다. 손권이 나와 울며 제사를 지낸 뒤 고향 땅에 장사 지내도록 했다. 주유는 아들 둘과 딸 하나를 남겼는데, 맏아들의 이름은 순이고 둘째는 윤이었다. 손권은 그들을 잘 보살펴주라 일렀다.

노숙이 손권에게 말했다.

"저는 별 재주가 없는데도 공근이 너무 좋게 보아 추천을 해서 제가 맡은 바를 잘 해낼 수 있을지 걱정입니다. 그래서 한 사람을 추천해서 주공을 돕도록 할까 합니다. 그 사람은 위로는 하늘의 이치를 살필 줄 알고, 아래로는 땅의 원리를 깨닫고 있으며, 꾀를 쓰는 게 관중이나 악의 못지않고, 군사를 쓰는 것도 손자와 오기에 비길 만합니다. 전에 공근도 그 사람 의견을 많이 받아들였고, 공명 역시 그 사람의 지혜로움에 깊이 놀랐습니다. 지금 마침 강남에 있으니 불러서 중요하게 쓰면 어떻겠습니까?"

손권이 크게 기뻐하며 그 사람의 이름을 물었다.

노숙이 대답했다.

"양양 사람인데, 이름은 방통이고 자는 사원이며 도호는 봉추 선생이라 합니다."

손권이 고개를 끄덕였다.

"나도 이름을 들은 지 오래되는 사람이오. 지금 여기 있다하니 불러서 한번 봅시다."

이리하여 노숙은 방통을 불러 손권을 만나게 했다. 서로 예의를 갖춘 인사가 끝나자 손권은 그의 모습을 뜯어보았다. 보통 사람 모습이 아니었다. 짙은 눈썹에 코는 들렸으며, 시커먼 얼굴에 수염은 짧아서 생긴 꼴이 우스웠다.

손권은 내키지 않는 마음을 누르고 한마디 물었다.

"공은 평생 무얼 중심으로 어떤 공부를 했소?"

방통이 대답했다.

"굳이 어느 하나에 매이지 않고 그때그때 형편에 맞게 했습니다."

"그럼 공의 재주와 배움이 공근과 비교하면 어떻소?"

방통이 웃었다.

"제가 공부한 건 공근과 많이 다릅니다."

손권은 지금까지 자신이 가장 좋아하던 주유를 방통이 가벼이 여기는 말을 하자 배알이 꼴려 서둘러 만남을 마무리해버렸다.

"공은 물러가 있으시오. 쓸 일이 있으면 다시 부르겠소."

방통은 긴 한숨을 내쉬며 물러나왔다.

노숙이 손권에게 물었다.

"주공께서는 어찌하여 방사원을 쓰지 않으십니까?"

"미친 선비를 써서 무슨 도움을 받겠소?"

"적벽 싸움 때 저 사람이 바로 연환계를 쓰자는 꾀를 내서 으뜸가는 공을 세웠습니다. 주공께서도 생각해보시면 떠오르실 겁니다."

"그때 마침 조조 스스로 배를 묶어놓으면 좋겠다고 생각해서 그랬으니 꼭 방통의 공이라고는 할 수 없소. 나는 절대로 저 사람을 쓰지 않겠소."

노숙이 나와 방통에게 말했다.

"내가 공을 추천했으나 오후께서 공을 쓰려고 하지 않으십니다. 공은 일단 참고 기다려보시오."

방통은 고개를 숙이고 한숨만 내쉴 뿐 아무 말도 하지 않았다.

노숙이 물었다.

"공은 혹시 동오에 머무실 생각이 없소?"

방통이 계속해서 아무런 대꾸를 하지 않자 노숙이 다시 말했다.

"공은 세상을 건질 만한 재주를 가지고 계시니 어디에 간들 대접을 못 받을 일은 없을 겁니다. 그러니 나한테 툭 털어놓으시지요. 어디로 가실 생각이오?"

박상률 완역 삼국지 5

방통이 불쑥 한마디 했다.

"조조한테나 가볼까 하오."

노숙이 손사래를 쳤다.

"말도 안 됩니다. 그건 밝은 구슬을 어두운 길에 내다 버리는 꼴이오. 형주로 가서 유황숙을 찾아보시오. 반드시 귀하게 씁니다."

"내 생각도 그렇소. 좀 전에 한 말은 농담이었소."

"그럼 내가 추천하는 편지를 한 통 써주겠소. 공께서는 부디 현덕을 도와 손·유 씨 두 집안이 서로 싸우는 일 없이 힘을 합쳐 함께 조조를 깨부술 수 있도록 해주시오."

"내 살아오는 동안 줄곧 품고 있던 뜻이오."

방통은 노숙이 써준 편지를 받아 들고 형주로 가서 유비를 만났다.

이때 제갈량은 네 군을 살펴보러 나가서 돌아오지 않고 있었다.

문을 지키는 이가 들어가 유비한테 보고했다.

"강남의 명사 방통이라는 분이 찾아와 뵙겠다고 합니다."

유비는 오래전부터 방통의 이름을 들어왔는지라 곧장 들어오라 해서 만났다. 방통은 유비를 보자 두 손을 맞잡아 얼굴 앞으로 들어올린 뒤 허리를 구부렸다 펴면서 손을 내리는 읍만 할 뿐 절은 하지 않았다. 유비는 방통의 생긴 모습

을 보자 마음이 내키지 않아 시큰둥하게 겉치레 인사말만
했다.

"먼 길 오시는 게 쉽지는 않으셨을 텐데요?"

방통은 노숙과 제갈량의 편지는 내놓지 않고 덤덤하게
말했다.

"황숙께서 어진 선비들을 널리 구하신다는 말을 듣고 특
별히 찾아왔습니다."

"형주 지방의 자리가 어느 정도 잡혀 빈자리가 없소. 여기
서 동북쪽으로 백삼십 리 가면 뇌양현이라는 고을이 있는
데, 거기 현령 자리만 한 자리 비어 있소. 일단 그곳을 맡아
주시오. 나중에 좋은 자리가 나면 다시 귀하게 쓰겠소."

방통은 어이없었다.

'현덕이 어찌하여 나를 이렇게 가볍게 대하는고!'

방통은 자신의 재주와 학문을 펼쳐 보일까 하는 생각도
했으나 제갈량도 없고 하여 꾹 참고 물러나와 뇌양현으로
갔다.

뇌양현을 맡은 방통은 고을 일을 돌볼 생각은 하지 않고
날마다 술 마시는 일이나 즐기며 지냈다. 물자나 식량 따위
를 거두는 일에도 관심을 두지 않고, 고을 백성들의 다툼질
같은 것도 해결해주지 않았다. 방통이 고을 일을 하나도 돌
보지 않는다는 사실은 유비에게 곧바로 보고되었다. 유비

는 화가 났다.

"되지 못한 선비놈이 건방지게 나의 다스림을 어지럽히 다니!"

유비는 바로 장비를 불러 몇 사람을 거느리고 형주 남쪽 여러 고을을 돌아보라 일렀다.

"만일 일을 게을리하거나 법을 지키지 않는 이가 있으면 바로 책임을 물어라. 그러나 혹시라도 뚜렷하지 않은 일이 있을지도 모르니 손건과 함께 가도록 하라."

장비는 명령을 받자마자 손건과 함께 길을 떠나 뇌양현 에 이르렀다. 군사와 백성들과 고을 벼슬아치들이 다 나와 맞이하는데 현령이 보이지 않았다.

장비가 물었다.

"현령은 어디 있느냐?"

고을 벼슬아치 하나가 대답했다.

"방현령이 여기 온 지 백 일이 더 지났으나 고을 일은 하 나도 보지 않고 날마다 술만 드시어 밤낮으로 취해 있습니 다. 오늘도 술이 깨지 않아 아직 자리에 누워 계십니다."

장비는 화를 버럭 내며 당장 잡아들이도록 했다. 그러나 손건이 달랬다.

"방사원은 워낙 뛰어나신 분입니다. 그러니 결코 가벼이 대하시면 안 됩니다. 우선 고을에 들어가 자세히 알아보시지요. 그러고 나서 마땅치 않은 일이 있으면 그때 죄를 다스리려도 늦지 않습니다."

장비는 고을 안으로 들어가자 윗자리에 앉은 다음 현령을 보자고 했다. 방통이 옷도 미처 추스르지 못한 채 취한 몸을 부축받으며 나왔다.

장비가 화가 나 소리쳤다.

"우리 형님께서 너를 그래도 인물이라 여기셔서 현령 자리를 맡기셨다. 그런데 너는 어찌하여 고을 일을 하나도 돌보지 않았느냐?"

방통이 웃으며 되물었다.

"장군은 내가 무슨 고을 일을 돌보지 않았다고 하오?"

"너는 여기 온 지 백 일이 넘도록 날마다 취해서 지냈는데 무슨 고을 일을 봤다고 할 수 있겠느냐?"

"이까짓 백 리밖에 안 되는 작은 고을의 일이 어려울 게 뭐 있겠소! 장군은 잠깐 앉아서 기다리시오. 그동안 일 좀 처리하겠소."

방통이 고을 벼슬아치를 불러 1백 일 남짓 밀린 일을 죄다 가져와 보고하라 일렀다. 고을 벼슬아치들이 서류뭉치를 한 아름씩 안고 들어왔다. 재판받을 사람들은 뜰아래에 빙 둘러앉혔다. 방통은 붓을 쥔 손으로는 서류에 글을 쓰고, 입으로는 판결을 하고, 귀로는 다툼 소리를 들으며 옳고 그

방통이 1백 일 동안 밀려 있던 일을 한꺼번에 다 해치우다.

름을 가려주는데 털끝만치도 잘못이 없어 사람들 모두 머리를 조아려 절을 하며 받아들였다. 마침내 한나절도 채 되지 않아 1백 일 넘게 밀렸던 일을 다 처리한 방통은 붓을 내던지며 장비에게 말했다.

"내가 돌보지 않은 일이 무엇이오? 조조와 손권의 일도 내 손바닥 들여다보듯 훤히 아는 사람이오. 그런 사람이 이 까짓 작은 고을 일을 마음에 둘 게 뭐 있겠소!"

장비는 깜짝 놀라 자리에서 내려와 잘못했다고 했다.

"선생의 높으신 재주를 몰라뵙고 제가 실수를 했습니다. 형님께 말씀드리고 힘껏 추천하겠습니다."

방통은 그제야 노숙이 써준 편지를 내놓았다.

장비가 물었다.

"선생께서는 우리 형님을 뵐 때 어째서 이걸 내놓지 않으셨습니까?"

"만나자마자 이런 걸 내놓으면 남이 추천해주는 것만 믿고 온 사람으로 여길지 몰라 그랬소."

그 말에 장비가 손건을 쳐다보았다.

"공이 아니었으면 뛰어난 선비 한 분을 잃을 뻔했소."

장비는 방통과 헤어져 형주로 돌아가 유비를 만나 방통의 재주에 대해 자세히 일렀다.

유비가 크게 놀랐다.

"뛰어난 선비를 몰라뵙다니, 내가 크게 잘못했다!"

장비가 노숙이 방통을 추천한 글을 꺼내놓자 유비는 바로 읽어보았다.

방사원은 1백 리 정도에 걸쳐 있는 작은 고을이나 다스릴 사람이 아닙니다. 치중이나 별가 정도의 자리를 맡기면 자기의 뛰어난 재주를 마음껏 펼쳐 보일 겁니다. 만약에 얼굴 생김새만 보고 미리 짐작하면 그 재주를 놓치게 되어 결국은 다른 사람이 쓰게 되는 일이 생길지도 모릅니다. 그리되면 참으로 안타까운 일입니다!

유비가 편지를 읽고 나서 한숨을 내쉬고 있는데 제갈량이 돌아왔다는 보고가 들어왔다. 유비는 바로 맞아들였다.

인사가 끝나자 제갈량이 먼저 물었다.

"방군사는 요즘 별일 없었습니까?"

유비가 대답했다.

"요즘 뇌양현을 맡고 있는데 술만 마시고 고을 일은 돌보지 않는 모양이오."

제갈량이 웃었다.

"사원은 백 리 안팎의 고을이나 다스릴 사람이 아닙니다. 그동안 배워 가슴속에 담고 있는 게 저의 열 배나 더 됩니다. 제가 지난번에 사원한테 추천하는 편지 하나를 써주었는데 주공께서는 못 받아보셨는지요?"

"자경의 편지도 오늘에야 받아보았소. 선생의 글은 아직 못 보았소."

"뛰어난 선비한테 하잘것없는 일을 맡기면 술이나 마시며 일은 잘 돌보지 않는 경우가 이따금 있습니다."

"만약에 내 아우가 일러주지 않았다면 뛰어난 선비 한 분을 잃을 뻔했소."

유비는 그 길로 장비를 뇌양현으로 보내 방통을 모셔오도록 했다. 방통이 형주에 오자 유비는 뜰아래까지 내려가 맞으며 자신의 잘못을 빌었다. 방통은 그제야 제갈량이 써준 편지를 내놓았다. 유비가 받아서 보니 봉추가 찾아오거든 귀한 자리를 마련하여 높이 쓰라는 내용이었다.

유비가 기뻐하며 말했다.

"지난날 사마덕조가 말하기를, 복룡과 봉추 둘 가운데에 한 사람을 얻으면 천하를 편안하게 할 수 있으리라 했는데, 내 이제 두 사람을 다 얻었으니 한나라를 다시 붙들어세울 수 있을 듯싶소."

유비는 방통을 부군사중랑장으로 삼아 제갈량과 함께 대책을 세우고 군사들을 훈련시키며 싸움에 나갈 준비를 하도록 했다.

이러한 소식은 금세 허도에도 알려졌다. 유비가 제갈량과 방통을 모사로 삼아 군사를 모집하고 말을 사들이며 식량과 말먹이를 준비하는 한편, 동오와 손을 잡고 머지않아 반드시 북쪽을 칠 거라는 내용이었다. 조조는 보고를 받자 모사들을 모아놓고 남쪽 칠 일을 의논했다.

순유가 먼저 나섰다.

"주유가 죽은 지 얼마 안 되니 먼저 손권을 치고 그다음에 유비를 치는 게 좋겠습니다."

조조가 말했다.

"우리가 만일 멀리 싸움길에 나서면 그 틈을 타 마등이 허도를 덮칠까 걱정이오. 전에 적벽에 있을 때에도 서량이 쳐들어왔다는 헛소문이 군사들 가운데에 떠돌았소. 그러니 이번엔 미리 준비를 해야 하오."

순유가 말했다.

"어리석은 생각인지는 모르겠지만, 마등에게 정남장군으로 삼는다는 조서를 내려 손권을 치라고 하면서 허도로 끌어들이면 좋겠습니다. 그런 뒤 틈을 보아 그 사람부터 없애버린 다음 남쪽을 치러 가면 걱정거리가 없습니다."

조조는 그 말을 듣고 좋아라 했다. 바로 그날로 조서를 가지고 가서 마등을 불러올 사람을 서량으로 보냈다.

마등의 자는 수성인데, 한나라 복파장군 마원의 후손이

었다. 그의 아버지 마숙은 자가 자석으로 환제 때 천수군의 난간현위였는데 벼슬자리를 잃은 뒤 농서 지방을 떠돌았다. 그때 강족들 틈에 섞여 살다가 거기서 강족 여자를 만나 마등을 낳았다.

마등은 8자 키에 몸집은 남달리 우람했지만 타고난 성질이 부드럽고 따뜻하여 사람들로부터 존경을 받았다. 영제 말년에 강족들이 여기저기서 반란을 일으키자 마등은 백성들 가운데 군사를 모집하여 그들을 무찔렀다. 초평 중간 무렵에 역적을 친 공을 인정받아 정서장군이 되었다. 이때 진서정군 한수와 의형제를 맺었다.

마등은 황제의 조서를 받자 맏아들인 마초와 의논했다.

"나는 동승과 함께 옥띠 속에 감춰진 비밀 조서를 받은 뒤로 유현덕과 함께 역적을 치기로 약속했었다. 불행하게도 동승은 이미 죽고 현덕은 여러 차례 졌다. 나 역시 구석진 서량에 처박혀 있어 아직껏 현덕을 도와주지 못했다. 요새 들으니 현덕이 형주를 차지했다 하여 나는 옛날에 품었던 뜻을 펼쳐볼까 했는데, 뜻밖에도 조조가 나를 부르니 이를 어찌하면 좋겠느냐?"

마초가 대답했다.

"조조가 황제의 명령을 내세우며 아버님을 부르는 터라, 가시지 않으면 틀림없이 황제의 명령을 어겼다며 윽박지르겠지요. 이렇게 부르는 참에 가서 틈을 엿보아 일을 꾀하면 옛날에 품으셨던 뜻을 이루실 수 있습니다."

마등의 형의 아들인 마대가 말렸다.

"조조의 속마음은 좀체 헤아리기 어렵습니다. 만약에 작은아버님께서 가셨다가는 해코지를 당하지 않을까 걱정입니다."

마초가 말했다.

"제가 서량 군사를 다 일으켜 아버님을 따라 허도로 쳐들어가서 세상에 해를 끼치는 것들을 싹 쓸어버리면 어떻겠습니까?"

마등이 손을 내저었다.

"너는 강족 군사들을 거느리고 그대로 서량을 지키고 있거라. 네 아우 마휴·마철과 조카 마대랑 함께 가겠다. 조조도 네가 그대로 서량에 남아 있고 한수가 돕는 걸 알면 함부로 나를 해치지는 못한다."

마초가 걱정스런 표정을 지었다.

"아버님께서 가시더라도 도성 안으로 절대로 가벼이 들어가지는 마십시오. 그때그때의 형편을 보아가며 처리하시되 저쪽의 움직임을 잘 살피십시오."

"내 알아서 하마. 너무 걱정하지 마라."

마등은 서량군 5천 명을 이끌고 아득한 허도를 바라고 떠났다. 마휴와 마철을 앞장세우고 마대에게는 뒤를 따르며 돕도록 했다.

마침내 허도에서 20리 떨어진 곳에 이르자 군사와 말을 멈추고 영채를 세웠다.

조조는 마등이 오자 문하시랑 황규를 불러 일렀다.

"지금 마등이 남쪽을 치기 위해 와 있소. 내 그대를 행군 참모로 삼을 생각이오. 먼저 마등의 영채로 가서 군사들을 위로하고 마등에게 내 말을 전해주시오. 서량은 길이 멀어 먹을거리를 가져오기가 힘들어 군사도 많이 못 데려왔을 거요. 내가 대군을 내줄 테니 같이 힘을 모아 가도록 하라고 이르시오. 일단 내일 성 안으로 들어와 황제를 뵈라 하시오. 그러면 식량이며 말먹이도 바로 내주겠다고 하시오."

황규는 바로 마등한테 갔다. 마등은 그를 대접하기 위해 술자리를 마련했다.

술기운이 제법 오르자 황규가 뜬금없는 소리를 했다.

"내 아버님 황완은 이각과 곽사의 난 때 돌아가셔서 나는 항상 가슴속에 한을 품고 살았소. 그런데 오늘 또 황제를 속이는 역적을 만날 줄은 미처 몰랐소!"

마등이 대꾸했다.

"황제를 속이는 역적이라니, 누구를 두고 하는 말이오?"

"황제를 속이는 역적은 바로 조조요. 공은 어찌하여 그걸 모르시는 척하며 내게 물으시오?"

마등은 조조가 자신의 속을 떠보기 위해 보낸 것이라 여기고 급히 손을 내저었다.

"남의 눈과 귀가 두렵소. 그런 소리 함부로 하지 마시오."

그러자 황규가 대뜸 꾸짖었다.

"공은 비밀 조서 일을 잊어먹었단 말이오?"

마등은 그가 하는 말이 참말임을 깨닫자 비로소 자기의 속내를 털어놓았다.

마등의 얘기를 들은 황규가 방법을 얘기했다.

"조조가 공더러 들어와 황제를 뵈라고 하지만 그건 틀림없이 좋은 뜻이 아니오. 공께서는 가벼이 들어가지 마시오. 내일 군사들을 성 아래에 머물게 한 뒤 조조가 군사를 살피러 나오면 틈을 엿보아 해치워버리시오. 그러면 큰일을 이룰 수 있소."

두 사람은 의논을 마친 뒤 헤어졌다. 황규는 집으로 돌아가자 가슴속의 원한이 더욱 솟구치며 분한 마음이 끓어올랐다. 아내가 거듭 무슨 일이냐고 물었지만 황규는 아무 말도 하지 않았다.

그런데 뜻밖의 일이 벌어졌다. 황규의 작은마누라인 이 춘향은 황규의 처남인 묘택과 몰래 눈이 맞아 정을 주고받고 있었다. 묘택은 춘향이를 완전히 차지하고 싶었으나 마땅한 방법을 찾지 못하고 있었다.

이춘향은 황규가 여느 때와 다르자 바로 묘택에게 이 사실을 말했다.

"황시랑이 오늘 군사 일을 보고 들어와서는 어쩐 일인지 분을 삭이지 못하고 씩씩거리오. 왜 그럴까요?"

묘택이 말했다.

"그럼 네가 말로 넌지시 한번 떠보아라. 음, 사람들이 말하기를 유황숙은 어질고 덕스러운 사람이고 조조는 간사스런 영웅이라 하는데 왜 그렇게들 말하느냐고 말이야."

그날 밤 황규가 이춘향의 방으로 오자 이춘향은 묘택이 일러준 대로 물어보았다.

아직 술이 덜 깬 황규가 말했다.

"너 같은 아녀자도 옳고 그른 걸 아는데 나야 어쩌겠느냐? 내가 지금 품고 있는 한은 조조를 죽여야 풀린다."

"어떻게 해야 조조를 죽일 수 있습니까?"

"내 이미 마등 장군과 약속했다. 내일 성 밖으로 군사를 살피러 나갈 때 죽이겠다."

이춘향은 이 말을 묘택에게 알렸다. 묘택은 바로 조조한테 가서 일러바쳤다.

조조는 조홍과 허저를 몰래 불러 이러저러하라고 이른 뒤 하후연과 서황에게도 할일을 일렀다. 모두 명령을 받고 나가자 조조는 황규의 온 가족을 다 잡아들이도록 했다.

다음 날 마등은 서량군을 이끌고 성 아래로 가까이 갔다. 앞을 보니 붉은 깃발들이 쭉 늘어섰는데 그 가운데에는 승상의 깃발도 있었다. 마등은 조조가 직접 군사를 살피러 나온 줄로 여기고 말을 몰아 앞으로 나갔다.

그때 갑자기 쾅 소리가 나더니 붉은 깃발들이 양쪽으로 갈라지며 화살이 쏟아졌다. 한 장수가 달려나오는데 조홍이었다. 마등이 급히 말 머리를 돌리는데, 양쪽에서 외침 소리가 크게 일며 왼쪽에서는 허저가 덮치고 오른쪽에서는 하후연이 덮쳤다. 또 뒤쪽에서는 서황이 군사를 몰고 나와 서량군의 뒤를 끊어버렸다.

마침내 마등은 두 아들과 함께 가운데에 갇혀버렸다. 마등은 벗어날 길이 보이지 않았지만 죽을힘을 다해 싸웠다. 마철은 이미 어지러이 쏟아진 화살을 맞아 죽고, 마휴는 마등의 뒤를 따르며 이쪽저쪽 마구 무찔렀지만 빠져나갈 수가 없었다. 두 사람은 이미 많이 다쳤다. 게다가 타고 있던 말 역시 화살을 맞고 쓰러져버리는 바람에 두 부자는 사로잡히고 말았다.

조조는 황규와 마등 부자를 다 함께 끌어다 무릎을 꿇리라고 했다.

황규가 큰소리를 내질렀다.

"내게 무슨 죄가 있다고 이러느냐!"

조조가 묘택을 나오라 하여 확인시켰다.

마등이 이런 꼴을 보고 큰소리로 욕을 해댔다.

"어리석은 선비놈이 일을 그르치고 말았구나! 내가 나라를 위해 역적을 죽이려 했는데 그러지 못했다. 하늘의 뜻이니 어쩔 수 없구나!"

조조가 끌어내라 명령했다. 마등은 끌려가면서도 욕설을 그치지 않았다. 마등은 마침내 아들 마휴, 그리고 황규와 함께 죽고 말았다.

나중에 어떤 이가 마등을 두고 시를 읊었다.

아버지와 아들 모두 꽃 같은 향기 내뿜어

충성스러움과 꿋꿋함, 한 가문을 빛냈네

목숨 던져 어려움에 빠진 나라 건지려 했고

죽기를 마음먹고 임금의 은혜 갚으려 했네

피로써 다짐한 말 아직도 사라지지 않았고

간사스런 이 없애려고 의롭게 이름 적어두었네

서량의 알아주는 집안이었거니

복파의 후손으로 부끄러울 것 없어라

묘택이 조조에게 말했다.

"굳이 상은 원하지 않습니다. 그저 이춘향을 아내로 삼게만 해주십시오."

조조가 싸늘하게 웃었다.

"너는 그깟 여자 하나 때문에 매부 집안을 해쳤다. 너같이 의리 없는 인간을 남겨두어 어디다 쓸꼬!"

조조는 묘택과 이춘향을 황규의 가족들과 함께 저잣거리에 끌어내 목을 베도록 했다. 이를 지켜본 사람들 가운데에 한숨을 내쉬지 않는 이가 없었다.

훗날 어떤 이가 한숨 어린 시를 읊었다.

사사로운 일에 빠져 충신을 해친 묘택
춘향도 못 얻고 제 목숨도 잃고 말았네
간사스런 영웅조차 용서하지 않으니
죽을 꾀를 내어 스스로 못난 놈만 되고 말았네

조조는 서량 군사들을 달래며 안심시켰다.

"마등 부자가 배반했지만, 그건 너희들과는 아무 상관없는 일이다."

이어 중요한 길목을 단단히 지키게 해 마대가 달아나지 못하도록 했다.

한편 마대는 군사 1천 명을 거느리고 뒤따라와 있다가 허

도 성 밖에 있다 도망쳐온 군사로부터 소식을 들었다. 마대
는 깜짝 놀라 군사를 버리고 떠돌이 장사군 차림으로 꾸민
뒤 밤을 새워 달아났다.

마등 부자와 황규 등을 죽인 조조는 곧바로 남쪽을 치기
로 마음먹었다.

바로 그때 보고가 들어왔다.

"유비가 군사를 훈련시키고 무기를 마련한 뒤 서천을 차
지하려 하고 있습니다."

조조는 깜짝 놀랐다.

"만약에 유비가 서천을 차지한다면 이는 날개를 얻는 꼴
이 되는데, 이를 어찌해야 하나?"

그 말이 미처 끝나기 전에 뜰아래에서 한 사람이 나섰다.

"제가 좋은 꾀 하나를 가지고 있습니다. 유비와 손권의 사
이를 벌어지게 해 서로 돕지 못하도록 해서 강남과 서천 모
두 승상께 돌아오게 할 수 있는 방법입니다."

서주 호걸들이 막 죽어났는데
남국 영웅들도 해를 입겠구나

과연 이런 꾀를 낸 사람은 누구인지…….

제58회

조조를 치는 마초

마초는 군사를 일으켜 원한을 풀려 하고
조조는 수염도 자르고 옷까지 벗어던지며 달아나다

꾀를 내어 바친 사람은 치서시어사 진군으로 자는 장문이
었다.

조조가 물었다.

"진장문이 가지고 있다는 좋은 꾀는 무엇이오?"

진군이 대답했다.

"지금 유비와 손권은 마치 입술과 이처럼 가까운 사이입
니다. 만약에 유비가 서천을 차지하려 하거든 승상께서는
뛰어난 장수 한 사람한테 군사를 내주며 합비의 군사와 힘
을 합쳐 강남을 들이치도록 하십시오. 그러면 손권은 반드

시 유비더러 도와달라고 합니다. 그러나 유비는 서천을 노리고 있어 틀림없이 손권을 돕지 않습니다. 유비의 도움이 없으면 손권은 힘도 달리고 군사도 약해져 강동은 반드시 승상 차지가 됩니다. 강동을 얻고 나면 형주는 북소리 한 번에 무너뜨릴 수 있습니다. 형주를 누른 다음에 서천을 무찌르면 천하를 다 차지하실 수 있습니다."

조조가 고개를 끄덕였다.

"장문의 말이 바로 내 말이오."

조조는 곧바로 30만 대군을 일으켜 강남을 치기로 했다. 이어 합비의 장료에게 식량과 말먹이를 준비하여 뒤에서 대도록 했다.

이러한 소식은 염탐꾼을 통해 금세 손권에게 알려졌다. 손권은 장수들을 불러모았다.

장소가 먼저 말했다.

"노자경한테 사람을 보내 형주로 급히 글을 띄워 현덕더러 힘을 합쳐 조조를 막도록 하십시오. 자경한테 은혜를 입은 적이 있어 현덕도 자경의 말은 들을 겁니다. 게다가 이미 동오의 사위까지 되었으니 의리를 봐서라도 거절은 못 합니다. 현덕이 도우러 오면 강남은 걱정 안 해도 됩니다."

손권은 그 말을 좇아 바로 노숙에게 사람을 보내 유비한테 도움을 부탁하도록 했다. 노숙은 명령을 받자 곧장 편지를 써서 유비에게 보냈다. 유비는 편지를 가져온 사람을 숙소에 머물게 한 뒤 남군으로 사람을 보내 제갈량을 불렀다. 제갈량이 형주에 오자 유비는 노숙이 보내온 편지를 내놓았다.

편지를 읽고 난 뒤 제갈량이 덤덤하게 말했다.

"강남 군사고 형주 군사고 움직일 필요 없습니다. 조조가 섣불리 동남쪽을 넘겨다보지 못하도록 할 방법이 있습니다."

제갈량은 바로 그 자리에서 노숙에게 편지를 썼다.

베개를 높이 베고 아무 걱정 말고 지내시오. 북쪽 군사가 쳐들어오면 황숙께서 물리칠 방법이 있습니다.

노숙의 편지를 가져온 사람이 답장을 들고 돌아가자 유비가 제갈량에게 물었다.

"지금 조조가 삼십만 대군을 일으켜 합비 군사와 합쳐서 한꺼번에 몰려온다는데, 선생은 무슨 좋은 방법이 있기에 물리칠 수 있다고 했소?"

"조조가 항상 걱정하는 건 서량군입니다. 지금 조조가 마등을 죽였기 때문에 아들인 마초가 서량군을 거느리게 되었습니다. 마초는 틀림없이 조조 역적에 대해 이를 갈고 있을 겁니다. 주공께서는 편지 한 통을 써 보내셔서 마초와 손을 잡으십시오. 마초가 군사를 일으켜 관으로 들어가기만 하면 조조가 무슨 배짱으로 강남으로 쳐들어올 생각을 하겠습니까?"

유비는 무척 좋아라 하며 바로 편지를 쓴 뒤 믿을 만한 사람을 서량으로 보냈다.

한편 서량의 마초는 자다가 꿈을 하나 꾸었다. 자신이 눈밭에 누워 있는데 호랑이 떼가 달려들어 물어뜯는 꿈이었다. 깜짝 놀라 잠에서 깬 마초는 마음이 영 편치 않아 부하 장수들을 불러 꿈 이야기를 들려주었다.

막사 앞에서 한 사람이 나서며 말했다.

"그건 아주 좋지 못한 일을 나타내는 꿈입니다."

모두들 그 사람을 쳐다보았다. 마초가 믿을 만한 부하로 여기는 교위 방덕으로 자는 영명이었다.

마초가 물었다.

"영명은 왜 그렇게 생각하오?"

"눈밭에서 호랑이를 만난 건 나쁜 꿈 가운데에서도 아주 좋지 않은 꿈입니다. 허도에 가 계신 노장군께 좋지 않은 일이 일어난 듯합니다."

말이 미처 끝나기도 전에 한 사람이 비틀거리며 들어오

더니 땅에 엎드려 울었다.

"작은아버님과 아우들 모두 죽고 말았소!"

마초가 깜짝 놀라 쳐다보았다. 마대였다. 마초가 놀라며 어찌 된 일인지를 묻자 마대가 대답했다.

"작은아버님께서 시랑 황규와 함께 조조를 죽이기로 하셨는데, 불행히도 일이 새나가는 바람에 저잣거리에서 목이 베이고 말았습니다. 두 아우도 같이 죽고 저만 살아 떠돌이 장사꾼 차림을 한 뒤 밤을 도와 달아났습니다."

그 말을 듣자마자 마초는 울음을 터뜨리며 바닥에 쓰러지고 말았다. 장수들이 달려들어 그를 일으켜세웠다. 마초는 이를 뿌드득 갈며 조조에 대해 한을 품었다.

바로 그때 형주의 유비가 편지를 보내왔다는 보고가 들어왔다. 마초가 편지를 받아 뜯어보았다.

엎드려 생각해보니 한나라 황실이 불행하기 짝이 없소. 조조 역적이 힘을 틀어쥐고 앉아 임금을 속이고 백성을 괴롭히고 있기에 이 사람 유비는 공의 아버님과 함께 비밀 조서를 받아 저 역적을 죽이기로 다짐한 바 있소. 그런데 이번에 공의 아버님께서 조조한테 목숨을 잃고 말았소. 이제 장군은 조조와 한 하늘을 우러를 수 없고, 같은 땅을 밟을 수 없으며, 해와 달을 같이 쳐다볼 수 없는 원수 사이가 되고 말았소. 만약에 서량군을

거느리고 조조의 오른쪽을 친다면 나 유비는 형주·양양의 군
사를 이끌고 조조의 앞을 치려 하오. 그렇게 하면 조조 역적을
사로잡을 수 있고 간사스런 무리들을 쓸어내버릴 수 있어, 원
수를 갚는 데 이어 한나라 황실을 다시 일으켜세울 수 있소. 글
로써 할 말을 다 할 수는 없소. 이대로 서서 답장을 기다리겠소.

마초는 편지를 읽고 나자 눈물을 흘리며 바로 답장을 써
서 편지를 가져온 이에게 주었다. 형주의 유비에게 답장을
보내고 난 뒤 마초가 서량군을 일으켜 나아가려는데 갑자
기 서량 태수 한수가 사람을 보내 마초를 보자고 했다. 마초
는 곧장 한수의 부중으로 갔다. 마초가 들어오자 한수는 조
조의 편지를 내놓았다. 만약에 마초를 사로잡아 허도로 보
내면 한수를 서량후로 삼겠다는 내용이었다. 편지를 읽자
마자 마초는 바닥에 엎드렸다.

"작은아버님께서는 우리 형제 두 사람을 묶어 허도로 보
내시고, 조조와 싸우는 고생을 하지 마십시오."

한수가 마초를 붙들어 일으켰다.

"나와 네 아버님은 의형제를 맺은 사이다. 내 어찌 너를
해칠 수 있겠느냐? 네가 군사를 일으키겠다면 마땅히 나도
돕겠다."

마초는 한수에게 고마워하며 절을 했다. 한수는 곧바로

조조의 편지를 들고 온 사람을 끌어내 목을 베어 죽이도록 했다. 이어 자기 아래에 있는 8부 군마를 살핀 뒤 함께 나아가기로 했다. 8부 군마를 거느리는 장수는 후선·이감·장횡·양흥·성의·마완·양추 들이었다. 이들 여덟 장수는 한수를 따라 마초 아래의 방덕·마대와 함께 20만 대군을 거느리고 장안으로 쳐들어갔다.

장안 군수 종요는 조조에게 급히 보고를 하는 한편, 적을 막기 위해 군사를 이끌고 나가 들녘에 진을 펼쳤다. 서량군의 앞장을 선 마대가 군사 1만 5천 명을 이끌고 산과 들을 빈틈없이 덮은 채 몰려왔다. 종요가 맞아 싸우기 위해 말을 몰고 나갔다. 마대가 좋은 칼 한 자루를 들고 나왔다. 두 사람은 서로 어우러져 싸웠다. 그러나 단 1합도 되기 전에 종요가 크게 져서 달아나기 시작했다. 마대는 칼을 휘두르며 그 뒤를 쫓았다.

마침 대군을 이끌고 다다른 마초와 한수가 장안성을 둘러싸버렸다. 종요는 성 위로 올라가 지켰다. 장안은 서한의 도읍지여서 성곽이 튼튼하고, 성을 둘러싸고 있는 도랑도 험하고 깊어 공격하기가 쉽지 않았다.

서량군이 장안성을 에워싼 지 열흘이 되었으나 무너뜨리지 못했다.

그러자 방덕이 의견을 내놓았다.

"장안성 안은 흙이 강하고 물이 짜서 먹을 물이 마땅찮은 데다 땔감도 넉넉하지 않습니다. 지금 열흘씩이나 갇혀 있어서 모르긴 몰라도 군사들이고 백성들이고 너나없이 모두 배를 곯고 있을 겁니다. 그러니 일단 군사를 거두시고 제가 이르는 대로만 하십시오. 그러면 장안성은 손쉽게 얻을 수 있습니다."

방덕이 자신이 생각하고 있는 걸 설명하자 마초가 연거푸 고개를 끄덕였다.

"그것 참 굉장한 방법이오!"

마초는 곧바로 영(令) 자 기를 각 부에 돌려 군사를 거두라는 명령을 내린 뒤, 뒤쪽은 자신이 직접 끊으며 살폈다. 마침내 각 부 군사들은 천천히 물러갔다.

다음 날 종요는 성 위로 올라가 살펴보았다. 군사들 모두 물러가고 없었다. 혹시 속임수인가 싶어 사람을 풀어 알아보게 했더니 과연 멀리 물러가고 없었다. 종요는 그제야 마음이 놓여 군사와 백성들이 성 밖에 나가 물도 길어오고 땔나무도 해올 수 있도록 성 문을 활짝 열어젖혀 마음대로 드나들게 했다.

닷새째 되는 날이었다. 마초의 군사가 다시 몰려온다는 보고가 들어왔다. 군사와 백성들은 앞을 다투며 성 안으로 들어갔다. 종요는 다시 성 문을 닫아걸고 굳게 지켰다.

이때 종요의 아우인 종진은 서문을 지키고 있었다. 한밤 중 가까이 되었을 때 갑자기 성 문 안에서 불길이 솟구쳤다. 종진은 불을 끄려고 급히 달려갔다. 그때 성 가까이에서 한 사람이 칼을 든 채 말을 달려나오며 소리 질렀다.

"방덕이 여기 있다!"

종진은 미처 손을 써볼 틈도 없이 방덕이 한 번 내리친 칼을 맞고 말 아래로 고꾸라졌다. 방덕은 닥치는 대로 칼을 휘둘러 종진의 군사들을 쫓아버린 뒤 성 문의 빗장을 부수고 문을 열었다. 마초와 한수의 군사들이 성 안으로 쏟아져 들어왔다. 종요는 성을 버리고 동문으로 달아났다. 마침내 마초와 한수는 성을 빼앗고, 전군에 상을 내리며 위로했다.

종요는 동관으로 도망쳐가 지키면서 조조에게 급히 보고했다. 장안을 잃은 걸 안 조조는 선불리 남쪽을 칠 생각을 내지 못했다.

조조가 씩씩거리며 조홍과 서황을 불렀다.

"너희들은 군사 만 명을 이끌고 가서 종요 대신 동관을 단단히 지키도록 하라. 만약 열흘 안에 관을 잃으면 목이 달아날 줄 알라. 열흘 이상 지키다가 어찌 되면 그때는 두 사람의 책임을 묻지 않겠다. 내가 대군을 이끌고 곧 뒤따르겠다."

명령을 받은 두 사람은 그날 밤에 바로 길을 떠났다.

조인이 조조에게 말했다.

"조홍은 성질이 급해서 행여 일을 그르치지 않을까 걱정됩니다."

조조가 말했다.

"너와 내가 먹을거리와 말먹이를 가지고 곧 뒤따라가서 도우면 된다."

조홍과 서황은 동관에 도착하자 중요 대신 관을 굳게 지키며 나가 싸울 생각을 하지 않았다. 마초는 군사를 끌고 관 아래로 와서 조조 집안의 욕을 3대에 걸쳐 해댔다. 화가 솟구친 조홍이 군사를 이끌고 관 아래로 내려가 싸우려 했다.

서황이 급히 말렸다.

"이는 마초가 장군의 약을 올려 화나게 해서 죽이려고 그러니 나가 싸우면 절대로 아니 되오. 승상께서 대군을 몰고 오시면 뭔가 좋은 방법이 반드시 있을 거요."

마초군은 밤낮으로 번갈아 몰려와서 욕을 퍼부어댔다. 조홍은 그때마다 나가 싸우려 들었다. 서황은 때마다 조홍을 말리느라 애를 먹었다.

9일째 되는 날 관 위에서 바라보니, 서량의 군사들이 말에서 내려 관 앞의 풀밭에 쭈그리고 앉아 있었다. 많이들 지쳤는지 땅바닥에 그대로 누워 잠을 자기도 했다. 조홍은 곧바로 말을 끌고 오라 한 뒤 군사 3천 명을 몰고 관 아래로 뛰쳐나왔다. 서량 군사들은 말이며 창이며 다 내던지고 달아났다. 조홍은 그대로 뒤를 쫓았다.

이때 서황은 관 위에서 식량 실은 수레를 살펴보고 있었다. 조홍이 관에서 뛰쳐나가 싸운다는 말을 듣고 깜짝 놀라 급히 군사들을 이끌고 뒤쫓아나가 조홍더러 빨리 말 머리를 돌리라고 소리쳤다. 바로 그때였다. 뒤쪽에서 외침 소리가 크게 일더니 마대가 군사를 이끌고 쳐들어왔다. 조홍과 서황이 급히 몸을 틀어 되돌아오려 하는데 북소리가 크게 났다. 그러더니 산 뒤쪽에서 군사가 두 갈래로 나뉘어 뛰쳐나와 앞을 막았다. 왼쪽은 마초이고 오른쪽은 방덕이었다. 양쪽의 군사들은 한바탕 어지럽게 싸웠다. 그러나 조홍은 끝내 해보지 못하고 절반이 넘는 군사를 잃고 말았다. 겨우 포위망을 뚫고 관 위로 달아났다. 그러나 서량군이 계속 뒤쫓는 바람에 조홍과 서황은 결국 관을 버리고 달아났다. 방덕은 동관을 지나 계속 그 뒤를 쫓았다. 그때 마침 조인의 군사가 도착하여 조홍 등을 구했다. 마초는 방덕과 만나 관 위로 올라갔다.

조홍은 동관을 잃은 채 말을 달려 조조한테 갔다.

조조가 소리를 버럭 내질렀다.

"열흘 동안 잘 지키라 했는데 어찌하여 아흐레 만에 동관을 잃었느냐?"

조홍이 기어들어가는 목소리로 대답했다.

"서량군이 온갖 욕설을 퍼부어댔습니다. 게다가 지쳐 나자빠져 있는 듯해 기회를 놓치지 않으려고 쳐들어갔습니다. 미처 속은 줄 몰라서 그렇게 되었습니다."

조조가 서황을 돌아보았다.

"조홍은 나이가 어리고 성질이 급해 그렇다 치고, 서황 그대는 무얼 했기에 이리 되었나?"

서황이 대답했다.

"제가 여러 번 말렸으나 듣지 않았습니다. 관에서 먹을거리 실은 수레를 살펴보고 있는데 조장군이 뛰쳐나갔다고 했습니다. 그래서 저는 혹시라도 일이 잘못될까 싶어 급히 뒤를 쫓았습니다. 가보니 이미 적의 속임수에 빠진 뒤였습니다."

조조는 크게 화를 내며 조홍의 목을 베라고 소리쳤다. 그러나 뭇 장수들이 나서서 말리고 조홍이 죄를 빌어 겨우 목숨을 건져 물러갔다.

조조는 군사를 바로 끌고 가 동관을 치려 했다. 그러나 조인이 말렸다.

"먼저 영채부터 세운 뒤 동관을 쳐도 늦지 않습니다."

조조는 나무를 베어다 울타리를 치게 하고 영채를 세 군데로 나누어 세웠다. 왼쪽 영채에는 조인이 들어가고, 오른쪽은 하후연이 들어가고, 조조 자신은 가운데 영채로 들어갔다.

다음 날 조조는 세 영채의 장수와 군사들을 이끌고 관 앞으로 나가다가 서량군과 맞닥뜨렸다. 양쪽은 각각 진을 벌려세웠다.

조조가 말을 타고 문기 아래로 가 서량군을 살펴보았다. 사람마다 씩씩하고 굳세 보였으며 모두가 영웅 같았다. 마초를 보니 분을 바른 듯 흰 얼굴에 연지를 바른 듯한 붉은 입술을 하고 있었다. 날씬한 허리에 딱 벌어진 어깨, 그리고 우렁찬 목소리에 힘이 넘치고 날래 보였다. 흰 웃옷에 은으로 만든 갑옷 차림으로 긴 창을 쥐고 말을 탄 채 진 앞에 서 있었다. 위쪽으로는 방덕이, 아래쪽으로는 마대가 있었다.

조조는 속으로 놀라워하며 말을 몰아 앞으로 나가 마초에게 말했다.

"너는 한나라의 이름난 장수의 후손인데 어찌하여 배반하였느냐?"

마초가 이를 뿌드득 갈며 큰소리로 꾸짖었다.

"조조, 이 역적놈아! 너는 임금을 속이고 있는 그 죄만도 죽어 마땅하다! 우리 아버님과 아우들까지 해쳤으니 한 하늘 아래에서는 같이 살 수 없는 원수다. 내 마땅히 너를 사로잡아 네 생살을 뜯어먹고 말겠다!"

마초는 말을 마치기 무섭게 창을 내뻗으며 달려들었다. 조조 뒤에 있던 우금이 뛰쳐나가 맞아 싸웠다. 두 마리 말이 어우러져 싸운 지 8, 9합 만에 우금이 져서 달아났다. 이번엔 장합이 뛰쳐나갔다. 장합은 20합 만에 지고 달아났다. 그러자 이통이 나섰다. 마초는 서두르지 않고 의젓하게 그를 맞았다. 마초는 몇 합 끌지 않고 창을 한 번 내질러 이통을 말 아래로 고꾸라뜨렸다. 그런 뒤 뒤를 돌아보며 창을 들어 신호를 보냈다. 서량군이 한꺼번에 우르르 몰려나왔다. 조조군은 크게 지고 말았다. 서량 군사들이 어찌나 사납고 날랜지 곁에 있는 장수들 모두 막아내지 못했다.

　마초·방덕·마대는 기운을 몰아 말 탄 군사 1백 명 남짓과 함께 바로 적 한가운데로 뛰어들어 조조를 잡으려 했다.

　조조는 어지럽게 싸우는 군사들 틈에 섞여 있었다. 서량 군사들이 외치는 소리가 귓전을 때렸다.

　"붉은 웃옷 입은 놈이 조조다!"

　조조는 말 위에서 급히 웃옷을 벗어버렸다. 다시 외치는 소리가 들렸다.

　"수염 긴 놈이 조조다!"

　조조는 깜짝 놀라 어찌해야 좋을지를 몰랐다. 얼른 정신을 차려 차고 있던 칼로 잽싸게 수염을 잘라버렸다. 군사들 가운데 하나가 조조가 수염 자르는 것을 보고 마초한테 알렸다. 마초는 군사들더러 외치게 했다.

"수염 짧은 놈이 조조다!"

조조는 그 소리를 듣자 곧장 깃발을 찢어 머리를 싸맨 뒤 달아났다.

나중에 어떤 이가 시를 읊었다.

동관에서 싸움에 져 바람 타고 달아났네

너무 급한 맹덕, 비단 웃옷 벗어던지고

칼로 수염까지 잘랐으니 간이 다 녹았으리

마초의 이름은 하늘 높이 오르고 또 올랐다네

조조가 한창 달아나는데 누가 계속 뒤를 쫓아왔다. 돌아보니 마초였다. 조조는 까무러치게 놀랐다. 곁에 있던 장수들은 마초를 보자 저마다 살 궁리만 하느라고 아무도 조조를 돌보지 않았다.

마초가 큰소리를 지르며 바싹 다가왔다.

"조조 이놈, 게 섰거라!"

그 소리에 조조는 어찌나 놀랐던지 말채찍까지 떨어뜨리며 달아났다. 마초가 바로 뒤에서 조조의 등을 노리고 창을 내질렀다. 마침 조조가 나무를 끼고 달아났기에 창은 그만 나무를 찌르고 말았다. 마초가 나무에 꽂힌 창을 급히 잡아

마초가 조조의 등을 노리고 창을 내지르다.

빼는 사이 조조는 저만치 달아났다. 마초는 다시 말을 달려 조조를 쫓았다.

산모퉁이를 도는데 장수 하나가 뛰쳐나오며 소리 질렀다.

"우리 주공을 건드리지 마라! 조홍이 여기 있다!"

조홍이 칼을 휘두르며 말을 달려나와 마초를 가로막았다. 그 틈을 타 조조는 목숨을 건져 달아났다. 조홍과 마초는 서로 어우러져 4, 50합을 싸웠다. 조홍은 갈수록 칼을 쓰는 자세가 흐트러지고 힘이 달리기 시작했다. 마침 그때 하후연이 말 탄 군사 수십 명을 이끌고 달려왔다. 마초는 혼자라는 걸 깨닫고 얼른 말 머리를 돌렸다. 하후연도 그 뒤를 쫓지는 못했다.

조조가 가까스로 영채로 돌아와보니, 조인이 죽기 살기로 영채를 지킨 덕에 군사를 많이 잃지는 않았다.

막사 안으로 들어간 조조는 가슴을 쓸어내리며 한숨을 내쉬었다.

"저번에 조홍을 죽였더라면 오늘 꼼짝없이 마초 손에 잡혀 죽었으리라!"

조조는 조홍을 불러 두터운 상을 내렸다. 이어 싸움에 진 군사들을 갈무리하여 영채를 굳게 지켰다. 도랑을 깊게 파고 방어벽을 높이 쌓았으며, 아무도 나가 싸우지 못하도록 했다.

마초는 날마다 군사를 이끌고 영채 앞으로 와서 욕설을 퍼부어대며 싸움을 걸었다. 그러나 조조는 꼼짝도 하지 않고 군사들더러 굳게 지키고만 있으라 명령했다. 아울러 함부로 움직이는 이는 목을 베겠다고 으름장을 놓았다.

여러 장수들이 조조에게 말했다.

"서량군은 모두 긴 창을 쓰니 우리는 궁노수를 뽑아 싸우면 좋겠습니다."

조조가 말했다.

"싸우느냐 마느냐는 모두 나한테 매여 있지 역적놈들한테 달려 있지 않네. 역적놈들이 긴 창을 가졌다고 해서 어찌 마음대로 찌를 수 있겠는가? 모두들 단단히 지키면서 보고만 있으라. 역적놈들은 저절로 물러가게 되어 있네."

장수들은 그 앞에서 물러나와 수군거렸다.

"승상께서는 싸움이 벌어질 때마다 항상 앞장을 서셨는데, 이번에 마초한테 지고 나서는 엄청 약해지셨네그려."

며칠이 지나자 염탐꾼이 와서 보고했다.

"마초군에 새로 이만 명이 들어왔습니다. 모두 강족들이랍니다."

조조가 그 말을 듣더니 기뻐했다.

장수들이 어리둥절해서 물었다.

"마초가 군사들을 더 데려왔다는데 승상께서는 어인 일

로 기뻐하십니까?"

"내 이기고 나서 나중에 말해주겠네."

사흘 뒤 관 위에 군사가 또 들어왔다는 보고가 들어왔다. 조조는 또 기뻐하며 막사에서 잔치를 벌이며 좋아라 했다. 장수들은 어이없어 속으로 웃기만 했다.

조조가 그런 장수들의 마음을 들여다보기라도 한 듯 한마디 했다.

"내가 마초를 깰 방법이 없는 줄 알고 속으로 비웃는 모양인데, 그렇다면 그대들은 무슨 좋은 방법이라도 있는가?"

서황이 나섰다.

"지금 승상께서는 여기 이렇게 계시고, 역적들은 모두 관 위에 머물고 있습니다. 그렇다면 여기서부터 하서까지는 틀림없이 아무런 준비 없이 뚫려 있습니다. 이런 틈을 타 군사 한 무리를 몰래 보내 포판진을 건너가서 적이 돌아갈 길을 끊게 하십시오. 그런 뒤 승상께서 하북 쪽에서 쳐들어가시면 역적들은 서로 도울 수 없어 크게 무너집니다."

조조가 고개를 끄덕였다.

"그대 말이 바로 내 생각하고 똑같네."

조조는 서황더러 날랜 군사 4천 명을 이끌고 주령과 함께 곧바로 하서로 가서 산골짜기에 숨어 있도록 했다.

"거기서 기다리고 있다가 내가 하북을 건너가면 같이 치도록 하라."

이렇게 명령을 받은 서황과 주령은 먼저 군사 4천 명을 거느리고 몰래 떠났다. 이어 조조는 조홍더러 포판진에 가서 배와 뗏목을 준비하라고 했다. 조인은 남아서 영채를 지키게 하고, 조조 자신은 직접 군사들을 이끌고 위하를 건너기로 했다. 이러한 사실은 염탐군을 통해 마초한테 금세 알려졌다.

마초가 한수에게 말했다.

"지금 조조는 동관을 치지 않고 배와 뗏목을 준비시키고 있습니다. 이건 분명 하북으로 건너가서 우리 뒤를 끊으려고 그럽니다. 제가 군사 한 떼를 몰고 가서 북쪽 언덕을 막아야겠습니다. 그러면 조조군은 건너오지 못하고, 스무 날이 되기 전에 하동의 먹을거리도 떨어질 테니 조조군은 틀림없이 어지러움에 빠지고 맙니다. 그때 하남으로 쳐들어가면 조조를 사로잡을 수 있습니다."

한수가 손을 저었다.

"그럴 필요 없다. 군사 부리는 책에 보면 '강을 건너는 군사는 절반쯤 건넜을 때 치는 게 좋다'라고 했다. 조조군이 절반쯤 건넜을 때 네가 남쪽 언덕에서 들이치도록 해라. 그러면 조조군은 모두 물에 빠져 죽고 만다."

마초가 고개를 끄덕였다.

"작은아버님 말씀이 옳습니다."

마초는 바로 사람을 보내 조조가 언제쯤 강을 건널지를 알아보게 했다.

한편 조조는 군사와 말들을 살핀 뒤 군사를 세 갈래로 나누어 위하를 건너도록 했다. 군사들이 강어귀에 이르렀을 때 해가 떠오르기 시작했다. 조조는 날쌘 군사들을 먼저 북쪽 언덕으로 보내 영채를 세우도록 했다. 조조 자신은 가까이 끌고 다니는 군사 1백 명과 함께 남쪽 언덕에 앉아 칼을 어루만지며 군사들이 강을 건너는 모습을 지켜보았다.

그때 군사 하나가 다가와 보고했다.

"뒤쪽에 흰 웃옷 입은 장군이 왔습니다!"

군사들은 모두 그가 마초임을 알아보고 우르르 배로 몰려들었다. 강가의 군사들은 서로 먼저 배를 타려고 옥신각신하느라 다툼 소리가 그치지 않았다. 조조는 계속 꼼짝도 않고 그대로 앉아 칼만 어루만지며 떠들지 말라고만 했다. 사람들의 외침 소리에 말 울음소리가 들리며 적군들이 벌떼처럼 몰려왔다.

배 위에서 장수 하나가 몸을 날려 언덕 위로 와 다그쳤다.

"적들이 몰려옵니다! 승상께서는 어서 배를 타십시오!"

조조가 보니 허저였다. 조조는 꿈쩍도 않고 중얼거렸다.

"적이 온들 뭐가 무섭겠냐?"

고개를 돌려 바라보니 마초는 어느새 1백 걸음 남짓 가까이 와 있었다. 허저는 조조를 잡아끌어 배를 타려 했다. 그러나 배는 벌써 언덕에서 한 길 남짓 멀어져 있었다. 허저는 조조를 급히 업고 한 번 펄쩍 뛰어 배에 올랐다. 따르던 군사들 모두 물속으로 뛰어든 뒤 뱃전을 잡고 먼저 타려고 다투었다. 작은 배라서 금방 뒤집힐 듯싶었다. 허저는 칼을 마구 휘저었다. 뱃전을 잡고 있던 손들이 잘려 강물 속으로 떨어졌다. 강 아래쪽을 바라고 급히 노를 저어 갔다. 허저는 배 뒤쪽에 서서 바삐 삿대를 놀렸고, 조조는 허저의 다리 밑에 납작 엎드려 있었다.

　　마초가 강언덕에 도착했을 때, 조조를 태운 배는 이미 강을 절반이나 건너가고 있었다. 마초는 활에 화살을 먹이면서 모두들 활을 쏘라 일렀다. 드디어 화살이 빗발치듯 했다. 허저는 조조가 다칠까봐 왼손에 말안장을 틀어잡고 화살을 막아냈다. 마초가 쏘는 화살은 한 대도 빗나가지 않았다. 화살이 날아올 때마다 노를 젓는 군사들이 하나씩 물속으로 곤두박질쳤다. 배 안에 있던 수십 명이 그렇게 화살을 맞고 고꾸라졌다. 그 바람에 배가 중심을 잃고 크게 흔들리며 급한 물살 속에 빨려들어가려 했다. 허저는 혼자서 있는 힘을 다했다. 두 다리 사이에 키를 끼워 방향을 잡고 한 손에는 삿대를, 다른 손에는 말안장을 들고서 조조를 보호했다.

이때 위남 현령 정비는 남쪽 산 위에 있었다. 마초가 조조를 급히 쫓는 걸 보니 조조의 목숨이 위태로워 보였다. 그래서 영채 안에 있던 소와 말을 모두 밖으로 내몰았다. 이에 산과 들은 온통 소와 말로 가득 차버렸다. 서량군들은 이걸 보자 조조를 쫓는 일은 제쳐두고 소와 말을 잡느라 이리저리 정신없이 날뛰었다. 그 덕에 조조는 용케 위기를 벗어날 수 있었다. 북쪽 언덕에 도착하자 조조는 배와 뗏목을 모두 물속에 가라앉혀버렸다.

조조가 강으로 어렵게 도망쳤다는 소리를 듣고 여러 장수들이 구하러 급히 몰려왔다. 그러나 조조는 이미 언덕 위로 올라가 있었다. 허저는 두꺼운 갑옷을 입고 있어서 다행히도 화살이 갑옷을 뚫지 못하고 그대로 꽂혀 있었다. 장수들은 조조를 보호하며 영채로 간 뒤 당에 엎드려 절을 하며 안부를 물었다.

조조가 애써 크게 웃었다.

"오늘 하마터면 별것도 아닌 역적놈한테 혼날 뻔했다!"

허저가 가슴을 쓸어내리며 말했다.

"누군가가 말과 소를 풀어서 역적들을 꾀지 않았으면, 역적들은 틀림없이 어떻게든 강을 건너왔습니다."

조조가 물었다.

"역적들을 꾄 이가 누군가?"

이를 지켜보아 알고 있는 이가 대답했다.

"위남 현령 정비입니다."

조금 뒤 정비가 들어와 인사를 하자 조조가 고마움을 나타냈다.

"공이 좋은 꾀를 생각해내지 못했으면 나는 역적들한테 사로잡히고 말았을 게야."

조조는 그를 전군교위로 삼았다.

정비가 말했다.

"적이 잠깐 물러가기는 했지만 내일 틀림없이 다시 옵니다. 미리 좋은 방법을 생각하셔야 할 듯합니다."

"내 이미 마련해놓았네."

조조는 장수들을 불러모은 뒤 저마다 할일을 일렀다. 먼저 여러 패로 나뉘어 강을 따라 땅을 파고 담을 쌓아 비밀길을 내도록 했다. 그렇게 해서 영채를 더 단단히 하는 울타리 역할도 할 수 있게 했다. 적이 들이칠 경우 군사들은 그길 밖에 있게 하고, 안에는 깃발들을 가득 세워 군사들이 많이 있는 듯이 보이게 하도록 했다. 강언덕에는 구덩이를 여러 군데 파고 눈속임용 나무 울타리를 세운 뒤 강 쪽을 가려놓게 했다.

조조가 명령을 다 내린 뒤 자신 있게 말했다.

"역적들은 급히 달려오다 반드시 구덩이에 빠질 테니 쉽게 잡을 수 있네."

　한편 마초는 돌아가 한수를 만나자마자 아쉬움을 털어놓
았다.
　"조조를 거의 다 잡았는데, 갑자기 장수 하나가 날쌔게 나
타나 조조를 업고 배에 올라타버렸습니다. 도대체 누군지
모르겠습니다."
　한수가 말했다.
　"내 듣기로 조조는 아주 날쌔고 튼튼한 사람만 뽑아서 곁
에 두는데, 아마 호랑이부대라고 한다지. 그 부대를 맡고 있
는 장수는 전위와 허저라고 들었다. 전위는 죽고 없는 사람
이니, 오늘 조조를 구한 이는 틀림없이 허저다. 그 사람은
씩씩함이 뛰어나고 힘이 보통 사람은 따라갈 수 없을 만큼
세서 모두들 호치라고 부른다더라. 만일 그 사람을 만나게
되면 결코 가벼이 대해서는 안 된다."
　"저도 그 이름을 들은 지 오래되었습니다."
　"이제 조조가 강을 건넜으니 우리 뒤를 곧 들이친다. 빨리
덮쳐서 영채를 세우지 못하게 해야 한다. 영채를 세우고 나
면 쉽게 무너뜨리기 어렵다."
　"제 어리석은 생각으로는, 북쪽 언덕을 막아 조조가 강을
건너지 못하게 하면 가장 좋을 듯합니다."

"조카는 영채를 지키고, 내가 군사를 이끌고 강을 따라 조조를 치면 어떻겠느냐?"

"그럼 방덕을 앞장세워 작은아버님 앞에 가도록 하겠습니다."

한수는 방덕과 함께 군사 5만 명을 거느리고 바로 위남으로 갔다. 조조는 장수들더러 길 양쪽에 몰래 숨어 있으면서 적을 꾀어내도록 했다. 방덕이 먼저 단단히 무장한 말 탄 군사를 1천 명 넘게 이끌고 쳐들어갔다. 방덕과 군사들은 외침 소리를 내지르며 달려들었으나 이내 곧 사람이고 말이고 할 것 없이 죄다 구덩이 속으로 빠져버렸다. 그러나 방덕은 몸을 한 번 솟구쳐 구덩이를 빠져나왔다. 반반한 데 서자마자 그 자리에서 몇 사람을 죽이고, 몇 겹으로 둘러싸인 데서 빠져나왔다.

한수는 이미 적에게 둘러싸여 어려움에 빠져 있었다. 방덕이 그쪽으로 걸어가서 구하려 했다. 바로 그때 조인의 부하 장수인 조영과 마주쳤다. 방덕은 한칼에 그를 쳐 말 아래로 고꾸라뜨리고 말을 빼앗아 탔다. 바로 한쪽 길을 뚫고 한수를 구해낸 뒤 동남쪽으로 달아났다. 뒤에서는 조조군이 마구 쫓아왔다. 마침 마초가 군사를 이끌고 달려와서 조조군을 물리치고 다시 군사들을 절반 넘게 구해냈다. 이들은 날이 저물 때까지 싸우다 군사를 거두어 돌아갔다. 사람과 말을 살펴보니 장수 정은과 장횡이 죽었고, 구덩이에 빠져 죽은 군사가 2백 명도 넘었다.

마초는 한수와 의논했다.

"만약 날을 오래 끌다가 조조가 하북에 영채를 세우게 되면 물리치기 어렵습니다. 오늘 밤에 가볍게 무장한 말 탄 군사들을 이끌고 가서 덮치지요."

한수가 말했다.

"그렇다면 군사를 앞뒤로 나누어 서로 돕도록 하는 게 좋겠다."

이리하여 마초 자신은 앞쪽을 맡고, 방덕과 마대는 뒤에서 돕도록 한 뒤 그날 밤 곧장 떠났다.

한편 조조는 군사를 거두어 위하 북쪽에 머물게 한 뒤 장수들을 불러모았다.

"역적들은 틀림없이 우리가 영채를 세우기 전에 쳐들어온다. 사방에 군사를 숨겨놓고 가운데 본부는 비워두어라. 쾅 소리가 울리면 그때 숨어 있던 군사들 모두 일어나라. 그러면 북소리 한 번에 다 사로잡을 수 있다."

장수들은 명령받은 대로 군사들을 숨겨놓았다.

그날 밤 마초는 장수 성의에게 말 탄 군사 30명을 이끌고 먼저 가서 적의 상황을 살펴보게 했다. 성의는 군사와 말이 보이지 않자 바로 본부로 들어갔다. 조조군은 서량군이 온 걸 보자 바로 쾅 소리를 울리며 사방에서 뛰쳐나와 성의가 이끌고 온 30명을 에워쌌다. 성의는 하후연한테 죽고 말았다. 이때 마초는 방덕·마대와 함께 세 길로 군사를 나누어 벌 떼처럼 달려들고 있었다.

군사를 숨겨놓고 적을 기다린 건 좋은 꾀였지만
씩씩한 장수들 앞을 다퉈 달려드니 어떻게 막을 건가

과연 이기고 짐은 어떻게 갈라질는지…….

제59회

마초를 무찌른 조조

허저는 옷을 벗어던진 채 마초와 싸우고
조조는 글씨를 뭉개어 한수를 떼어내다

그날 밤 양쪽 군사는 어지럽게 싸우다 날이 밝아서야 군사를 거두었다. 마초는 군사를 위구에 머물러 있게 하고, 밤낮으로 군사를 나누어 번갈아 공격했다.

조조는 위하에다 배와 뗏목을 쇠사슬로 엮은 배다리 셋을 놓아 남쪽 언덕으로 이어지게 했다. 조인은 군사를 이끌고 와 강 양쪽에 영채를 세우고, 식량과 말먹이를 실은 수레를 길게 이어 붙여 방어벽처럼 만들었다.

이러한 사실을 보고받은 마초는 군사들마다 마른 풀 한 단과 불씨를 준비하게 했다. 그런 뒤 한수와 함께 군사를 이끌고 조조군 영채 앞으로 쳐들어가서 풀더미를 쌓아놓고 불을 질렀다.

조조군은 타오르는 불길을 어찌해볼 수 없어 영채를 버리고 달아났다. 수레와 배다리 모두 불에 타버렸다. 크게 이긴 서량군은 조조군이 위하를 오갈 수 없게 딱 막아버렸다.

조조는 영채를 세우지 못하자 속으로 몹시 걱정을 했다. 그런 마음을 읽은 순유가 말했다.

"위하의 모래흙을 가져다가 흙성을 쌓으면 굳게 지킬 수 있습니다."

조조는 바로 군사 3만 명을 시켜 모래흙을 퍼다 성을 쌓도록 했다.

그러나 마초가 가만있지 않고 방덕과 마대에게 군사 5백 명씩을 거느리고 쉴 새 없이 들락거리며 치도록 했다. 게다가 모래흙이라서 단단하지 않아 쌓자마자 무너져내리기 일쑤였다. 조조는 어찌해야 좋을지를 몰랐다. 9월도 다 끝나가는 무렵이라 날씨는 쌀쌀해지고, 하늘엔 늘 구름이 짙게 끼어 맑게 갠 날이 없었다. 조조가 답답한 마음을 어찌해야 좋을지 몰라 하고 있는데 보고가 들어왔다.

"웬 노인이 승상을 뵙고자 합니다. 드릴 말씀이 있다고 합니다."

조조가 들여보내라고 했다. 학의 뼈대에 소나무 같은 모습으로 생김새가 예사롭지 않았다. 경조 사람으로 종남산에 숨어 살고 있는데, 이름은 누자백이며 도호는 몽매거사라 했다. 조조는 손님 맞는 예의를 갖추어 대했다.

누자백이 말했다.

"승상께서 위하에다 쓸 만한 영채를 세우려 하신 지 벌써 오래된 걸로 압니다. 그런데 어찌하여 마땅한 때를 가려 쌓지 않으십니까?"

"모래흙으로 된 땅이라 쌓는 대로 바로 허물어져버리오. 도인께서 가르쳐주실 만한 좋은 방법이 있으신지요?"

"승상께서 군사는 귀신같이 쓰시면서 어찌하여 하늘의 때는 모르시오? 날마다 짙은 구름이 하늘을 덮고 있는 걸 보니, 이제 북쪽에서 찬바람이 한번 불기만 하면 틀림없이 온갖 것이 다 꽁꽁 얼어붙습니다. 바람이 불면 바로 군사들을 시켜 흙을 나르게 해 물을 뿌리면서 쌓으십시오. 날이 샐 때쯤 되면 흙성이 다 쌓아집니다."

조조는 그제야 크게 깨달았다. 누자백에게 두터운 상을 주었으나 그는 받지 않고 돌아갔다.

그날 밤 북쪽에서 바람이 세차게 불어왔다. 조조는 군사들을 모두 풀어 흙을 져 나르게 하고 물을 길어다 뿌리게 했다. 그런데 물을 담아 나를 그릇이 마땅치 않았다. 하는 수 없어 비단으로 주머니를 만들어 물을 담아다 뿌리게 했다.

마침내 쌓는 대로 바로 얼어붙어 날이 밝을 무렵이 되자 모래와 물이 꽁꽁 얼어붙어 흙성이 다 만들어졌다.

염탐꾼의 보고를 받은 마초는 군사를 거느리고 와서 보고 깜짝 놀랐다. 귀신이 도운 게 아닌가 싶었다.

다음 날 마초는 북을 치며 대군을 몰고 나갔다. 조조가 말을 타고 영채를 나와 맞았다. 허저 한 사람만이 뒤에 서 있었다.

조조가 말채찍을 쳐들며 크게 외쳤다.

"맹덕이 여기 혼자 나왔다. 마초는 나와서 대꾸하라."

마초가 말에 올라 창을 뻗쳐들고 나아가자 조조가 다시 말했다.

"너는 우리가 영채를 못 세우리라 생각했겠지만, 우리는 하룻밤 사이에 하늘의 도움을 받아 쌓았다. 너는 어찌하여 빨리 항복하지 않느냐!"

마초는 크게 화가 났다. 마음 같아선 바로 뛰쳐나가 조조를 사로잡고 싶었다. 그러나 조조 뒤에 눈을 부릅뜨고 무시무시한 칼을 들고서 말에 올라 있는 사람을 보니 망설여졌다. 허저이겠다 싶어 말채찍을 들어 앞을 가리키며 물었다.

"너희 군중에 호랑이 어쩌고저쩌고해서 호후라 불리는 이가 있다던데, 어디 있느냐?"

허저가 칼을 들고 크게 소리쳤다.

"내가 바로 초군의 허저다!"

허저의 눈빛이 어찌나 거센지 사람 눈이 아닌 듯했고 너무나 당당한 모습이어서 마초는 두려움에 움직이지 못하고 말 머리를 돌렸다. 조조도 허저를 데리고 영채로 돌아갔다. 양쪽 군사들 모두 어안이 벙벙한 채 지켜볼 뿐이었다.

조조가 여러 장수들을 돌아보았다.

"음, 역적놈들도 중강이 호후인 줄은 알더구만!"

그때부터 군사들 가운데에서 허저는 호랑이 같은 제후라 하여 호후로 불렸다.

허저가 조조에게 말했다.

"제가 내일은 마초를 꼭 사로잡겠습니다."

조조가 말했다.

"마초는 영리하고 씩씩하니 너무 얕보아서는 안 되네."

"제가 죽을 마음으로 한번 싸워보겠습니다!"

허저는 바로 사람을 시켜 마초에게 싸움을 거는 글을 보냈다. 내일 단둘이 싸워보자고 했다.

마초는 그 글을 보자 화가 치밀어올랐다.

"이놈이 주제넘게 나를 어찌 보고 이러는가!"

마초는 바로 답장을 보냈다. 내일 멍청한 호랑이 호치를 반드시 죽이겠다고 써 보냈다.

다음 날 양쪽 군사들은 영채에서 나와 진을 쳤다. 마초군은 방덕이 왼쪽을, 마대가 오른쪽을 맡았으며, 한수는 가운데를 맡았다. 마초는 창을 뻗쳐들고 진 앞으로 말을 몰고 나가며 소리쳤다.

"호치야, 빨리 나오너라!"

조조가 문기 아래에서 장수들을 돌아보았다.

"마초는 여포 못지않게 용감하다!"

조조의 말이 미처 끝나기도 전에 허저가 칼을 휘두르며 말을 달려나갔다. 마초는 창을 뻗쳐들고 싸울 준비를 하고 있었다. 두 사람은 1백합을 넘게 싸웠으나 이기고 짐을 가르지 못했다. 그 바람에 말이 먼저 지쳤다. 두 사람은 자기 군중으로 돌아가 말을 바꿔 타고 다시 진 앞으로 나왔다. 다시 1백합 남짓 싸웠으나 이기고 짐이 또 갈라지지 않았다. 허저는 애가 탔다. 자기 진으로 쏜살같이 달려가 투구와 갑옷을 다 벗어던졌다. 그러고는 힘줄이 다 드러난 맨몸으로 칼을 집어들고 말에 훌쩍 뛰어오르더니 다시 마초랑 싸우기 위해 달려갔다. 양쪽 군사들은 모두 놀라 멍할 뿐이었다.

다시 싸우기 시작하여 30합쯤 지났을 때 허저가 칼을 쳐들더니 있는 힘을 다해 마초를 향해 내려쳤다. 마초는 살짝 몸을 피하더니 허저의 가슴 한복판을 노리며 창을 내질렀다. 허저는 칼을 내던지고 창을 부여잡았다. 두 사람은 말 위에서 서로 창을 빼앗으려고 힘을 썼다. 허저가 한소리 내

허저가 옷을 벗어던진 채 마초와 싸우다.

지르며 힘을 쓰자 창이 부러져 두 도막으로 나뉘었다. 그때부터 두 사람은 부러진 도막 하나씩을 쥐고 말 위에서 서로 어지럽게 쳤다.

조조는 혹시라도 허저가 실수할까봐 두려워 하후연과 조홍 두 장수를 내보내 양쪽에서 마초를 치게 했다. 조조의 장수들이 거들러 나오자 방덕과 마대는 양쪽에서 말 탄 군사들을 휘몰고 나와 닥치는 대로 마구 짓밟았다. 조조군은 걷잡을 수 없는 어지러움에 빠져 그대로 당하고 말았다. 허저는 팔에 화살을 두 대나 맞았다. 장수들은 급히 영채로 달려 들어가버렸다. 마초는 그대로 흙성 있는 데까지 몰아쳤다. 조조군은 절반이나 되는 수가 죽거나 다쳤다. 조조는 영채 문을 굳게 닫고 나가지 못하게 했다.

마초는 위구로 돌아가 한수를 보자 혀를 내둘렀다.

"저는 여태껏 허저처럼 모질고 억세게 싸우는 놈은 처음 봤습니다. 진짜로 호치더군요."

한편 조조는 꾀를 쓰지 않고서는 마초를 무찌를 수 없다고 생각했다. 그래서 서황과 주령에게 황하 서쪽으로 건너가 영채를 세우고 앞뒤에서 무찌를 준비를 하라는 명령을 몰래 내렸다.

그런 뒤 어느 날 조조가 성 위에 올라가 보니, 마초가 말 탄 군사 수백 명을 거느리고 영채 앞에서 나는 듯이 왔다 갔다 하고 있었다. 조조는 한동안 바라보고 있다가 갑자기 투구를 벗어 땅 위에 내동댕이쳤다.

"저 어린 마가 놈을 죽이지 못하면 난 죽어서 묻힐 땅도 없겠다!"

그 말을 듣자 하후연은 가슴 한복판에서 치밀어오르는 화를 누를 길이 없어 거친 목소리로 내뱉었다.

"제가 싸우다 이 자리에서 고꾸라지더라도 반드시 마가 역적놈을 없애버리겠습니다!"

하후연은 바로 본부 군사 1천 명 남짓을 이끌고 영채 문을 활짝 열어젖히며 뛰쳐나갔다. 조조가 급히 말리려 했으나 붙들지 못했다. 그래서 혹시라도 일이 잘못될까봐 자신도 말을 타고 거들러 나갔다.

마초는 조조군이 몰려오는 걸 보자 곧바로 앞에 있던 군사를 뒤로 돌리고 뒤에 있던 군사를 앞장세워 한 줄로 늘어섰다. 하후연이 가까이 오자 마초가 맞아 싸웠다. 마초는 어지럽게 싸우는 군사들 틈에 조조가 보이자 하후연을 내버려두고 곧장 조조한테 달려들었다. 조조는 깜짝 놀라 말 머리를 돌려 달아났다. 조조군은 어지러이 흩어져 달아나기에 바빴다.

마초가 조조군을 한창 뒤쫓고 있는 그때, 조조군 한 무리가 황하 서쪽에 영채를 세웠다는 보고가 갑자기 들어왔다.

마초는 크게 놀라 뒤쫓는 걸 멈추고 급히 군사를 거두어 영채로 돌아가 한수와 의논했다.

"조조군이 우리의 빈틈을 타 황하 서쪽으로 이미 건너갔다 합니다. 우리는 앞뒤로 적의 공격을 받게 되었습니다. 어찌해야 좋겠습니까?"

부장 이감이 나섰다.

"우리가 빼앗은 땅을 나누어주고 싸움을 잠깐 멈추게 하여 서로 군사를 거두도록 합시다. 겨울 지나고 봄이 오면 그때 다시 계획을 짭시다."

한수가 고개를 끄덕였다.

"이감의 말대로 하는 게 좋겠다. 그렇게 하자."

마초는 머뭇거리며 결정을 내리지 못했다. 그러나 양추와 후선도 나서며 그렇게 하길 권했다. 마침내 마초는 양추에게 조조의 영채로 찾아가 편지를 갖다주도록 했다. 땅을 돌려줄 테니 싸움을 멈추자는 내용이었다.

편지를 받은 조조가 말했다.

"너는 돌아가거라. 내일 사람을 시켜 답장을 보내겠다."

양추가 인사를 하고 돌아가자 가후가 들어와 조조에게 물었다.

"승상께서는 어떻게 하실 생각이십니까?"

조조가 되물었다.

"공의 생각은 어떻소?"

"싸움에서는 속임수도 마다하지 않는다 했습니다. 그러니 거짓으로 따르는 척하십시오. 그런 다음 사이를 벌어지게 하는 꾀를 써서 한수와 마초가 서로 의심하게 만들어놓으면 북소리 한 번에 깨부술 수 있습니다."

조조가 손뼉을 치며 웃었다.

"천하의 높은 생각은 서로 들어맞는 경우가 많다더니, 지금 공의 꾀는 내가 마음속에 품고 있던 그대로요."

조조는 서서히 군사를 거둔 다음 황하 서쪽을 돌려주겠다는 내용의 답장을 써서 보냈다. 그런 뒤 배다리를 만들며 군사를 거두는 준비를 하는 것처럼 보이게 했다.

마초는 조조가 보낸 답장을 본 뒤 한수에게 말했다.

"조조가 비록 싸움을 그치는 일을 받아들이긴 했지만, 워낙 간사스런 사람이라 그 속을 알 수가 없습니다. 준비를 하지 않고 있다가는 자칫 속아넘어가게 될지도 모릅니다. 저와 작은아버님께서 군사를 번갈아 이끌고 가서 지켜보지요. 오늘 작은아버님께서는 조조 쪽으로 가십시오. 저는 서황이 있는 데로 가보겠습니다. 내일은 바꿔서 제가 조조를 맡을 테니 작은아버님께서는 서황을 맡으십시오. 이렇게라도 해서 조조가 엉뚱한 생각을 못 내도록 미리 준비를 해야겠습니다."

한수 역시 그렇게 하자고 했다.

염탐꾼을 통해 이러한 사실을 바로 알게 된 조조가 가후를 보고 고개를 끄덕였다.

"우리 뜻대로 일이 되어가는군!"

조조가 보고하러 온 이를 보고 물었다.

"내일은 누가 나 있는 데로 온다고?"

"한수가 옵니다."

다음 날 조조는 군사를 이끌고 영채를 나갔다. 조조는 양쪽으로 장수들이 둘러싸고 따르게 함으로써 말을 타고 가운데에 있는 자신을 돋보이게 했다. 한수의 군사들은 조조를 아직 보지 않은 이들이 많아, 조조라는 사람을 한 번 보기 위해 진 앞으로 나와 쭈뼛거렸다.

그걸 본 조조가 큰소리로 말했다.

"너희들이 조공을 보고 싶어 그러느냐? 나 역시 사람이다. 눈이 네 개인 것도 아니고 입이 두 개인 것도 아니다. 다만 남보다 슬기로운 꾀를 좀 더 가지고 있을 뿐이다."

군사들은 주눅이 들어 얼굴에 두려운 빛이 돌았다.

조조가 한수에게 사람을 보내 말하게 했다.

"승상께서 한장군과 하실 말씀이 있답니다."

한수는 바로 진 앞으로 나가 살펴보았다. 조조는 갑옷 차림도 아니고 무기도 들고 있지 않았다. 이에 한수는 자신도 갑옷을 벗고 가벼운 옷차림으로 말을 타고 나갔다. 두 사람은 말 머리를 나란히 하고 이야기를 시작했다.

조조가 먼저 입을 열었다.

"나는 오래전 장군의 아버님과 함께 효렴에 뽑혔었소. 그때 나는 어르신을 작은아버지처럼 섬겼고, 벼슬길도 같이 나갔었소. 세월이 얼마나 흘렀는지 모르겠구려. 장군이 올해 몇이오?"

한수가 대답했다.

"마흔이오."

"옛날에 도성에 있을 때는 모두 젊디젊었는데 어느새 중년이 되어버렸구려! 어느 때나 되어야 세상이 편안해져 함께 즐길 수 있을는지!"

조조는 옛날 일만 늘어놓을 뿐 군사 관련 이야기는 한마디도 꺼내지 않았다. 이야기가 끝나자 조조는 큰소리를 내어 웃기까지 했다. 거의 두어 시간이 지나서야 두 사람은 헤어져 말 머리를 자기 영채 쪽으로 돌렸다. 이 사실은 바로 마초한테 알려졌다.

마초가 한수한테 급히 달려와 물었다.

"오늘 진 앞에서 조조와 무슨 얘기를 나누셨습니까?"

"옛날에 도성에서 지내던 얘기만 했다."

"군사 얘기는 왜 하지 않으셨습니까?"

"조조가 꺼내지 않는데 나 혼자 뭐라 하겠느냐?"

마초는 뭔가 께름칙했으나 더 묻지 않고 물러났다.

영채로 돌아간 조조는 바로 가후를 불렀다.

"공은 내가 진 앞에서 이야기를 나눈 까닭을 아시오?"

가후가 대답했다.

"그렇게 하신 것도 좋긴 합니다만, 그 정도로 두 사람을 갈라놓기는 어렵습니다. 제가 생각해놓은 게 하나 있습니다. 그대로만 하면 한수와 마초는 서로 원수가 되어 죽이려 들 터입니다."

조조가 그게 뭔지 묻자 가후가 대답했다.

"마초는 씩씩하기는 하나 비밀스럽게 이루어지는 일은 잘 살피지 못합니다. 일단 승상께서 한수한테 보내는 편지를 한 통 쓰십시오. 군데군데 글씨가 뚜렷하게 보이지 않게도 해놓으시고, 중요한 대목은 일부러 덧칠을 하신 뒤 다시 쓰기도 하십시오. 그런 뒤 단단히 붙여 한수한테 보내신 뒤 마초가 그 사실을 알게 하십시오. 그러면 마초는 반드시 그 편지를 보고자 합니다. 중요한 대목마다 고쳐 쓴 걸 보면 마초는 한수를 의심하겠지요. 뭔가 비밀스러운 게 있어 한수가 내용을 뜯어고쳤다고 말입니다. 마초는 단둘이 무슨 이야기를 나누었나 궁금해하고 있을 터라 의심하는 마음이 더 들겠지요. 그렇게 되면 두 사람 사이는 반드시 걷잡을 수 없는 상태에 빠집니다. 그때 한수의 부하들한테 손을 뻗어 들쑤셔놓으면 마초를 없앨 수 있습니다."

조조가 손으로 무릎을 탁 쳤다.

"그 생각 한번 기가 막히오."

조조는 바로 편지 한 통을 썼다. 중요한 대목은 덧칠하여 지운 자국을 낸 뒤 다시 썼다. 편지를 다 쓰자 단단히 붙인 뒤 일부러 여러 사람이 한수의 영채를 다녀오게 했다.

이 일은 곧바로 마초한테 알려졌다. 마초는 더욱 의심스 런 마음이 들어 한수한테 와서 편지를 보자고 했다. 한수가 편지를 내놓았다. 마초는 편지를 훑어보았다. 글자가 군데 군데 고쳐지고 덧칠이 되어 있었다. 이상한 생각을 숨길 수 없어 한수에게 대뜸 물었다.

"어째서 지우고 다시 쓴 자국이 이토록 많습니까?"

한수가 대답했다.

"원래 그런 꼴로 왔다. 왜 그런지는 나도 모르겠다."

"연습하느라 써본 편지를 그대로 보낼 리 있겠습니까? 작은아버님, 제가 뭔가 자세한 내용을 알까봐 미리 지우지 않으셨습니까?"

"조조가 연습으로 쓴 걸 모르고 그냥 넣어서 보냈는지도 모르지."

"말도 안 되는 소리입니다. 조조는 아주 꼼꼼한 사람입니다. 그런 사람이 잘못 보낼 수 있겠습니까? 저와 작은아버님께서는 힘을 모아 역적 조조를 죽이기 위해 애썼습니다. 그런데 어찌하여 딴마음이 생기셨습니까?"

"네가 내 말을 못 믿겠으면 내일 내가 진 앞으로 조조를 불러내 얘기를 나눌 테니 너는 진 안에 있다가 뛰쳐나와 한 창에 찔러 죽여버려라."

"그렇게 해주신다면 작은아버님의 참마음을 알 수 있겠습니다."

두 사람은 그렇게 하기로 약속했다.

다음 날 한수는 후선·이감·양흥·마완·양추 등 다섯 장수를 거느리고 진을 나섰다. 마초는 진 문 뒤에 숨어서 지켜보았다.

한수가 조조 영채 앞으로 사람을 보내 소리치도록 했다.

"한장군께서 승상께 드릴 말씀이 있답니다."

조조는 조홍더러 말 탄 군사 몇십 명을 이끌고 진 앞으로 나가 한수를 만나보게 했다. 조홍은 몇 발자국 떨어진 데까지 다가간 뒤 말 위에서 몸을 굽히고 말했다.

"어젯밤 승상께서 장군께 하신 말씀 그르치지 않도록 하시랍니다."

조홍은 그 말만 하고 얼른 말 머리를 돌리더니 돌아가버렸다.

마초는 그 말을 듣자 화가 잔뜩 치솟아올라 창을 뻗쳐들고 말을 몰고 나가 한수를 찌르려 했다. 다섯 장수가 막으며 뜯어말려 겨우 영채로 돌아갔다.

한수가 말했다.

"조카는 의심 말라. 나는 딴마음 먹은 거 하나도 없다."

그러나 마초는 한수가 무슨 말을 하든 도무지 믿을 수가 없었다. 마침내 마초는 원망스런 마음만 잔뜩 품은 채 돌아갔다.

한수가 다섯 장수들을 돌아보았다.

"도대체 이 일을 어떻게 풀어야 좋겠는가?"

양추가 말했다.

"마초는 자신의 무예와 씩씩함만 믿고 속으로 주공을 너무 깔보고 있습니다. 조조한테 이기더라도 주공께 양보하지 않습니다. 제 어리석은 생각으로는 차라리 조공께 몰래 항복해서 나중에 제후 자리나 잃지 않도록 하시지요."

한수가 고개를 저었다.

"나는 마등과 의형제까지 맺은 사이인데 내 어찌 배반할 수 있단 말인가?"

양추가 다시 말했다.

"일이 이미 이렇게 되었으니 어쩔 수 없습니다."

"그럼 누가 이런 생각을 알리겠는가?"

양추가 선뜻 나섰다.

"제가 가겠습니다."

한수는 양추에게 비밀 편지 한 통을 써주며 조조한테 가서 항복하는 일을 의논하도록 했다.

조조는 크게 기뻐하며 한수를 서량후로 삼고, 양추에게는 서량 태수 자리를 약속했으며, 그 밖의 사람들에게도 벼슬자리를 하나씩 안겼다. 이어 불을 지르는 걸 신호 삼아 마초를 치기로 했다. 양추는 절을 하며 고마움을 나타낸 뒤 돌아가 한수에게 보고했다.

"오늘 밤에 불을 질러 신호로 삼고 안팎에서 마초를 함께 치기로 했습니다."

한수는 크게 기뻐하며 군사들더러 본부 막사 뒤에 마른 나무를 쌓아놓게 하고 다섯 장수는 칼을 들고 있도록 했다. 술자리를 마련하여 마초를 불러낸 뒤 그 자리에서 해치우자는 의견도 있었으나 한수는 결정을 내리지 못했다.

그러나 미처 생각지 못한 일이 일어났다. 마초가 이미 이런 계획을 알아채고 가까운 장수 몇 명과 함께 칼을 들고 먼저 달려왔다. 방덕과 마대는 뒤에서 돕도록 해놓았다. 마초는 발걸음을 죽이며 한수의 막사로 갔다. 가만 들여다보니 다섯 장수와 한수가 비밀스런 이야기를 나누고 있었다.

양추의 목소리가 들려왔다.

"꾸물거리다가는 일을 그르칠 수 있습니다. 빨리 서둘러야 합니다!"

마초는 잔뜩 화가 나서 칼을 휘두르며 뛰어들어가 소리쳤다.

"이런 못된 도둑놈들 같으니라고! 겁도 없이 나를 해치려하다니!"

모두들 너무 놀라 어찌해야 할지를 몰랐다. 마초가 칼을 들어 한수의 머리를 노리고 내려쳤다. 한수는 급히 왼손을 들어 막았다. 그 바람에 팔이 싹둑 잘려나갔다. 그제야 다섯 장수들이 칼을 휘두르며 마초에게 덤벼들었다. 마초가 막사 밖으로 뛰쳐나가자 다섯 장수가 둘러쌌다. 마초는 보배 칼을 휘두르며 혼자서 다섯 장수와 싸웠다. 칼날이 번쩍이자 붉은 피가 마구 튀었다. 마완과 양홍이 칼을 맞고 고꾸라졌다. 나머지 세 장수는 틈을 타 달아났다.

마초는 한수를 죽이려고 다시 막사로 들어갔다. 이미 한수는 아랫사람의 도움을 받아 달아나고 없었다. 바로 그때 막사 뒤에서 불길이 치솟으며 영채에 있던 군사들이 죄다 뛰쳐나왔다. 마초는 서둘러 말에 올라탔다. 방덕과 마대가 도착해 어지러운 싸움을 벌이고 있었다.

마초는 군사를 이끌고 무찌르며 밖으로 나왔다. 조조군이 사방에서 몰려오고 있었다. 앞은 허저가, 뒤는 서황이, 왼쪽은 하후연이, 오른쪽은 조홍이 맡고 있었다. 서량군은 자기네들끼리 싸우느라 정신이 없었다. 마초는 방덕과 마대가 보이지 않자 말 탄 군사 1백 명쯤과 함께 위하 다리로 가서 길을 막았다.

날이 밝아오고 있었다. 이감이 군사 한 무리를 이끌고 다리 밑을 지나가는 게 보였다. 마초는 창을 꼬나잡고 말을 달렸다. 이감은 창을 끌며 달아났다. 바로 그때 마초 뒤를 쫓아온 우금이 마초를 보고 활을 쏘았다. 마초는 등 뒤에서 활 소리가 나자 급히 몸을 굽혀 화살을 피했다. 화살은 앞에 가던 이감을 맞혔다. 이감은 말에서 떨어져 죽었다. 마초가 말 머리를 돌려 우금에게 달려들자 우금은 말을 빨리 달려 달아났다. 마초는 다시 다리 위로 돌아가 지켰다.

그 사이 조조군이 앞뒤에서 몰려왔다. 호랑이부대가 앞장을 서서 마초에게 화살을 어지럽게 쏘아 날렸다. 마초가 창을 휘저어 화살을 막아내자 바닥에 흩날리듯 떨어졌다. 마초는 부하들에게 왔다 갔다 하며 무찌르도록 했다. 그러나 조조군이 워낙 두텁게 둘러싸고 있어 뚫고 나갈 수가 없었다. 마초는 다리 위에서 소리를 크게 내지르며 강 북쪽으로 치고 나갔다. 부하 군사들은 길을 뚫지 못해 하나도 빠져

나오지 못했다. 마초는 혼자서 이리 뛰고 저리 뛰며 적을 무찔렀다. 그러나 어디선가 날아온 화살이 말을 고꾸라뜨리는 바람에 마초도 같이 땅바닥에 내동댕이쳐졌다. 조조군이 마구 몰려들었다. 매우 위험한 순간이었다. 바로 그때 서북쪽에서 날쌘 군사 한 무리가 들이닥쳤다. 방덕과 마대가 이끄는 군사들이었다. 두 사람은 마초를 구해낸 뒤 군중에서 말 하나를 내어 마초를 태웠다. 그런 다음 몸을 돌려 적들을 마구 무찔러 길을 뚫고 서북쪽으로 달아났다.

조조는 마초가 꽁꽁 에워싼 데를 뚫고 달아났다는 보고를 받자 장수들에게 명령을 내렸다.

"밤낮없이 어린 마가 놈을 쫓아가도록 하라. 머리를 가져오는 이에게는 천금을 상으로 내리고 만호후로 삼겠다. 사로잡아오는 이는 대장군으로 삼으리라."

장수들은 저마다 공을 세우려고 다투어 뒤를 좇았다. 마초는 사람과 말 모두 지쳐 허덕여도 그대로 달아나지 않을 수 없었다. 말 탄 군사들은 점점 떨어져나가고, 일반 군사들은 거의 적에게 사로잡히고 말았다. 마초는 말 탄 군사 30명 남짓을 거느리고 방덕·마대와 함께 농성의 임조를 바라고 달아났다.

조조는 직접 마초의 뒤를 쫓아 안정까지 갔다. 그러나 마초가 이미 멀리 달아났기에 군사를 거두어 장안으로 돌아갔다. 장수들도 그리 모여들었다.

한수는 왼손이 잘려나가 꼴이 말이 아니었다. 조조는 그에게 장안에서 군사를 거느리며 쉬라 이른 뒤 서량후 자리를 주었다. 양추와 후선에게도 열후의 자리를 주며 위구를 지키도록 했다.

조조가 군사를 거두어 허도로 돌아간다는 명령을 내렸다. 그때 자가 의산인 양주 참군 양부가 장안으로 조조를 찾아왔다. 조조가 무슨 일로 왔는지 묻자 양부가 대답했다.

"마초는 여포만큼 씩씩한 사람인데다 강족들도 마음 깊이 따르고 있습니다. 승상께서는 내친김에 완전히 뭉개버리도록 하십시오. 이대로 두면 언젠가는 힘을 다시 길러 농서의 여러 고을을 나라의 땅이 되지 않도록 해버릴지도 모릅니다. 부디 승상께서는 지금 군사를 거두지 마십시오."

조조가 말했다.

"나도 군사를 더 있게 하면서 치고 싶지만, 중원에 일이 많고 남쪽 또한 아직 가라앉히지 못해서 오래 머무를 수가 없네. 그대가 나를 위해 잘 지켜주게."

양부가 그 말뜻을 받아들이면서 위강을 양주 자사로 추천했다. 그와 함께 군사를 이끌고 기성에 머물며 마초를 막겠다고 하자 조조가 그렇게 하라고 했다.

양부는 떠나기 전에 다시 조조를 찾아왔다.

"장안에 반드시 군사를 많이 남겨두어 뒤에서 돕도록 해주십시오."

"내 이미 마음먹고 있으니 그대는 마음 놓게."

양부가 인사를 하고 돌아가자 장수들이 조조에게 물었다.

"처음에 역적들이 동관을 차지했을 때 위하 북쪽 길은 빈틈이 많았습니다. 그런데 승상께서는 하동으로 해서 풍익으로 쳐들어가지 않으시고 동관을 지키며 시간을 끄셨습니다. 그러다 나중에서야 북쪽으로 건너가 영채를 세우고 군게 지키도록 하셨습니다. 왜 그러셨는지요?"

조조가 대답했다.

"처음에 역적들이 동관을 지키고 있을 때 내가 거기 이르자마자 바로 하동으로 갔다면, 역적들은 틀림없이 영채를 각 나루터마다 세워 지켰겠지. 그랬으면 하서로 건너가지 못했네. 그래서 나는 대군을 동관 앞에 모아놓고 역적들이 남쪽만 지키게 애를 쓰게 하고 하서는 미처 손을 쓸 생각을 못 내게 했네. 그렇게 했기에 서황과 주령이 강을 건널 수 있었네. 그 뒤 내가 군사를 이끌고 북쪽으로 건너가서 수레를 잇대어놓고, 나무 울타리를 세우고, 비밀 길을 만들며 얼음성까지 쌓은 건 적들이 우리를 가벼이 보고 우쭐해서 준비를 하지 않도록 하기 위해서였네. 그런 뒤 사이가 벌어지게 하는 꾀를 기가 막히게 쓰면서 그동안 모아놓았던 군사들의 힘을 쏟아부어 한 번에 무찔렀네. 이는 바로 천둥소리에 미처 귀 막을 틈도 주지 않은 셈이었네. 싸움을 이끄는 방법은 하나만 있지 않네."

장수 가운데 한 사람이 또 물었다.

"승상께서는 역적들의 군사가 늘어날 때마다 오히려 좋아하셨습니다. 왜 그러셨는지요?"

"관중은 외진 데라 수많은 역적들이 저마다 험한 길목을 하나씩 차지하고 지킨다면 한두 해 안에 다 무찌르기 어렵네. 모두 한곳에 모이면 수는 많아도 한마음으로 뭉치기는 어려워서 사이를 벌어지게 하기 쉬워 한 번에 쳐버릴 수 있으니 좋아했네."

장수들이 혀를 내두르며 절을 했다.

"승상의 귀신같으신 꾀는 아무도 따르지 못하겠습니다!"

"여러분들이 꾀로, 힘으로 다 도와준 덕일세."

조조는 모든 군사들에게 상을 두터이 내렸다. 이어 하후연더러 군사를 거느리고 장안에 머물게 하고, 항복한 적군들은 부대마다 알맞게 나누었다.

하후연이 풍익 고릉 사람으로 자가 덕용인 장기를 추천했다. 조조는 그를 경조윤으로 삼아 하후연과 함께 장안을 지키도록 했다.

조조가 군사를 거두어 돌아가니, 황제는 수레를 타고 직접 성 밖으로 나가 맞이한 뒤 조서를 내렸다. 조조가 황제를 뵐 때 절을 하며 이름을 대지 않아도 되고, 조정에 들고 날 때 재게 걷지 않아도 되며, 칼을 차고 신발을 신은 채 궁전에 들어올 수 있게 한다는 내용이었다. 이는 옛날 한나라 재상인 소하가 받은 대접이다. 이리하여 조조의 힘은 천하에 널리 떨치게 되었다.

이러한 소식이 한중에까지 전해지자 한녕 태수 장로는 깜짝 놀랐다. 장로는 원래 패국 풍 땅 사람으로, 할아버지인 장릉이 서천 곡명산에서 도술책을 만들어낸 뒤 사람들을 홀렸다. 많은 사람들이 그를 따랐다. 장릉이 죽은 뒤엔 아들인 장형이 그 뒤를 이었다. 도술을 배우고자 하는 사람이 있으면 쌀 다섯 말을 내게 한 까닭에 세상 사람들은 그를 쌀도적이라 불렀다.

장형이 죽자 장로가 그 뒤를 이었다. 장로는 한중에 자리를 잡고 앉아 스스로를 사군이라 일컬었다. 도술을 배우러 오는 이는 귀졸이라 했고, 그 가운데 우두머리는 좨주라 하였으며, 이 무리를 많이 거느리는 이는 치두대좨주라 하였다. 장로는 성실과 믿음을 그 첫째로 하여 속임과 거짓을 내쳤다.

병에 걸린 이가 있으면 곧장 단을 쌓고 조용한 방에 들어가 자기 잘못을 스스로 깨닫게 하여 반성을 시켰다. 그런 뒤 기도를 올렸는데, 기도를 맡아보는 이를 간령좨주라 하였다. 기도할 때는 먼저 환자의 이름을 쓴 뒤 죄에 대해 벌을 받는다는 뜻이 담긴 글을 세 통 쓰게 했다. 이를 삼관수서라 했다. 한 통은 산꼭대기에 가져가 하늘을 맡은 이인 천관에게 알리고, 한 통은 땅에 묻어 땅을 맡은 이인 지관에게 알리며, 한 통은 물에 집어넣어 물을 맡은 이인 수관에게 알렸다. 이렇게 한 뒤 병이 나으면 쌀 다섯 말을 고마운 뜻으로 내게 했다.

또 의로운 집이라는 걸 지어놓았다. 그리고 그 안에는 밥 지을 쌀과 땔감과 고기 등을 마련해두고서 오가는 이들이 스스로 알아서 먹게 하였다. 욕심 부리는 이에게는 하늘이 벌을 내린다고 했다. 자기네들 울타리 안에서 죄를 지으면 세 번까지는 용서해주었다. 그래도 고쳐지지 않으면 형벌을 내렸다. 어디든 이를 맡아보는 벼슬아치 없이 좨주가 맡아서 했다.

이렇게 장로가 한중에 둥지를 틀고 앉은 지 30년이 되었으나 나라에서는 워낙 멀리 떨어져 외진 데라 무찌르지 못했다. 그래서 장로에게 진남중랑장이라는 벼슬을 주며 한녕 태수를 아울러 맡아보도록 하면서 나라에 공물만 바치도록 했다.

장로는 조조가 서량군을 무찌르고 천하에 힘을 떨친다는 소식을 듣자 아랫사람들을 불러모았다.

"서량의 마등이 죽고, 마초도 이제 졌으니, 틀림없이 조조는 우리 한중을 노리리라. 내 스스로 한녕왕이 되어 군사를 거느리고 나가 조조를 막을까 하는데, 여러분들 생각은 어떠한가?"

염포가 나섰다.

"한중의 백성은 이미 십만 가구가 넘습니다. 재물과 먹을거리도 넉넉하며 사방이 험하기 짝이 없습니다. 이번에 마초가 지는 바람에 서량 백성들 가운데 자오곡에서 우리 한중으로 들어온 이가 수만 명입니다. 어리석은 제 생각으로는 익주의 유장이 흐리터분하고 약해빠졌으므로 먼저 서천 마흔한 고을을 빼앗아 밑자리로 삼은 뒤 왕이라 일컬어도 늦지 않습니다."

장로는 크게 기뻐하며 곧바로 아우인 장위와 함께 군사 일으킬 일을 의논했다. 그러나 이러한 소식은 염탐꾼에 의해 일찌감치 서천으로 알려졌다.

익주목 유장의 자는 계옥인데 유언의 아들이요, 하나라 노공왕의 후손이다. 장제 원화 때 노공왕이 경릉으로 옮겨 온 까닭에 후손들이 거기 살게 되었다. 나중에 유언은 벼슬이 익주목에 이르렀으나, 흥평 첫해에 등에 큰 부스럼이 나

죽고 말았다. 이에 고을의 높은 벼슬아치인 조위 등이 유장을 익주목으로 떠받들었다.

유장은 장로의 어머니와 아우를 죽인 일이 있어 장로와 원수 사이였다. 그래서 유장은 방희를 파서 태수로 삼아 장로를 막아왔다. 장로가 서천을 치기 위해 군사를 일으키려 한다는 사실은 방희가 깔아놓은 염탐꾼이 알아냈다. 방희는 그 사실을 듣자마자 부리나케 유장에게 보고했다.

유장은 본디 약해빠진 사람이라 이런 소식을 받자 가슴이 탁 막히며 걱정이 되기 시작했다. 서둘러 뭇 벼슬아치들을 불러모아 의논을 하는데, 갑자기 한 사람이 앞으로 나섰다.

"주공께서는 마음 푹 놓으십시오. 제가 비록 재주는 보잘것없지만 세 치 혓바닥을 놀려 장로가 섣불리 우리 서천 땅을 넘겨다보지 못하게 하겠습니다."

촉 땅의 모사가 나선 까닭에
형주 호걸이 오게 되는구나

과연 이 사람은 누구인지…….

제60회

서촉은 어디로

장송은 도리어 양수를 나무라고
방통은 서촉을 빼앗을 계획을 내놓다

유장에게 방법이 있다고 한 사람은 익주별가 장송으로 자는 영년이었다. 이 사람은 이마가 톡 튀어나오고 머리통은 뾰쪽했으며, 코가 짓눌렸고 이는 뻐드러진 모습에 키는 5자도 안 되었다. 그러나 목소리는 종이 울리듯 쩌렁쩌렁했다.

유장이 물었다.

"별가는 어떤 좋은 방법으로 장로가 못 쳐들어오게 하겠다는 게요?"

장송이 대답했다.

"제가 들으니 허도의 조조는 중원을 싹 쓸어서 여포를 비롯해 두 원씨를 없애버린 데 이어 요즘에는 마초까지 깨부수어 천하에 그 사람을 해볼 사람이 없다 합니다. 주공께서는 조조한테 바칠 선물을 좀 마련해주십시오. 제가 허도로 가서 조조더러 군사를 일으키게 해 한중을 쳐 장로를 없애버리도록 하겠습니다. 그러면 장로로서는 쳐들어온 적을 막기에도 바쁠 텐데 어느 틈에 우리를 넘겨다보겠습니까?"

유장이 크게 기뻐하며 황금과 구슬과 비단 따위를 갖다 바칠 선물로 마련하여 장송에게 주며 떠나도록 했다. 장송은 몰래 서천 지도를 그려 감춘 다음 아랫사람 몇만 데리고 허도로 떠났다.

이러한 사실은 염탐꾼을 통해 바로 형주에 보고되었다. 제갈량은 곧장 사람을 허도로 보내 소식을 알아보게 했다.

장송은 허도에 도착하자마자 숙소에 머물며 날마다 승상부로 가서 조조를 만나러 왔다고 했다. 그러나 조조는 마초를 깨고 돌아온 뒤부터는 더욱 뻐기며 거들먹거렸다. 하는 일이라곤 날마다 잔치나 열어 먹고 마시는 거였으며, 밖에 나가지도 않고 나랏일도 승상부에 앉아 처리했다. 장송은 사흘 만에야 겨우 조조한테 이름을 댈 수 있었다. 그것도 조조를 모시는 이들에게 뇌물을 바치고서야 이루어진 일이었다.

조조가 높다란 데에 앉아 있다가 장송이 절을 하자마자 물었다.

"네 주인 유장은 벌써 여러 해째 공물을 바치지 않는데 어찌 된 일이냐?"

장송이 대답했다.

"길이 워낙 험한데다 도적 떼들이 자주 나타나서 쉽게 올 수가 없어서 그랬습니다."

"내가 중원을 깨끗이 쓸어버렸는데 웬 도적이 있다고 그러느냐?"

"남쪽에는 손권이 있고, 북쪽에는 장로가 있으며, 서쪽에는 유비가 있습니다. 저마다 군사가 적다 해도 십만 명을 거느리고 있습니다. 그러니 어찌 편할 수가 있겠습니까?"

조조는 장송을 처음 보았을 때 생김새가 워낙 꼴불견이어서 마음에 들지 않았다. 그런데 버르장머리 없이 마구 쏟아내는 말을 들으니 비위가 거슬려 그대로 소매를 떨치며 자리에서 일어나 뒤채로 들어가버렸다.

곁에 있던 이들이 장송을 나무랐다.

"그대는 심부름 온 사람이 어찌 예의도 모르고 말을 함부로 지껄이오? 승상께서 먼 길을 찾아온 걸 생각해서 벌을 내리지 않으셨으니 그나마 다행으로 아시오. 이제 그만 빨리 돌아가시오!"

장송이 빙그레 웃었다.

"우리 서천에는 듣기 좋은 말만 내뱉으며 알랑거리는 이가 없소.”

그때 갑자기 뜰아래에서 한 사람이 크게 소리를 지르며 나섰다.

“그대의 서천에는 알랑거리는 이가 없다고 했는데, 그럼 우리 중원에는 알랑거리는 이가 있다는 말이오?”

장송이 그 사람을 쳐다보았다. 옅은 눈썹에 가는 눈을 하고 낯빛이 깨끗했는데 맑아 보였다. 장송은 그가 누군지 궁금했다. 바로 태위 양표의 아들인 양수로 자는 덕조였다. 지금 승상부의 장고주부 자리를 맡고 있었다. 널리 배운 게 많고 말솜씨가 좋으며, 슬기로움도 갖추고 있는 사람이었다. 장송은 그가 말깨나 하는 사람인 듯싶어 한번 눌러놓고 싶은 마음이 일었다. 양수는 자기 재주를 지나치게 믿어 세상의 선비들을 우습게 여기고 있었다. 양수는 장송이 내뱉는 말에 비꼬는 티가 들어 있는 걸 얼른 알아차렸다. 그래서 그를 끌고 바깥으로 나와 서원으로 들어갔다. 손님과 주인 자리로 나누어 앉고 나자 양수가 말했다.

“촉 땅은 길이 험하다던데, 멀리 오시느라 고생이 많았소.”

장송이 대답했다.

“주인의 명령을 받으면 끓는 물 속이든 타는 불 속이든 두려워도 가지 않을 수 없소.”

“촉은 어떤 곳이오?”

"촉은 서쪽에 있는 고을로 옛날에는 익주라 하였소. 길은 금강이 있어 험하고, 땅은 검각에 이어져 보기에도 굉장합니다. 둘레는 이백팔 정이요, 가로세로 거리는 삼만 리 남짓 됩니다. 닭 우는 소리, 개 짖는 소리가 들리지 않는 곳이 없을 정도로 저잣거리와 마을이 계속 이어져 있소. 밭이 기름지고 홍수와 가뭄이 들지 않아 나라 살림은 넉넉하고 백성들도 잘 살아 풍악 소리가 그치지 않습니다. 거기서 나는 온갖 것들이 산처럼 쌓일 정도니, 세상에 그만한 곳이 없지요!"

양수가 또 물었다.

"그럼 촉에서 뛰어난 사람들은 누구누구요?"

양수가 자리를 고쳐 앉았다.

"문장으로는 상여의 글이 뛰어나고, 무예가 뛰어난 이로는 복파가 있으며, 의술은 중경이 뛰어나고, 점을 잘 치는 이로는 군평이 있소. 온갖 갈래로 나누어보자면 저마다 빼어난 사람이 하도 많으니 하나하나 다 들 수도 없소!"

"그렇다면 지금 유계옥 밑에는 공과 같은 사람이 몇이나 있소?"

"문장과 무예를 제대로 갖추고, 슬기로움과 씩씩함을 아울러 지니고서, 충성스러움과 의로움이 넘치는 사람은 백 명도 넘습니다. 나처럼 재주 없는 사람은 수레에 싣고 말로 될 정도로 많으니 이루 헤아릴 수도 없소."

"공은 지금 어떤 벼슬을 살고 있소?"

"나는 분에 넘치게도 별가 자리를 맡고 있으나, 본디 재주가 없어 맡은 일을 제대로 못 해내고 있소. 공은 지금 나라에서 어떤 벼슬을 맡고 있소?"

"승상부의 주부로 있소."

"공의 집안은 대대로 높은 벼슬자리를 이어왔다고 알고 있소. 그런데 어찌하여 조정에서 황제를 모시지 않고 남세스럽게 승상부에서 하잘것없는 일이나 맡아보고 있소?"

그 말을 듣자 양수는 얼굴이 화끈거렸다.

그러나 애써 낯빛을 감추며 말했다.

"남 보기에는 보잘것없는 자리지만, 사실 승상께서는 군사상 중요한 돈이며 먹을거리 등을 다루는 일을 맡기셨소. 머지않아 승상께 많이 배워 뜻을 활짝 펼 수 있으리라 여기기에 여기 있지요."

장송이 웃었다.

"내 들으니 승상은 배움에 있어서는 공자와 맹자의 가르침에 밝지 못하고, 군사 쓰는 일에 있어서는 손무와 오기의 능력에 미치지 못하면서 오로지 힘으로 밀어붙여 높은 자리를 차지했다고 합디다. 그런 사람이 남에게 가르쳐줄 게 뭐가 있어서 공의 뜻을 활짝 펴주겠소?"

"공은 워낙 외진 데에 있소. 그러니 어찌 승상의 큰 재주를 아시겠소? 말 나온 김에 보여줄 게 있소."

양수는 아랫사람더러 상자 속에서 책 한 권을 꺼내오라 하여 장송 앞에 내밀었다. 장송이 받아서 보니 조조의 자인 맹덕 뒤에 새 책이라는 뜻이 붙은 《맹덕신서》라는 책이었다. 처음부터 끝까지 쭉 훑어보았다. 모두 13편으로 되어 있었는데, 편마다 군사를 쓰는 요령이 쓰여 있었다.

장송이 읽고 나서 양수에게 물었다.

"공은 이 책을 어떻게 생각하오?"

양수가 자랑스레 대답했다.

"이 책은 승상께서 옛것을 참고하시고 오늘을 살피시어 《손자 13편》처럼 지으신 책이오. 공은 승상께서 지닌 재주가 없다고 타박하였으나 이만하면 오래 남을 책 아니오?"

장송이 껄껄 웃었다.

"이 책의 내용을 살펴보니 우리 촉에서는 키가 석 자도 안 되는 철부지 어린아이도 다 외우고 있는 내용들이오. 그런 걸 가지고 새로 지은 책이라니요? 이건 옛날 전국시대에 이름이 알려지지 않은 어떤 사람이 지은 책이오. 그걸 조승상이 몰래 베껴 자기가 지은 책이라고 하고서는 공 같은 사람을 속이고 있소!"

양수가 어이없는 표정을 지었다.

"이 책은 승상께서 깊이 숨겨 간직하시면서 아직 세상에 내놓은 일이 없소. 그런데도 공은 촉에서는 어린아이들도 다 줄줄 외운다 하였소. 사람을 그렇게 놀리면 안 되는 줄 모르시오?"

"공이 내 말을 믿지 못하는데, 그렇다면 내가 한번 외워보리다."

장송은 곧장 《맹덕신서》를 처음부터 끝까지 줄줄 읊어댔다. 한 글자도 틀림이 없었다.

양수는 깜짝 놀라 입이 쩍 벌어졌다.

"공은 한 번 본 걸 잊지 않으니, 참으로 천하의 뛰어난 재주군이오!"

나중에 어떤 이가 그를 칭찬하는 시를 읊었다.

얼굴 생김새는 예스럽고 괴상하여 남다르고

맑고 고상한 그 모습조차 거칠어 보이네

말은 삼협의 물 쏟아지듯 거침없고

눈은 한 번에 열 줄을 읽어낸다네

두둑한 배짱은 서촉에서 으뜸이고

문장은 하늘 높은 데까지 꿰뚫는다

제자백가 모든 책도 두루 꿰어

한 번 보면 더 볼 것 없다네

장송이 인사를 하고 돌아가려 하니 양수가 붙잡았다.

"공은 조금 더 숙소에 머무르시오. 내 다시 승상께 공을 만나보도록 말씀드려보겠소."

장송은 고마움을 나타낸 뒤 물러나왔다.

양수가 조조한테 가서 말했다.

"승상께서는 장송을 왜 그리 쌀쌀맞게 대하셨습니까?"

조조가 대답했다.

"말투가 거칠어 일부러 거칠게 대했네."

"승상께서는 지난날에 예형은 받아들이셨으면서 장송은 어째서 내치십니까?"

"예형은 문장이 당시 널리 알려져 있어 차마 내 손으로 죽일 수 없었지. 하지만 장송은 무슨 재주가 있기나 하나?"

"흐르는 물 같은 말솜씨는 굳이 다시 들먹일 필요도 없습니다. 조금 전에 승상께서 지으신 《맹덕신서》를 보여주었더니 바로 그 자리에서 보자마자 외워버리더군요. 이처럼 아는 게 많고 기억력이 좋은 사람은 세상에 흔치 않습니다. 그런데 장송의 말로는, 그 책은 전국시대에 이름 모를 사람이 지었는데 촉에서는 어린아이도 다 외운다고 하더군요."

조조의 표정이 일그러졌다.

"우연히 옛사람의 생각과 내 생각이 맞아떨어진 게지."

그러면서 조조는 그 책을 곧바로 찢어 불살라버리라고

했다.

양수가 조심스레 말했다.

"이 사람을 다시 불러 천자의 조정 모습이 어떤가를 보여주십시오."

"내일 내가 서쪽 훈련장에서 군사들을 살펴볼 텐데, 그때 그 사람을 먼저 데려와서 우리 군사가 얼마나 씩씩한지를 보여주게. 그리고 돌아갈 때 내가 곧 강남을 무너뜨린 뒤 서천을 차지하러 간다더라고 이르게."

양수는 명령을 받고 물러갔다.

다음 날 양수는 장송을 데리고 훈련장으로 갔다. 조조가 나와서 호랑이부대 5만 명을 모아놓고 살펴보고 있었다. 갑옷이며 투구가 반짝거리고, 걸친 옷도 눈부셨다. 징 소리, 북소리가 하늘에 울리는 가운데 창과 칼이 햇빛을 받아 번쩍번쩍 빛났다. 군사들을 사방으로 갈라 나누니 여러 색깔 깃발이 바람에 나부끼고, 사람과 말들은 하늘로 날아오를 듯했다.

장송은 그러한 모습을 곁눈질로만 슬쩍슬쩍 훔쳐보듯이 했다.

그렇게 한참 시간이 지난 뒤 조조가 장송을 불러 손가락으로 앞을 가리키며 물었다.

"서천에서는 이렇게 뛰어나고 씩씩한 인물들을 본 적이

없을 테지?"

장송이 시치미를 떼며 아무렇지도 않게 대답했다.

"우리 측에서는 이러한 군사들이며 무기 따위를 본 적이 없습니다. 오로지 어짊과 의로움으로 백성들을 다스리기 때문입니다."

조조의 낯빛이 바뀌며 날카롭게 쏘아보았다. 그러나 장송은 조금도 두려워하는 빛이 없었다. 양수가 장송에게 거듭 눈짓을 했다.

조조가 장송을 보고 쏘아붙였다.

"나는 천하의 쥐새끼 같은 무리들을 지푸라기 정도로밖에 여기지 않는다. 나의 대군은 이르는 곳마다 싸워 이기지 못한 적이 없고, 무찔러서 차지하지 못한 적이 없다. 나를 따르는 이는 살고, 나를 거스르는 이는 죽음이 있을 뿐이다. 너는 그걸 알고 있느냐?"

장송은 조조가 뭐라 하든 아랑곳하지 않고 천연덕스레 말했다.

"승상께서 군사를 몰고 가는 곳마다 싸우면 이기고, 무찌르면 차지한다는 사실은 저도 알고 있습니다. 지난날 복양에서 여포를 무찌르시던 때는 물론이요, 완성에서 장수와 싸우시던 일, 적벽에서 주유와 겨루시던 일이며, 화용에서 관우와 마주치신 일, 동관에서 수염을 자르시고 옷을 벗어던지신 일과, 위수에서 배를 빼앗아 타시고 화살을 피하시던 일들도 잘 생각해보면 죄다 천하의 그 누구도 해낼 수 없는 일들이었습니다!"

조조는 화가 머리끝까지 치밀어올랐다.

"저런 돼먹지 못한 선비놈이 건방지게 내 아픈 데를 찌르다니!"

조조는 곁에 있는 이들에게 장송을 끌고 가 당장 목을 베라고 소리쳤다. 양수가 나서서 말렸다.

"장송이 비록 목을 베일 죄를 지긴 했습니다. 하지만 먼 촉에서 공물을 바치러 온 사람을 죽였다가 자칫 그 먼 데 백성들의 마음을 잃지 않을까 걱정입니다."

조조는 화가 풀리지 않아 계속 씩씩거렸다. 순욱이 나서서 말리고 달래서야 겨우 가라앉았다. 조조는 장송을 죽이는 대신 매질을 사정없이 해서 쫓아버리도록 했다.

장송은 숙소로 돌아온 뒤 그날 밤 곧장 성을 나와 서천으로 떠났다. 여러 생각이 밀려왔다.

'나는 원래 서천 땅을 조조한테 바치려고 했건만, 이토록 사람을 업신여길 줄은 미처 몰랐다! 유장 앞에서 한껏 큰소리를 치고 떠났는데, 아무것도 얻지 못하고 빈손으로 돌아가면 서천 사람들 모두 나를 비웃을 테지. 듣기에 형주의 유현덕이 어질고 의로움을 널리 펴는 사람이라 하니 차라리

그쪽을 들렀다 가자. 유현덕이 어떤 사람인지 잘 살펴보고 나서 내가 어찌해야 할지 정해야겠다.'

말에 오른 장송은 아랫사람들을 데리고 형주 쪽으로 길을 잡았다. 영주 가까이 이르렀을 때였다. 갑자기 5백 명 남짓 되는 말 탄 군사 한 무리가 나타났다. 가벼운 차림을 한 대장 장수가 앞으로 와서 말을 세우고 물었다.

"거기 오시는 분이 혹시 장별가 아니시오?"

장송이 대답했다.

"그렇소."

장수가 부리나케 말에서 뛰어내리더니 인사를 했다.

"조운이 여기서 기다린 지 오래입니다."

장송도 말에서 내려 인사를 했다.

"그럼 상산 조자룡이신가요?"

"그렇습니다. 저의 주공이신 유현덕의 명령을 받들어 나왔습니다. 먼 길 오시느라 말 위에서 고생하셨을 테니 특별히 술과 먹을거리를 대접하라 이르셨습니다."

조운의 말이 끝나자마자 군사들이 술과 음식을 가져와 무릎을 꿇은 채 바쳤다. 조운이 아주 공손한 자세로 권했다.

장송은 속으로 놀랐다.

'사람들 말이 유현덕은 마음이 넓고 어질어 손님 대접을 잘한다더니, 지금 보니 과연 그 말이 맞구나.'

장송은 조운과 더불어 술을 몇 잔 마신 뒤 말을 타고 같이 갔다. 형주 가까이 이르자 날이 저물기 시작했다. 숙소 앞에 이르니 문밖에 1백 명 넘게 기다리고 있다가 북을 울리며 맞았다. 장수 하나가 말 앞으로 와서 인사를 했다.

"이 사람 관 아무개는 형님의 명령을 받들어 숙소를 깨끗이 청소해놓고 기다리고 있었습니다. 먼 길 오시느라 힘드셨을 텐데 들어가 편히 쉬시지요."

장송은 말에서 내려 관우·조운과 함께 숙소로 들어가 인사를 나누고 자리에 앉았다. 곧이어 술자리가 베풀어졌다. 두 사람은 스스로를 한껏 낮추고 정성을 다해 술을 권했다. 밤이 이슥해서야 술자리가 끝났다. 장송은 거기서 하룻밤을 묵었다.

다음 날 아침을 먹고 말에 올라 5리도 채 못 갔을 때였다. 사람과 말 한 무리가 나타났다. 유비가 복룡 제갈량과 봉추 방통과 함께 마중 나왔다. 유비는 장송 일행이 보이자 서둘러 말에서 내렸다. 장송도 얼른 말에서 내려 다가갔다.

유비가 말했다.

"높으신 이름을 천둥소리처럼 크게 들은 지 오래이나 구름에 가린 산이 멀리 이어져 있어 가르침을 받지 못하는 일이 한이었습니다. 이번에 마침 허도에 다녀오신다는 소식을 듣고 맞이하고 싶어 기다렸을 뿐입니다. 부디 내치지 마시고 보잘것없는 고을이지만 잠깐 들어가 쉬시지요. 그동안 우러르던 마음이나 풀게 해주시면 정말 행운이겠습니다!"

장송은 크게 기뻐하며 말 머리를 나란히 하고 성으로 들어갔다. 안에 들어가자 다시 예의를 갖추어 인사를 나눈 다음 주인과 손님 자리로 나누어 차례대로 앉자 잔치가 벌어졌다. 그런데 술을 마시는 동안 유비는 가벼운 이야깃거리만 입에 올릴 뿐 서천의 일에 대해서는 한마디도 하지 않았다.

참다못한 장송이 먼저 슬쩍 말을 꺼내보았다.

"지금 황숙께서는 형주를 지키고 계신데, 그 밖에 몇 고을이나 더 있으신지요?"

제갈량이 대답했다.

"형주도 동오한테서 잠깐 빌린 땅입니다. 그래서 동오에서 걸핏하면 사람을 보내 내놓으라고 보채지요. 그나마 지금은 우리 주공께서 동오의 사위가 되셔서 덜 시달리며 몸을 붙이고 있습니다."

장송이 말했다.

"동오는 여섯 군에 팔십일 주를 거느리고 있고, 백성들은 강하고 나라 살림은 넉넉한데, 그러고도 만족할 줄 모르는 모양이지요?"

방통이 대답했다.

"우리 주공께서는 한나라의 황숙이시건만 고을 하나 제대로 차지하지 못하시고 있소. 다른 사람들은 따지자면 죄다 한나라를 갉아먹는 역적들인데도 도리어 힘으로 밀어붙여 땅을 차지하고 있소. 뭣 좀 아는 사람이 보면 투덜댈 일이지요."

유비가 손을 내저었다.

"두 분은 그런 말씀 하지 마시오. 내가 무슨 덕을 가지고 있다고 주제넘게 많은 걸 바라겠소?"

장송이 말했다.

"그렇지 않습니다. 명공께서는 한나라 황실의 친척이시고 어짊과 의로움이 세상에 널리 알려져 있습니다. 몇 고을 차지하시는 정도가 아니라, 제대로 뿌리를 따져 황제의 자리에 오르신다 해도 지나친 일은 아닙니다."

유비는 손을 모아 고마움을 나타냈다.

"공의 말씀은 너무 지나치시오. 유비 이 사람은 여러모로 부족해 그런 자리를 맡을 수 없습니다!"

이때부터 장송은 사흘을 머물며 같이 술을 마셨으나, 유비는 서천에 대해서는 한마디도 꺼내지 않았다.

장송이 인사를 하고 떠나려 하자 유비는 10리 밖에 있는 정자에다 술자리를 펼쳐놓고 배웅했다.

유비가 술잔을 들며 장송에게 말했다.

"뿌리치지 않으시고 사흘이나 머물러주시어 고맙습니다. 이제 헤어지면 언제 또 가르침을 받을 수 있을지 모르겠습니다."

말을 마치자마자 유비는 눈물을 주르르 흘렸다.

이에 장송은 속으로 생각했다.

'현덕이 이토록 마음이 넓고 어질며 선비를 사랑하는데 내 어찌 이대로 두고 그냥 갈 수 있겠는가? 차라리 서천을 차지하라고 일러주어야겠다.'

장송은 마침내 마음을 굳히고 입을 열었다.

"저 역시 아침저녁으로 모시고 싶으나 아직 그럴 수 없어 한스럽습니다. 제가 보기에 형주는 동쪽에서는 손권이 호랑이처럼 웅크리고 앉아 늘 노리고 있고, 북쪽에서는 조조가 언제든 고래처럼 삼키려 드니 아무래도 오래 머물러 있을 만한 곳이 못 됩니다."

유비가 고개를 끄덕였다.

"그런 줄 알고 있습니다. 그러나 아직은 달리 방법이 없어 답답합니다."

장송이 기어이 속마음을 털어놓았다.

"익주는 자리 잡고 있는 데가 좋아 밖에서 쳐들어가기가 쉽지 않은데다, 기름진 땅이 천 리에 펼쳐져 있으며, 백성들도 많고 나라 살림도 넉넉합니다. 그런데 슬기롭고 능력 있는 선비들이 황숙의 덕을 마음에 두고 그리워한 지 오래입니다. 만약에 황숙께서 형주와 양양의 군사를 일으켜 멀리 서쪽으로 들이치시면 큰 뜻을 이루실 수 있고, 한나라도 다시 일으키실 수 있을 터입니다."

유비가 고개를 저었다.

"유비가 어찌 그럴 수 있겠소? 또 유익주 역시 황실의 친척으로 촉에서 은혜를 베푼 지 오래인데 남이 어찌 그걸 흔들 수 있겠소?"

"제가 주인을 팔아 잘살자고 하는 말씀이 아닙니다. 이제 이렇게 명공을 만나뵈었으니 속마음을 털어놓지 않을 수 없어 드리는 말씀일 뿐입니다. 유계옥이 익주를 맡고 있긴 하나 워낙 흐리터분해서 어진 사람을 제대로 쓰지 못하고 있습니다. 게다가 장로가 북쪽에서 쳐들어올 틈만 노리고 있고, 백성들 마음도 어수선한 채 밝은 주인을 기다리고 있습니다. 제가 이번에 길을 나선 건 조조한테라도 땅을 바치기 위해서였습니다. 그런데 그 역적놈이 어진 이를 깔보고 함부로 대하며 간사스런 영웅 티만 내는 걸 보자 생각이 싹 바뀌고 말았습니다. 그래서 특별히 명공을 찾아왔습니다. 명공께서 먼저 서천을 차지하시어 밑바탕으로 삼으신 뒤 북쪽의 한중을 차지하시고, 나아가 중원을 거두셔서 나라를 바로잡으시어 이름을 역사에 길이 남기시면 그보다 더

한 공은 없습니다. 만일 명공께서 서천을 차지하실 생각이 있으시다면 제가 개나 말의 하찮은 힘까지도 다 보태 돕겠습니다. 명공의 뜻은 어떠하신지요?"

"공의 두터운 마음씨는 매우 고맙습니다. 그러나 유계옥은 바로 나와 같은 친척이오. 그 사람을 무찔렀다가 세상 사람들한테서 욕을 얻어먹을까 두렵소."

"대장부로 세상에 났으면 마땅히 공을 세우고 뜻을 세우려고 노력해야 합니다. 그러려면 남보다 먼저 앞서가야 합니다. 지금 차지하지 않으시면 다른 사람이 차지할 텐데, 그때 가서 아쉬워하시면 늦습니다."

"내 들으니 촉 땅은 길이 험한데다, 산이 많고 물이 많아 수레가 갈 수 없고, 말 두 마리도 나란히 갈 수 없을 정도라고 했소. 그러니 차지하고 싶다 하더라도 무슨 수로 차지할 수 있겠소?"

그 말에 장송은 소매 속에서 지도 한 장을 꺼내 유비에게 주며 말했다.

"제가 명공의 높으신 덕에 감동하여 지도를 드립니다. 이 지도를 보시면 촉 땅의 길을 모두 훤히 아실 수 있습니다."

유비가 받아서 펼쳐보니 길의 멀고 가까움을 비롯해 길의 너비와 산이 어느 정도 험한지는 물론, 관아의 창고에 들어 있는 물자며 식량 등이 하나하나 자세히 적혀 있었다.

장송이 유비에게 서천의 지도를 주다.

장송이 말에 힘을 주었다.

"명공께서는 서두르시기 바랍니다. 저와 마음이 통하는 벗이 둘 있는데, 바로 법정과 맹달입니다. 이 두 사람은 반드시 도와줄 겁니다. 두 사람이 형주에 오거든 마음을 터놓고 의논하십시오."

유비가 손을 모으며 고마워했다.

"푸른 산은 늙지 않고 푸른 물은 오래 흐르니, 나중에 일이 이루어지거든 내 반드시 은혜를 갚겠소."

"밝은 주인을 만났기에 속내를 털어놓지 않을 수 없어 말씀드렸을 뿐입니다. 그 무슨 대가를 바라겠습니까?"

장송은 이야기를 마치자 떠나갔다. 제갈량은 관우에게 수십 리 밖까지 데려다주도록 했다.

장송은 익주로 돌아오자 우선 친구인 법정을 만났다. 법정은 자가 효직으로 우부풍 사람인데, 어진 선비로 이름이 났던 법진의 아들이다.

장송이 법정에게 말했다.

"조조는 어진 이를 업신여기고 뻐기기를 좋아해서 고생은 같이할 수 있으나 즐거움은 함께 나눌 수 없는 사람이더군. 내 이미 유황숙에게 익주를 바칠 생각이네. 자네 생각은 어떤가?"

법정이 대답했다.

"나 역시 유장이 흐리터분해서 유황숙에게 마음을 둔 지 오래네. 이미 우리 마음이 같은데 뭘 더 묻고 말고 하는가?"

조금 있자 맹달이 찾아왔다. 맹달의 자는 자경인데 법정과 같은 고향 사람이었다. 맹달은 들어오다가 장송과 법정이 몰래 이야기를 나누고 있자 대뜸 물었다.

"내 이미 자네들 생각을 알고 있네. 익주를 바치자는 이야기 아닌가?"

장송이 말했다.

"맞네. 그럼 누구한테 바치려고 하는지 맞혀보게나."

맹달이 망설이지 않고 내뱉었다.

"그야 유현덕 아니면 안 되지."

세 사람은 똑같이 손뼉을 치며 크게 웃었다.

법정이 장송을 쳐다보았다.

"자네는 내일 유장을 만나면 뭐라 말할 텐가?"

장송이 대답했다.

"내가 자네들을 형주로 보내자고 하겠네. 형주로 가주게."

두 사람이 고개를 끄덕였다.

다음 날 장송이 유장을 보러 들어가자 유장이 먼저 물었다.

"일이 어떻게 되었소?"

장송이 대답했다.

"조조는 한나라 역적으로 세상을 자기 손안에 넣으려 하고 있어서 무슨 말을 꺼내고 말고 할 수도 없었습니다. 서천을 빼앗을 마음까지 이미 먹고 있었습니다."

유장의 낯빛이 어두워졌다.

"그럼 이 일을 어찌해야 좋겠소?"

"제가 좋은 방법을 궁리해놓았습니다. 주공께서 그대로만 하시면 장로든 조조든 쉬이 서천을 넘보지 못합니다."

"그게 뭐요?"

"형주의 유황숙은 주공과 같은 황실의 친척입니다. 게다가 어질고 너그러워 큰사람의 모습을 지니고 있습니다. 적벽에서 큰 싸움을 치른 뒤부터 조조는 그 이름만 들어도 몹시 놀라 마음이 섬뜩해진다 합니다. 조조가 그 정도인데 장로쯤이야 더 말해 무엇하겠습니까? 주공께서는 부디 유황숙에게 사람을 보내 좋은 사이를 맺어 밖에서 도와주도록 하십시오. 그렇게 되면 조조는 물론 장로도 걱정하시지 않아도 됩니다."

"나도 진즉부터 그 생각을 해왔소. 그런데 누구를 보내면 좋겠소?"

"법정과 맹달 아니면 안 됩니다."

유장은 바로 두 사람을 불러들였다. 편지 한 통을 써서 법정에게 주며 먼저 형주로 가서 정을 쌓아 친해지도록 했다.

이어 맹달에게는 날랜 군사 5천 명을 내주며 유비가 서천으로 오는 일을 돕도록 했다.

이런 의논을 하고 있는데 얼굴 가득 땀이 범벅인 사람 하나가 뛰어들어오며 소리 질렀다.

"주공께서는 장송의 말을 듣지 마십시오! 그 말대로 하면 우리 서천 땅 마흔한 고을이 남의 손에 넘어가고 맙니다!"

장송은 소스라치게 놀라며 그 사람을 쳐다보았다. 서랑 중파 사람으로 자가 공형인 황권이었다. 유장 아래에서 주부로 있는 사람이었다.

유장이 물었다.

"현덕은 나와 친척 사이로, 내 지금 그 사람의 도움을 받으려 하는데 그대는 어찌하여 그런 말을 하는가?"

황권이 대답했다.

"이 사람도 유비가 사람을 대할 때 너그럽게 대하고, 부드러움으로 드센 걸 이기는 뛰어난 사람이라 누구도 그 사람을 해보지 못한다는 사실은 알고 있습니다. 게다가 그 사람은 멀리 있는 백성들의 마음을 얻고, 가까이 있는 백성들의 바람을 온몸에 받고 있습니다. 또 슬기와 꾀를 갖춘 제갈량과 방통을 곁에 두고 있으며, 관우·장비·조운·황충·위연을 날개 삼고 있습니다. 이런 유비를 촉으로 불러들여 아랫사람 대접을 하면 엎드린 채 받아들이겠습니까? 그렇다고 예의를 제대로 갖추어 대접하면 그건 한 나라에 주인이 둘 있는 꼴이 됩니다. 지금 제가 드리는 말씀을 들으시면 서촉은 태산처럼 편안하여 끄떡없습니다. 그러나 제 말씀을 듣지 않으시면 주공께서는 알을 쌓아놓은 듯한 위험에 빠지시고 맙니다. 장송이 이번에 형주를 지나올 때 틀림없이 유비를 만나 짰을 터입니다. 먼저 장송의 목을 베신 다음 유비와 관계를 끊으시면 서천은 아무 탈 없게 됩니다."

유장이 낯을 찌푸렸다.

"그럼 조조와 장로가 쳐들어오면 어떻게 막아야 하오?"

"우리 땅으로 들어오는 길목과 중요한 데를 꽉 틀어막고, 성벽 옆의 도랑을 깊이 파고 성을 더욱 높이 쌓은 뒤 꼼짝하지 않고 있으면서 적이 지쳐 물러가기를 기다리면 됩니다."

"적이 지금 우리 땅을 넘어와 눈썹을 태울 정도로 다급하기 짝이 없는데 적이 저절로 물러가기를 기다리자는 거요? 그건 말이 되는 소리가 아니오."

유장은 황권의 말을 뿌리치고 법정에게 떠나도록 했다. 그러자 또 한 사람이 나서며 말렸다.

"안 됩니다! 안 됩니다!"

유장이 그 사람을 바라보았다. 장전 종사관 왕루였다. 왕루가 머리를 조아리며 애타게 말했다.

"주공께서 장송의 말대로 하시면 스스로 화를 부르시게

됩니다."

유장이 고개를 저었다.

"그렇지 않네. 내가 유현덕과 좋은 사이를 맺으려 하는 건 사실 장로를 막으려고 그러네."

왕루가 말했다.

"장로가 우리 땅에 쳐들어오는 일은 옴 같은 가려움병 정도지만, 유비가 서천으로 들어오는 일은 곧 뱃속에 큰 병이 난 거나 마찬가지입니다. 더욱이 유비는 이 시대에서 가장 사납고 씩씩한 영웅입니다. 예전에는 조조를 섬기다가 꾀를 써서 도리어 해치려 들었고, 요새는 손권을 따르다가 형주를 빼앗았습니다. 마음 씀씀이가 이런 사람인데 어찌 같이 지낼 수 있겠습니까? 만약에 불러들였다가는 서천은 망하고 맙니다."

유장이 꾸짖었다.

"그만! 함부로 지껄이지 마라! 현덕은 나와 친척인데 어찌 내 밑자리를 빼앗는단 말이냐?"

유장은 두 사람을 밖으로 끌어내라 이른 뒤 법정에게 바로 떠나도록 재촉했다.

법정은 익주를 떠나 형주에 다다르자 곧바로 유비를 만나 절을 한 뒤 편지를 바쳤다. 유비는 바로 편지를 뜯어 읽어보았다.

집안의 아우뻘 되는 유장은 형님 되시는 현덕 장군께 엎드려 거듭 절을 하고 글을 올립니다. 오래전부터 천둥 같은 이름을 들어왔으면서도 촉 땅의 길이 험해 미처 예물을 가지고 가 인사를 드리지 못했습니다. 죄송하여 몸둘 바를 모르겠습니다.

저는 벗 사이에서는 좁고 나쁜 일에 서로 돕고, 어려움에 빠졌을 때는 서로 건져준다고 알고 있습니다. 벗 사이에서도 그러하거늘 하물며 같은 핏줄끼리야 무슨 말이 더 필요하겠습니까? 지금 장로가 북쪽에 있으면서 언제 군사를 일으켜 우리 땅을 쳐들어올지 몰라 불안하기 짝이 없습니다. 그래서 사람을 보내 글을 올리니 부디 살펴주시기 바랍니다.

한 집안의 정과, 같은 조상한테서 손발을 이어받은 뜻을 헤아리셔서 바로 군사를 일으키시어 미친 도적을 무찔러주십시오. 그렇게 하시어 길이길이 입술과 이처럼 좋은 사이를 맺어주시면 그 은혜 잊지 않고 갚겠습니다. 글로는 다 말씀드릴 수 없고, 오로지 군사를 몰고 오시기만을 기다립니다.

편지를 다 읽고 난 유비는 무척 기뻐하며 잔치를 베풀어 법정을 대접했다. 술잔이 몇 차례 돌자 유비는 곁에 있는 이들을 물리친 뒤 법정에게 조용히 얘기했다.

"효직이 훌륭한 분이라는 말은 오래전에 들어 알고 있습니다. 장별가한테서도 공의 크고 높으신 덕에 대해 많이 들었습니다. 이제 이렇게 만나 가르침을 받게 되니 평생 도움이 되겠습니다."

법정이 고마움을 나타냈다.

"촉의 하찮은 벼슬아치를 이렇게까지 대해주시다니요! 말은 말을 잘 알아보는 백락을 만나면 히히힝거리고, 사람은 자기를 알아주는 이를 만나면 목숨도 바친다고 했습니다. 장별가가 전에 드린 말씀에 대해 장군께서는 거듭 생각해보셨는지요?"

"유비가 남의 땅에 붙어사는 신세이다 보니 슬픔에 젖어 한숨을 내쉬지 않은 날이 하루도 없습니다. 뱁새도 굴뚝새도 앉을 나뭇가지가 있고, 토끼도 제 몸을 감출 굴이 셋은 된다는데, 사람은 더 말해 무엇 하겠소! 촉 땅은 워낙 넉넉한 곳이라 욕심나지 않는 건 아니지만, 유계옥이 이 사람과 친척 사이라 차마 그러지 못하고 있습니다."

"익주는 하늘의 곳간이라 할 만큼 생산물이 넉넉하게 나는 땅입니다. 그러나 어지러움을 다스릴 만한 분이 아니고선 주인이 될 수 없는 곳입니다. 지금 유계옥은 어진 이를 쓰지 못하고 있어 그 땅은 머지않아 다른 사람 손에 반드시 넘어가고 맙니다. 지금 스스로 장군께 바치려 하고 있으므로 기회를 놓치시면 안 됩니다. 먼저 쫓는 사람이 토끼를 잡는다는 말도 있지 않습니까? 장군께서 빼앗고자 하시면 저는 목숨을 다해 돕겠습니다."

유비는 손을 포개며 고마움을 나타냈다.

"나중에 다시 의논합시다."

모임이 끝나자 제갈량이 직접 법정을 숙소로 데려다주었다. 그 사이 유비 혼자 앉아 생각에 잠겨 있는데 방통이 들어왔다.

"딱 잘라 결정을 내려야 할 때 망설이는 건 어리석은 사람들 짓입니다. 현명하신 주공께서 어찌 이토록 망설이십니까?"

"공의 생각에는 어찌하면 좋겠소?"

"형주는 동쪽에 손권이 있고 북쪽으로는 조조가 있어 뜻을 펼치기가 매우 어렵습니다. 익주는 가구 수도 백만이나 되는데다, 땅은 넓고 물자가 넉넉해 큰 뜻을 이룰 만한 곳입니다. 지금 다행스럽게도 장송과 법정이 안에서 돕겠다고 하니, 이건 그야말로 하늘이 주신 기회입니다. 망설이실 까닭이 어디 있습니까?"

"지금 내가 물과 불처럼 서로 맞서고 있는 이는 조조요. 조조가 서두르면 나는 느긋하면 되고, 조조가 거칠게 나오면 나는 어질게 하면 되고, 조조가 속임수를 쓰면 나는 참되

게 대하면 되오. 뭐든 조조하고 거꾸로 하면 일을 이룰 수 있소. 그런데 작은 이익을 얻자고 세상의 믿음과 의리를 저버리는가 싶어 차마 못 하고 있소."

방통이 웃으며 말했다.

"주공의 말씀은 하늘의 이치 바로 그것입니다. 그러나 어지러운 시대에 군사를 일으켜 힘을 겨루는 때에는 하나의 도리만 따질 수는 없습니다. 오로지 이치만 따지고 있으면 앞으로 한 발짝도 나아갈 수가 없으므로 그때그때 맞는 방법을 써야 합니다. 약한 이는 아우르고 어리석은 이는 무찌르며 거꾸로 뒤집어 바른 순서를 잡는 게 바로 탕무의 도리였습니다. 옛날 상나라 탕왕과 주나라 무왕처럼 사나운 왕을 몰아내는 게 바른 도리입니다. 큰일을 결정지은 뒤 의로움으로 갚고 큰 나라를 다스릴 수 있도록 해준다면 믿음을 저버리는 일이 뭐 있겠습니까? 오늘 차지하지 않으면 끝내 남이 차지하고 맙니다. 주공께서는 깊이 생각하시기 바랍니다."

그제야 유비는 뭔가가 뒤통수를 치는 느낌이 들었다.

"쇠나 돌만큼이나 단단하고 굳센 말씀, 마땅히 가슴 깊이 새기겠소."

유비는 제갈량을 불러 군사를 일으켜 서천으로 갈 일을 의논했다.

제갈량이 말했다.

"형주는 중요한 곳입니다. 여기에도 군사를 남겨두어 반드시 지키도록 해야 합니다."

유비가 말했다.

"나는 방사원·황충·위연과 함께 서천으로 갈 테니 공명은 관운장·장익덕·조자룡과 함께 형주를 지켜주시오."

제갈량이 그 뜻에 따르기로 했다. 이에 형주 지키는 일은 제갈량이 도맡게 되었다. 관우는 양양의 중요한 길목인 청니의 험한 데를 맡았다. 장비는 4개 군을 맡았으며, 조운은 강릉에 머물며 공안을 지키기로 했다.

유비는 황충을 앞장세우고 위연은 뒤쪽을 맡도록 했다. 유비 자신은 유봉·관평과 함께 가운데를 맡았으며, 방통을 군사로 삼아 말 탄 군사와 일반 군사 5만 명을 거느리고 서천으로 떠날 준비를 끝냈다. 막 떠나려 하는데 요화가 군사 한 무리를 이끌고 와 항복했다. 유비는 요화에게 관우를 도와 조조를 막도록 했다.

때는 겨울이었다. 마침내 유비는 군사를 이끌고 서천으로 출발했다. 얼마 가지 않았을 때 맹달이 나와 유비에게 절을 하며 맞았다. 유익주가 군사 5천 명을 이끌고 나가 맞으라 해서 왔노라 했다. 유비도 익주로 사람을 보내 유장에게 미리 보고하도록 했다.

유장은 각 고을에 공문을 보내 유비의 군사가 지나가면 물자며 식량을 대라는 명령을 내렸다. 자신은 직접 부성으로 나가 유비를 맞이하기로 했다. 그래서 수레며 장막·깃발 및 갑옷 등을 새것으로 준비하라 일렀다.

이때 주부 황권이 들어와 말렸다.

"주공께서 이번에 가시면 틀림없이 유비한테 해코지를 당하고 맙니다. 오랫동안 녹을 먹은 저로서는 주공께서 속임수에 빠지신 걸 차마 보고만 있을 수가 없습니다. 부디 거듭 깊이 헤아려보시기 바랍니다."

곁에 있던 장송이 나섰다.

"황권의 말은 한 집안 사람의 의리를 깨뜨리고 도적들의 기운만 북돋아줍니다. 주공께 아무 도움이 되지 않습니다."

유장은 장송의 말을 옳게 여기며 황권을 꾸짖었다.

"내 이미 마음을 굳혔는데, 너는 어찌하여 내 뜻을 거스르느냐!"

황권은 머리를 마구 땅에 짓찧었다. 피가 흐르는 그대로 유장에게 다가가 유장의 옷자락을 입에 물고 말렸다. 화가 잔뜩 난 유장이 옷자락을 잡아채면서 일어났다. 황권은 계속 물고 놓아주지 않고 있다가 앞니 두 개가 빠져버렸다. 유장이 곁에 있는 이들더러 황권을 끌어내라고 소리쳤다. 황권은 목을 놓아 울며 끌려갔다.

유장이 떠나려 하는데 또 한 사람이 소리를 지르며 나서더니 뜰아래 엎드려 말렸다.

"주공께서는 어찌하여 황공형의 충성 어린 말씀을 듣지 않으시고 끝내 죽음의 땅으로 가려 하십니까?"

유장이 그를 쳐다보았다. 건녕 유원 사람인 이회였다. 그는 계속 머리를 조아리며 말렸다.

"제가 알기로는 임금께는 바른 말 하는 신하가 있고, 아비에게는 바른 말 하는 자식이 있다고 했습니다. 황공형의 충성 어린 말씀을 주공께서는 반드시 들으셔야 합니다. 만약에 유비를 서천으로 불러들이신다면, 이는 곧 호랑이를 문안에 들여놓는 짝입니다."

유장이 낯을 찌푸렸다.

"현덕은 나의 집안 형님이다. 어떻게 나를 해코지하시겠느냐? 더 떠드는 이가 있으면 반드시 목을 베겠다!"

유장은 곁에 있는 이들에게 이회를 끌어내라 일렀다.

장송이 말했다.

"지금 촉의 벼슬아치들은 모두 처자식이나 돌보고, 주공을 위해서는 힘을 쓰려 하지 않습니다. 장수들 역시 자신의 공만 내세우며 뻐기면서 저마다 딴마음을 먹고 있습니다. 유황숙의 도움을 받지 않으면 밖에서는 적이 들이치고 안에서는 백성들이 들고일어납니다. 이는 바로 무너지는 길로 이어집니다."

유장이 고개를 끄덕였다.

"공이 생각해낸 방법이 나한테 가장 도움이 되오."

다음 날 유장이 말을 타고 유교문을 나서려는데 보고가 들어왔다.

"종사 왕루가 밧줄로 몸을 묶고 성 문 위에 거꾸로 매달려 있습니다. 한 손에는 말리는 글을 들고 있고, 다른 손에는 칼을 들고 있습니다. 자신이 말리는 걸 들어주지 않으시면 스스로 밧줄을 끊고 바닥에 떨어져 죽겠다고 합니다."

유장이 왕루가 들고 있는 글을 가져오라 해서 읽었다.

익주 종사인 왕루 이 사람은 피눈물을 흘리며 씁니다. 흔히 말하기를 좋은 약은 입에 쓰나 병을 낫게 하고, 충성 어린 말은 귀에 거슬리나 일을 바르게 할 수 있도록 한다고 했습니다. 옛날에 초나라 회왕은 굴원의 말을 듣지 않고 무관에서 열린 다짐 대회에 나갔다가 진나라한테 잡혀 심한 모욕을 치렀습니다. 지금 주공께서는 너무 가벼운 생각으로 이곳을 떠나셔서 유비를 맞으러 부성으로 가려 하십니다. 가시는 길은 있어도 돌아오실 길이 없을까봐 걱정입니다. 장송을 저잣거리에 내다 목을 베고 유비와 한 약속을 끊어버리면 촉의 백성들한테는 더할 수 없는

다행이겠습니다. 물론 주공의 밑자리를 위해서도 다행일 터입니다!

유장은 버럭 화를 내며 소리 질렀다.

"내 이제 어진 이를 만나 지초와 난초같이 맑고도 높은 사귐을 갖고자 하는데, 대체 너는 어찌하여 자꾸만 나를 깔보느냐!"

왕루는 큰소리를 한번 내지른 뒤 스스로 밧줄을 끊고 땅으로 떨어져 죽고 말았다.

훗날 어떤 이가 한숨 어린 시를 읊었다.

성 문에 거꾸로 매달려 말리는 글 바치고
한목숨 아낌없이 내던져 유장의 은혜 갚았네
이 부러지며 말리던 황권은 마침내 유비에게 항복했으니
왕루만큼 굳센 사람과 어찌 꼿꼿함을 따져볼 수 있으랴

마침내 유장은 군사 3만 명을 거느리고 부성으로 떠났다. 뒤쪽에서는 물자와 식량과 옷감 등을 실은 수레가 1천 대 넘게 따라갔다.

한편 앞에 나선 유비 군사들은 이미 점강에 이르렀다. 유비군은 이르는 데마다 서천에서 대주는 게 있는데다, 함부로 백성들의 물건을 빼앗는 이는 목을 벤다는 명령을 유비가 무겁고 또렷하게 내려놓아서 어디에서든 백성들을 괴롭히는 군사가 없었다. 이리하여 백성들은 늙은이는 부축하고 아이들은 손을 잡고 길을 가득 메운 채 나와 향을 사르고 절을 하며 맞았다. 유비는 그들 모두를 좋은 말로 다독거려 주었다.

법정이 방통에게 조용히 속삭였다.

"장송이 비밀 편지를 막 보내왔습니다. 부성에서 유장을 만날 때 바로 일을 꾀하는 게 좋겠다고 했습니다. 기회를 놓치지 않도록 하십시오."

방통이 대답했다.

"이 말은 아무에게도 하지 마시오. 두 유씨가 서로 만났을 때 틈을 보아 일을 꾀하도록 하겠소. 만약 이 말이 미리 새나갔다가는 중간에 엉뚱한 일이 터지고 맙니다."

법정은 입을 꾹 다물고 아무런 말도 하지 않았다.

부성은 성도에서 3백 60리 떨어져 있었다. 유장이 먼저 이르러서 유비를 맞이하는 사람을 보냈다. 양군 모두 부강에 머물렀다. 유비는 성 안으로 들어가 유장을 만났다. 두 사람은 형제의 정을 나누었다. 인사가 끝나자 눈물을 흘리며 가슴속에 담긴 말들을 털어놓았다. 잔치가 끝나자 모두들 자기 영채로 돌아가 쉬었다.

유장이 뭇 벼슬아치들을 모아놓고 말했다.

"황권과 왕루는 참으로 같잖은 사람들이었소. 우리 형님의 속도 모르고 그토록 의심하고 헐뜯다니. 내 오늘 뵈니 정말 어지시고 의로움이 넘치시는 분이오. 이분이 바깥에서 도와주시는데 조조고 장로고 뭘 걱정하겠소? 장송이 아니었으면 큰 실수를 할 뻔했소."

말을 마치자마자 유장은 녹색 웃옷을 벗어 황금 5백 냥과 함께 성도에 있는 장송에게 갖다주라고 했다. 이때 유괴·영포·장임·등현 등 문무 벼슬아치들이 말렸다.

"주공께서는 아직 기뻐하지 마십시오. 유비는 겉보기에는 부드러우나 속은 사납기 짝이 없는 사람이라 속마음은 알 수 없습니다. 미리 준비를 하셔야 합니다."

유장이 피식 웃었다.

"여러분들은 걱정도 참 많소. 우리 형님께서 어찌 두 마음을 품으시겠소!"

모두들 한숨을 내쉬며 물러갔다.

유비가 영채로 돌아오자 방통이 말했다.

"주공께서는 오늘 유계옥의 움직임 좀 살펴보셨습니까?"

유비가 대답했다.

"계옥은 참으로 성실한 사람으로 여겨졌소."

"계옥은 좋은 사람인지 몰라도 신하인 유괴나 장임 같은 이들은 모두 못마땅한 빛을 드러내고 있어 앞으로 좋고 나쁜 걸 알 수가 없습니다. 제 생각으로는 내일 잔치를 열어 계옥을 부른 뒤 벽 가림막 안에 미리 칼 든 무사 백 명을 숨겨두어야 합니다. 그런 뒤 주공께서 술잔 던지시는 걸 신호 삼아 그 자리에서 해치우고 바로 성도로 밀고 들어가면, 칼을 빼들지도 않고 화살을 시위에 물리지도 않고 앉아서 일을 매듭지을 수 있습니다."

유비가 고개를 저었다.

"계옥은 나와 한 집안 사람으로 나를 정성껏 대해주고 있소. 내 이제 막 촉 땅에 들어와서 아직 은혜를 베풀지도 못했고 믿음을 주지도 못했소. 그런 사람이 그렇게 한다면 위로는 하늘이 받아들이지 않을 테고 아래로는 백성들이 원망하오. 우격다짐으로 세상을 다스리는 이라도 공이 말한 대로는 하지 않으려 할 거요."

방통이 딱한 표정을 지었다.

"이건 제가 꾸민 일이 아닙니다. 법효직이 장송의 비밀 편지를 받았는데, 일을 늦출 수 없으니 서둘러야 한다고 했답니다."

방통의 말이 채 끝나기도 전에 법정이 들어왔다.

"이 일은 저희들을 위한 게 아닙니다. 오로지 하늘의 뜻에 따르는 일입니다."

유비가 손을 내저었다.

"계옥은 나와 한 집안 사람이라 차마 빼앗아 가질 수 없소."

법정이 말했다.

"명공께서는 지금 잘못 생각하고 계십니다. 만약에 그렇게 하지 않으시면 장로가 제 어미 죽인 원수를 갚기 위해 촉으로 반드시 쳐들어옵니다. 명공께서는 멀리서 산과 내를 건너 군사를 이끌고 이미 여기까지 오셨습니다. 앞으로 나아가시면 공이 있지만, 뒤로 물러나시면 아무것도 얻지 못합니다. 여러 생각 때문에 망설이시느라 날을 보내고 때를 놓치면 큰일을 그르치시게 됩니다. 게다가 계획이 새나가기라도 하면 다른 사람이 가로채버릴지도 모릅니다. 하늘이 기회를 주고 사람이 따르는 이때, 남이 떠올리지 못하는 뜻밖의 방법을 써서 빨리 터를 세우시는 게 가장 좋은 방법입니다."

방통도 거듭 거들었다.

주인은 두터운 도리만 내세우며 거듭 망설이는데
재주 있는 신하들은 한뜻 되어 손을 쓰자며 서두르네

과연 유비의 속마음은 어떠한지…….

박상률 완역 삼국지 5

ⓒ 박상률, 백남원, 2025

초판 1쇄 인쇄 | 2025년 10월 29일
초판 1쇄 발행 | 2025년 11월 6일

옮긴이 | 박상률
책임편집 | 배상현
콘텐츠 그룹 | 배상현, 김다미, 김아영, 박화인, 기소미
표지 디자인 | design R 이보람
본문 디자인 | 스튜디오 보글

펴낸이 | 전승환
펴낸곳 | 책 읽어주는 남자
신고번호 | 제2024-000099호
이메일 | bookpleaser@thebookman.co.kr

ISBN
979-11-93937-86-0 (세트)
979-11-93937-91-4(04820)